KB243150

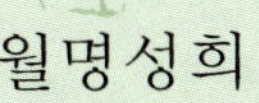

# 월명성희

# 월명성희 1

이중수 판타지 장편 소설

초판 1쇄 찍은 날 § 2004년 7월 5일
초판 1쇄 펴낸 날 § 2004년 7월 15일

지은이 § 이중수
펴낸이 § 서경석

편집장 § 문혜영
편집 책임 § 김희정
편집 § 장상수 · 유경화 · 김민정 · 최하나
마케팅 § 정필 · 강양원 · 이선구 · 김규진 · 홍현경

펴낸곳 § 도서출판 청어람
등록번호 § 제1081-1-89호
등록일자 § 1999. 5. 31
어람번호 § 제1-0508호

주소 § 경기도 부천시 원미구 심곡1동 350-1 남성B/D 3F (우) 420-011
전화 § 032-656-4452  팩스 § 032-656-4453
http://www.chungeoram.com
E-mail § eoram99@chollian.net

ⓒ 이중수, 2004

ISBN 89-5831-161-4 04810
ISBN 89-5831-160-6  (SET)

이종수 판타지 장편 소설
월드의
月明星稀
도서출판
청어람

# 목 차

### 1

잔뜩 찌푸려진 하늘이다. 그 밑으로 까마득하게 펼쳐진 절벽의 편린, 그리고 시리도록 푸른 겨울의 충주호.

"……"

한 남자가 멍한 눈으로 가파른 절벽을 바라보고 있었다. 날카롭게 조금 휜 콧날, 얇은 입술과 뾰족한 턱이 꽤나 유약하고 신경질적인 인상을 주는 사내였다. 눈 밑에 깔린 검은 피로와 생기를 잃은 눈동자가 불안하게 흔들린다.

"후우."

그의 입에서 하얀 입김이 피어났다. 작게 한숨을 쉬고 난 사내는 손을 들어 팔목의 시계를 바라보았다. 시계는 십 분 전 여덟 시를 가리키고 있다. 약속 시간이……

"죽을 곳은 이곳으로 골랐나, 이신?"

사내의 뒤에서 차가운 목소리가 들려왔다. 선글라스를 쓴 키가 크고 호리호리한 흑발의 남자. 그의 입에는 담배가 연기를 피워 올리고 있다.

뚜벅뚜벅.

그는 천천히 걸음을 옮겨 여전히 절벽을 바라보고 있는 이신이라고 불린 남자의 등 뒤에 멈춰 섰다. 마치 정물화의 정적인 구도처럼 그들은 한참이나 그렇게 말없이 있었다. 이 정적인 구도의 그림을 먼저 깨뜨린 것은 물고 있던 담배를 호수로 던져 버린 흑발의 남자 쪽이었다.

"이검(二劍), 진애의 물건이군."

"…그녀의 유품이죠."

서서히 이신의 손바닥이 펴졌다. 한줄기 서늘한 바람이 그를 스치고 지나가자 그의 손바닥에 있던 붉은 꽃잎이 바람에 흩날렸다. 꽃잎은 겨울 햇살의 역광 속에서 분수처럼 흩날리며 그들을 휘감아 돌았다. 붉다. 눈에 어릴 정도로 붉은 꽃잎의 빗속에서 이신은 허리에 걸린 검집에 손을 갖다 대었다.

"이 백상홍엽(白上紅葉)의 명예를 지키기 위해 그녀는 목숨을 버렸습니다. 당신의 하나뿐인 여동생 말이죠."

"아니, 그대가 죽였어."

사내가 선글라스를 벗어서 뒷주머니에 꽂았다. 그의 검은 눈동자는 빛이 없이 유리처럼 투명했다. 장님…….

"유감이군요."

이신은 상념에 찬 눈으로 장님사내를 향해 몸을 돌렸다.

"당신만은 그녀를 이해할 수 있을 줄 알았는데……. 왜 그녀가 죽음을 선택했는지."

"뇌(雷)의 성(星), 사랑에 목숨을 걸 운명이지."

"……."

"단지 그대를 살리기 위해서야. 아무리 백상홍엽의 계승자라고 해도 가문을 위해 목숨을 던질 여자는 아니지."

일렁이는 꽃잎 속에서 무거운 현기증을 느꼈다. 이신의 발걸음이 비틀거린다.

"사랑?"

나 혼자만의 사랑이 아니었던가? 설마…….

"저승에서 물어보게."

기억의 소용돌이 속에서 이신이 넋을 잃고 있는 동안 사내는 흩날리는 붉은 꽃잎을 한 장 잡아 찢어버렸다.

"의뢰인은?"

"바로 나."

사내가 품속에서 권총을 꺼내 든다. 매그넘 44 데져트 이글. 빗나가지 않는 총알로 유명한 칠흑(漆黑) 속의 사신(死神)은 총신을 이신을 향해 겨눴다.

"어쩌면……."

"……."

"죽는 게 더 나을지도 모르겠군요."

입가에 맺힌 흐느끼는 듯한 처연한 미소. 팔목의 시계가 막 오전 여덟시를 가리켰다.

타앙!!

그리고 한 남자의 운명의 종막을 알리는 총소리가 절벽에 메아리쳤다.

“아……!”

아무런 고통도 느껴지지 않았다. 이신은 놀란 눈으로 눈앞의 장님사내를 바라보았다.

“어째서?”

“…….”

짧은 순간 사내의 얼굴에 희미한 어둠이 스쳐 지나갔다. 그의 발길이 다시 이신의 반대편을 향한다. 사내의 발에 땅에 떨어진 붉은 꽃잎들이 지그시 밟힌다.

“그대의 사랑은 역사를 바꾼다.”

“…….”

현세에 남아 있는 푸른 늑대의 마지막 후예이자 점성가(占星家)인 장님사내는 의미를 알 수 없는 말을 남기고 이신의 시야에서 천천히 멀어졌다. 두 남자는 그렇게 엇갈렸다, 영원히.

# 관도의 전투

“아……!”

한줄기 어둠의 장막이 흩어졌다. 가슴이 어릿하게 저려온다. 이신은 가쁜 숨을 토하며 몸을 일으켰다. 또 그 꿈인가? 이마에 식은땀이 흥건하게 맺혀 있다.

“……”

방 안은 그의 숨소리뿐 다른 아무 소리도 들려오지 않는다. 그제야 그는 상기해 냈다, 지금 이곳에는 그녀가 없다는 것을.

드르륵.

이신은 호흡을 가다듬은 후 방문을 열어젖혔다.

“아… 나리!”

잔뜩 긴장한 표정의 시비(侍婢)가 문밖의 뜰에서 안절부절못하며 서 있다가 이신을 발견하고는 황급히 달려왔다.

"무슨 일이지?"

꽤나 늦은 시간이었다. 평상시였다면 이 하나밖에 없는 그의 시비도 잠자리에 들 시간이 아니던가.

"나리, 시중(侍中)께서 한참 전부터 사랑채에서 기다리고 계십니다."

"뭐?"

이신의 표정에 놀람과 어둠의 그림자가 동시에 깔린다. 누구보다도 예(禮)를 중시하는 시중이 이 밤중에 자신의 저택에 방문할 일이라면 필시 심상치 않은 일일 것이다. 혹시 관도에서? 무언가 불길한 생각을 떠올린 그의 발걸음이 빨라진다.

'설마……'

드르륵.

어느새 사랑채에 도달한 이신이 급한 손놀림으로 방문을 열어젖혔다.

"오셨구려."

어두운 방 안에 홀로 춤추며 은은하게 빛나는 촛불, 그리고 유난히 창백한 피부를 가진 중년의 남자. 그의 눈이 서서히 이신을 응시했다. 정기(精氣)가 흐르는 물처럼 맑은 눈이다.

"시중, 어인 일로?"

한(漢)의 시중 순욱(筍彧) 문약(文若). 순욱은 입가에 작게 미소를 지었다. 그 미소는 언제나의 순욱과 같이 여유로운 행색 그대로였다. 그 모습을 보고 이신은 속으로 안도의 한숨을 몰아쉬었다. 불길한 소식은 아닌가?

"일단 앉으시오."

순욱의 권유에 이신은 방 한구석에 자리를 잡았다. 하지만 그는 생각만큼 여유로운 상태는 아닌 것 같았다. 이신이 자리에 앉기가 무섭게 입을 열어왔으니까.

"관도에 계신 승상(丞相)에게서 서신이 왔소."

"어떤?"

"불리. 군량 부족."

순욱의 입에서 나온 단 두 마디의 단어. 천하에 이름 높은 문재(文才)인 조조(曹操)가 평소의 그 화려한 미사여구(美辭麗句)를 모두 생략한 채 단지 짤막한 단어 두 개로 의사를 표할 정도로 상황이 심각하다는 걸까? 평상시의 승상이었다면 '배고픔으로 떨리는 손으로 적에게 분노의 칼자루를 당긴다' 정도가 아니었을까?

"승상이 꽤나 심기가 불편한 것 같습니다."

이신이 조심스럽게 입을 열었다.

"맞소."

"……."

"거기다 좌장군(左將軍)도 와병(臥病)을 이유로 허도에 있으니 더욱 그러하시겠지요."

순간 순욱의 눈이 변했다. 마치 사나운 승냥이와 같이 날카로운 기세를 풍기는 눈이다. 아까의 맑은 정기는 오간데없고 차가운 눈보라만이 눈에 가득하다.

"…병은 다 나으셨소, 좌장군?"

"……."

이 남자, 잔뜩 각오하고 왔다. 언제나 쓰고 있던 위선(爲善)의 가면을 벗어 던질 만큼이나 말인가? 한을 위해서라면 몇 개의 혼(魂)이라도 기꺼이 불태울 귀신의 눈. 그것과 마주친 이신의 눈도 낮게 가라앉았다.

“…시중이 생각하는 비극은 일어나지 않습니다.”

“관도로 가주시오.”

순욱이 차갑게 말을 이었다.

“그대라면 무언가 할 수 있겠지.”

“…….”

그토록 불안하단 말인가? 아니면 자신이 어느새 조조군에서 그 정도의 위치로 자리잡은 것일지도 모른다. 승리를 부를 거라 믿는 것일까? 자신 역시 나약한 인간에 불과하거늘.

“승상을 믿으시죠. 제가 드릴 수 있는 말은 그것뿐입니다.”

“…….”

순욱이 미간을 살짝 찌푸리며 입을 열었다. 그의 음성은 또렷하지 않고 작게 떨렸다.

“어째서… 어째서 좌장군은 그렇게 태평한 것이오? 적은 십만이고 아군은 이만이오. 설마 원소가 바보 천치라는 것은 아니겠지?”

한심한가? 내가 한심한 것일까? 순욱은 언뜻 자신이 성급하지 않았나 하는 생각이 들었지만 이미 내친 일이었다. 가슴속 깊숙이 숨겨놓았던 마음을 털어놓은 이상 더 이상 망설일 것은 없었다. 결국 그는 저도 모르게 마지막 말까지 내뱉어 버리고 말았다.

“좌장군의 저택에 백 명이 넘는 병사를 배치해 놓았소. 설마 그대가 자랑하는 그 활로 다 쏘아 죽일 생각은 아니시겠지?”

“후~”

이신은 천천히 고개를 떨구며 작은 한숨을 쉬었다. 협박인가? 순욱 같은 남자가 이렇게 절박하게 매달릴 정도로 지금 상황이 안 좋은 것일까? 머리가 혼란스럽다. 어느새 이 난세(亂世)에 무감각하게 변해 버린 것은 아닌지. 지금 자신이 살아가는 곳은 분명 피가 튀고 살점이 찢기는 난세인 것이다.

"그렇군요. 휴식 같은 것은 제게 어울리지 않나 보군요."

"……."

"어디까지나 저는 승상의 세 번째 명검(名劍)인 것을. 그 본분이 주인을 위해 피를 부르는 것임을 잠시 잊었나 봅니다."

그의 목소리가 사뭇 떨린다. 이신은 천천히 몸을 일으켜 세웠다.

"…관도로 가지요."


"아니, 병이 다 나은 것인가?"

금방이라도 사람을 얼려 버릴 것 같은 냉기가 잔뜩 담겨 있는 목소리가 들려왔다. 하지만 그 말을 내뱉은 사람의 인상은 잔잔한 바다처럼 평온하기 그지없었다. 아니, 오히려 그의 외모를 보면 그런 차가운 말투가 나온 것이 믿기지 않을 정도였다. 그는 키가 크고 마른 중년의 남자였다. 길고 가는 속눈썹과 칠흑 같은 머리칼을 지닌 그의 안색은 피로로 인해 가뜩이나 나약한 인상이 더욱 심하게 보였다. 그는 자신의 나약한 인상이 싫어서인지 일부러 냉정하고 거만한 표정을 짓고 있었다. 하지만 그는 그것이 얼마나 상대방에게 부자연스러운 느낌을 주는지 모르는 듯했다. 마치 다리와 팔이 잘못 끼워진 목각 인형처럼.

"예. 이제 괜찮습니다, 승상."

이신이 억지로 미소를 지어 보였다. 삼국을 세운 세 군웅(軍雄) 중 하나인 조조. 그는 이신이 평소 상상하던 대로의 남자였다. 무척이나 차갑고 비정한 난세에 누구보다 어울리는 남자.

"그거 좋은 소식이로군."

조조의 입가에 냉소가 그려진다. 아니, 그가 짓는 웃음은 언제나 서늘하다는 게 옳을 것이다. 그래서 그의 웃음 속에서 기분을 짐작하기란 어려운 일이었다.

'분명 좋지만은 않을 것이다.'

이신은 그리 생각했다. 생사(生死)의 위기를 뛰어넘어 본 사람은 웬만한 일에는 눈 하나 깜짝 안 하는 법. 하지만 그런 사람일수록 더욱더 죽음의 냄새를 예민하게 느끼고 싫어한다. 자신이나 조조 같은 사람처럼.

"상황이 안 좋은 듯싶습니다만……."

"꽤나 안 좋지."

'꽤나' 라는 말. 조조가 그런 단어를 쓸 정도라면 지금 그의 심기가 얼마나 불쾌한지 능히 짐작이 간다. 그리고 또한 얼마나 아군에게 불리한 상황인지도.

"후, 그렇군요."

이신은 낮게 한숨을 쉬며 눈을 감았다. 언제나와 같은 시선이 느껴진다. 아니, 더 강한 것일까? 모든 가신들이 '마지막 패' 라는 눈으로 그를 바라보고 있었다. 그는 땀이 나는 오른손에 힘을 꽉 주었다. 기대에 부응해 볼까?

"전쟁을 승리로 이끌 비책이 있습니다."

"……."

잠시 동안의 침묵. 아마도 좌중의 모든 사람들은 그가 조용하게 뱉은 말을 자신들이 잘못 들은 것이 아닌지 의심했을 것이다.

"뭐라고?"

조조가 그들의 기대에 부응이라도 하듯 대뜸 반문했다. 하지만 여전히 들려오는 똑같은 대답.

"전쟁을 승리로 이끌 비책이 있다고 했나이다."

"허언(虛言)은 진중(鎭中)에서 하는 법이 아니오."

호리호리한 몸매에서 잘 벼른 칼처럼 날카로운 분위기를 풍기는 남자가 입을 열었다. 그의 왼쪽 눈은 초점이 없이 투명한 빛을 띠었다. 애꾸의 하후돈(夏侯惇). 언제나 일신(一身)에 묘한 자신감이 넘쳐흐르던 그 남자가 허언이라고 외칠 정도로 지금 상황이 좋지 않은 것일까? 아니면 허언이기를 바라는 것일까?

"허언이 아닙니다, 하후 공(公). 제가 허언을 할 리가 없지요."

이신이 침착하게 한마디 한마디 내뱉었다. 좌중의 모든 중신들이 그를 주목하고 있다. 그들의 눈에는 일말의 기대감이 은은하게 서려 있다. 그리고 그 위를 불안감이 안개처럼 뿌옇게 덮고 있다. 이만과 십만. 그 압도적인 병력 차이가 그 불안감의 원인일 것이다.

"아무리 그대의 말이라고는 하지만……."

조조가 입을 열었다.

"군량도 병력도 모두 우리가 절대적으로 불리한 상황이 아닌가?"

"사실입니다."

이신은 선선히 고개를 끄덕였다. 수십 번이나 야전사령관(野戰司令官)으로서 직접 군을 지휘하며 승리로 이끌었던 조조로서는 마음에 걸리는 것이 역시 병참(兵站)일 것이다. 그것의 중요함을 뼈로 직접 느꼈을 테니까. 그렇다면…….

"강한 곳은 피하고 약한 곳을 친다. 이쪽의 약점을 장점으로 바꾼다."

"…무슨 뜻인가?"

이신이 작게 웃음을 지으며 말했다.

"오소 기습."


깊은 밤. 들리는 것이라고는 풀벌레 울음소리와 바람이 나뭇가지에 부딪치는 소리뿐이었다. 오소에 있는 원소군의 본진(本陣) 앞의 자귀나무가 바람에 흔들린다. 뼈다귀처럼 앙상한 가지를 이리저리 뻗고 있는 커다란 자귀나무는 파리한 달빛을 받고 그 창백한 그림자를 본진 위에 일렁였다.

"후우~"

어른거리는 달빛 속에서 병사 하나가 한숨을 토해낸다. 언제나 느끼는 것이지만 밤을 새고 보초를 선다는 것은 괴로운 일이었다. 그것도 이런 쌀쌀한 겨울밤에. 이미 추위로 발끝과 손끝의 감각이 마비된 지 오래였다.

"힘들면 눈 좀 붙이지 그러나?"

옆에 있는 동료 병사가 입을 열었다. 그의 혈색도 추위로 인함인지 창백하기 그지없었다.

"내일 아침에 무슨 경을 치르려고."

"어차피 조조군은 오지도 않을 텐데 뭘."

본대를 상대하기에도 버거울 조조의 군대가 이런 곳까지 병력을 보내기는 무리일 것이다. 자신들이 할 일이라고는 그저 본대가 조조군을 궤멸시킬 때까지 기다리기만 하면 되는 것뿐.

"허긴."

처음에 한숨을 쉬었던 병사가 맞장구를 쳤다.

"달이……."

바로 그때, 이곳에서는 절대로 들릴 리가 없는 소리가 들려왔다. 고운 여인의 목소리. 병사들은 스스로의 귀를 의심하며 놀란 눈으로 목소리가 난 곳을 바라보았다.

"…밝군요."

"억!"

대체 언제 어디로 들어왔을까? 자귀나무 그림자 밑에 한 여인이 서 있었다. 바람에 하늘거리는 백의에 반사된 달빛에 비친 여인의 얼굴은 은은하게 홍조가 서려 있었다. 그 모습은 영락없이 하늘에서 하강한 선녀였다.

"……."

병사들은 놀란 입도 채 다물지 못하고 그저 멍하니 여인을 바라보았다. 그녀의 입가에 부드러운 미소가 맺히는 순간 그들은 몰아쳐 오는 흥분감에 몸을 흠칫 떨었다. 여인이 천천히 그들을 향해 다가왔다. 무게가 느껴지지 않는 듯 눈처럼 가벼운 걸음이다.

"당신……."

어느새 그들의 앞까지 도달한 여인에게 병사가 머뭇거리며 입을 열려고 할 때였다. 그녀의 오른손이 조용히 움직였다.

터억!

병사의 눈이 커졌다. 여인의 새하얀 손이 그의 입을 막았기 때문이다.

'무슨……?'

병사가 의문의 감정을 떠올리며 여인의 손을 치우려 할 때 그녀의 남은 왼손이 움직였다.

콱!

병사의 머리 속이 새하얗게 비어갔다. 그리고 잠시 후 그는 아무것도 생각할 수 없었다. 그의 목에서 새빨간 선혈이 안개처럼 뿜어져 나왔다.

"너……?"

남은 병사의 얼굴이 파르르 떨렸다. 그는 아직까지 이 상황이 꿈처럼 실감이 나지 않았다. 왜, 왜 이런 일이? 순식간에 온몸이 피 범벅이 된 여인의 입가에 다시 미소가 맺혔다. 하지만 아까와는 다르게 무척이나 농염한 미소였다.

"피가……."

여인은 아찔한 흥분감에 입술을 혀로 핥았다. 바로 이 기분.

푸욱!

"…너무 좋아."

여인의 왼손에 들린 소검(小劍)이 죽은 병사의 목에서 뽑히는가 싶더니 어느새 선회(旋回)하여 남은 병사의 심장을 난도질했다. 눈 깜짝할 사이에 병사의 몸이 축 늘어졌다.

"……."

너무나도 순식간의 일이었다, 여인 혼자서 병사 두 명을 싸늘한 시체로 만드는 것은.

"여전하군."

"후후, 물론이지요."

여인이 웃으며 뒤를 돌아보았다. 거기에는 호리호리한 체격의 사내가 서 있었다. 왼쪽 눈에 초점이 없는 남자 하후돈.

"이 공(李公)은 역시 무서운 남자예요. 확 사랑해 버리고 싶네? 후후."

"…그대라면 아마 사양하는 게 나을 거야."

하후돈이 피식 웃으며 왼쪽 허리에서 유엽도(柳葉刀)를 빼어 들었다.

"나도 슬슬 가볼까?"


불이 넘실거린다. 그 새빨간 혀를 벌려 모든 것을 삼켜 버린다. 살이 타는 고약한 냄새가 코를 찌르며 검은 연기가 온 하늘을 뒤덮었다. 그 지옥의 불길은 주위의 나무를 먹고 더욱 미친 듯이 기승을 부렸다.

"하하핫!"

하후돈은 하늘을 바라보며 앙천대소를 터뜨렸다. 붉다. 미친 듯이 붉다. 은은하고 애처롭게 빛나던 달은 언제인지 모르게 매혹적인 피의 색깔로 물들었다. 화월(火月).

퍼억!

그의 손에 들린 유엽도가 매끄러운 선을 그리며 땅을 향해 미끄러지듯 내려갔다. 뒤이어 울리는 비명 소리와 뿜어져 나오는 피의 안개, 그리고 목이 잘린 병사가 대지로 고꾸라진다.

"괴, 괴물……!!"

질린 듯한 원소군 병사들의 신음 소리가 흘러나왔다. 전장에서 갑옷조차 걸치지 않고 피처럼 붉은 달이 왼팔에 수놓아진 붉은 상의(上衣)를 입은 사내의 도가 날카롭게 번뜩일 때마다 어김없이 아군 병사 하나의 혼이 구슬피 울며 현세를 떠났다. 사내의 공격은 한결같이 목을 향하고 있었지만 섬광(閃光)과도 같은 빠른 참격에 그저 목숨을 내줄 뿐 다른 도리는 없었다.

"맹하후 공(盲夏侯公), 잘 즐기고 계신 것 같네요."

백의의 여인이 묘한 미소를 띤 채로 어느새 하후돈의 등 뒤에 서 있

다. 아니, 이제는 적의(赤衣)라고 해야 할까? 순백의 옷이 선혈(鮮血)로
인해 온통 붉게 물들었으니까.

"너……!!"

뿌득.

하후돈은 소리가 날 정도로 이를 강하게 깨물었다. 그의 하나 남은
오른쪽 눈에서 분노의 소용돌이가 넘실거린다. 맹하후. 그가 가장 듣
기 싫어하는 말 중 하나였다. 그래서 아무도 감히 그의 앞에서 함부로
그 말을 내뱉지 못했다. 당장 그의 유엽도에 목이라도 잘리고 싶으면
또 모를까. 오직 저 건방진 계집만 빼놓고.

"어머, 죄송해요. 실수해 버렸네요."

천연덕스러운 웃음을 흘리며 사과하는 여인의 면상을 보니 화가 더
욱더 끓어오른다. 대체 몇 번째야? 하후돈은 살기등등한 시선으로 유
엽도를 움켜쥐었다. 전쟁이고 뭐고 이제는 상관없었다. 눈앞의 저 건
방진 년의 버릇을 고치는 일이 가장 중요할 뿐.

"어라? 무서워요, 맹.하.후. 공. 그런데……."

"이, 이……."

도발이라도 하듯이 한 자 한 자 강조하는 여인의 달싹거리는 입술을
당장이라도 뭉개 버리고 싶은 충동에 하후돈이 몸을 떨었을 때였다.
여인의 신형이 하후돈을 스치고 지나갔다. 산들바람같이 부드럽고 유
연한 움직임이다.

"방심은 금물."

여인의 가녀린 손에 들린 소검이 막 하후돈의 등을 창으로 찌르려던
병사의 목을 스치고 지나갔다.

핏!

작은 기향(奇響)이 울려 퍼진다. 거의 동시에 선홍(鮮紅)의 피보라가 그녀의 온몸을 덮었다. 그녀의 검이 정확하게 병사의 경동맥(頸動脈)을 끊고 지나간 것이다.

"으으……."

두려움에 가득한 얼굴로 병사들이 병기를 든 채 뒷걸음질을 쳤다. 아니, 뒷걸음질을 치면서도 무의식적으로 여인을 포위하고 있었다. 훈련의 성과일까? 아니면 그들은 그저 본능이 시키는 대로 움직였는지도 모른다. 죽이지 않으면 이쪽이 죽는다.

"흐응!"

다섯인가? 여인은 전혀 당황한 얼굴이 아니었다. 오히려 즐기는 듯한 희미한 미소가 얼굴에 떠올라 있었다. 되려 병사들의 인상이 일그러진다. 왜 웃음을 짓는 거지?

"오지 않는 거예요?"

여인의 도발 어린 말이 신호성이 되었을까. 칼을 든 병사 하나가 고함을 지르며 여인에게 달려들었다.

"죽어라, 악녀!!"

목의 핏줄이 곤두설 정도로 커다란 음성이다. 마치 소리라도 크게 지르면 두려움이 없어진다는 듯이.

쉬이익.

바람을 가르며 칼이 그녀의 머리로 향했다. 그 순간 여인의 발이 움직였다. 기묘하지도 결코 화려한 보법(步法)도 아니었다. 그저 가만히 한 걸음 뒤로 물러섰을 뿐. 하지만 그 어느 화려한 보법보다 효과적이었다. 병사의 칼은 종이 한 장 차이로 덧없이 허공을 가르고 지나갔다. 그리고 그 순간, 여인은 다시 앞으로 한 걸음을 내디뎠다.

푸욱.

살을 찌르는 섬뜩한 소리.

"크아아악!"

원한 섞인 비명과 함께 심장을 찔린 병사는 서서히 땅바닥에 그 육신을 누였다.

"……."

남은 병사들은 공포에 질린 눈으로 피의 향연 앞에 도도하게 서 있는 여인을 노려보았다. 어째서, 어째서 여인 하나도 당해낼 수가 없는 거지?

"안 와요?"

싱글싱글 웃음을 짓는 여인은 몸에 묻은 피만 아니라면 혼자서 달구경이라도 나온 듯한 착각까지 들 정도였다.

"큭……."

병사들은 서로 눈을 맞추었다. 그리고 그 눈은 단 한 가지 뜻을 담고 있었다. 바로 협공.

"하아앗!!"

서로 다른 기합성을 내지르며 사방에서 병사들이 달려들었다. 그들의 공격에는 절박함이 깊게 서려 있었다.

"몸 좀 풀어볼까요?"

여인의 입가에 비릿한 미소가 떠올랐다. 온몸의 흥분이 최고조에 달했다. 심장이 쿵쾅대며 자신의 존재를 알려온다. 이제야 피가 좀 도는 것 같은 느낌이다.

"……."

탁!

여인의 발이 땅을 박차는가 싶더니 어느새 허공으로 높게 솟구친다. 그녀의 몸은 놀랍게도 병사를 뛰어넘고 있었다.

"뭐?!"

목숨을 건 곡예와도 같이 달을 향했던 그녀의 머리가 어느새 땅을 향하고 있다. 그리고 번뜩이는 소검.

콰악.

"으악!!"

검은 매정하게 유약한 목에 빨간 혈선을 그어버렸다.

"이제 셋인가요?"

어느새 땅에 발을 디딘 피의 선녀는 한 치의 머뭇거림도 없이 지상에서도 피의 검무(劍舞)를 선보였다.

"빠, 빨라……."

지금까지는 장난이었던가? 눈 깜짝할 사이에 병사 둘이 피를 내뿜으며 땅바닥으로 쓰러졌다. 그들의 목에는 붉은 선이 그어져 있다.

"으… 으아아아아!!"

마지막 남은 병사가 미친 듯이 소리를 지르며 여인에게 달려들었다. 곰같이 큰 체구를 가진 병사였다.

"무모하네요."

여인이 여느 때와 같은 미소를 띠며 검을 움직였다. 피하고 벤다. 이 익숙한 동작을 그대로 실행하려고 했던 여인의 눈이 커졌다.

'음?'

퍼억!!

그녀의 등 뒤에서 기이할 정도로 긴 장검이 튀어나와 병사의 가슴을 관통했기 때문이다.

"이런 곳에서 노닥거릴 시간 없소."

수염투성이의 거한. 여인이 황당하다는 표정으로 뭐라 입을 열려고 할 때 하후돈의 입이 먼저 열렸다.

"자네가 왜 이런 곳에 있어?"

남자는 조조의 그림자라고 할 수 있는 호위 무사인 허저였다. 언제나 조조만을 따라다니는 그가 왜 혼자서 이런 곳에 있단 말인가?

"승상은 혼자서 가셨습니다."

"맹덕이 또?"

또 객기(客氣)가 발동했군. 하후돈이 머리를 감싸 쥐었다.

"그분이라면 걱정없잖아요."

여인이 묘한 눈으로 하후돈을 바라보며 말을 이었다.

"그분은……."


불꽃의 향연.

오소수비대의 총지휘관 순우경은 한동안 말을 잃고 넋 나간 표정으로 지옥도를 바라보며 서 있었다.

"……."

사면은 불의 파도를 이루고 북 치는 소리, 군사들의 함성, 빗발치는 화살과 창이 맞부딪치는 금속음이 귀를 먹게 할 정도였다. 몇 명의 보초병을 빼놓고는 곤히 잠을 자고 있던 오소수비대는 무기를 잡을 여유도 없이 혼비백산해 대혼란을 일으키며 피처럼 붉은 화염과 검은 캐캐한 연기 속에서 도망치기에 정신이 없었다. 이 아수라장 속에서 조조의 군사들은 흡사 굶주린 승냥이 떼처럼 원소군을 도륙하고 있었다.

"싸워라!! 맞서 싸우란 말이다!!"

황급히 정신을 차린 순우경이 놀라 명했지만 이런 혼란 중에 그런 말이 먹힐 리 없었다. 그가 어떻게든 병사들을 수습하려고 할 때였다. 그의 앞에 조조 편의 장수로 보이는 인영(人影)이 나타났다. 경황 중이라 자세히 얼굴을 볼 겨를이 없었지만 키가 크고 마른 남자였다.

"그대가 순우경인가?"

"누구냐?"

순우경이 긴장한 표정으로 조심스럽게 허리에서 검을 빼어 들었다. 남자의 몸에서 풍기는 검기(劍氣)가 범상치 않다는 것을 눈치 챘기 때문이다.

"맞는 것 같군."

무척이나 차가운 목소리다. 그 목소리가 말을 이었다.

"조조 맹덕이 그대의 목숨을 끊어주지."

"뭣?!"

순우경은 등골에서 식은땀이 줄줄 흐르고 눈앞이 캄캄해졌다. 조조, 조조라면…….

"……."

키익!

조조의 왼손이 허리에서 검을 뽑아 들었다. 곧 거울처럼 투명하게 빛나는 아름다운 검신(劍身)이 그 모습을 찬란하게 드러냈다. 바로 천하의 명검이라는 의천(依天).

"젠장, 젠장."

당해낼 수 있을 리가 없잖아? 순우경의 입에서 절망적인 신음이 흘러나왔다.

"……."

탁!

조조의 발이 앞으로 한 걸음 내디딤과 동시에 그의 검이 빠르게 아래로 하강했다. 검풍에 의해 흙이 사방으로 날렸다.

"큭."

까앙!

간신히 일격을 받아냈지만 손이 충격으로 인해 찌릿찌릿하다. 하지만 조조의 검은 어느새 또 한 번 유연한 곡선을 그리며 선회했다.

파악!

비명조차 없었다. 눈 깜짝할 사이에 조조의 검은 순우경의 심장을 뚫고 말았다. 고통에 일그러진 얼굴로 순우경은 서서히 무너졌다.

"후~"

조조는 작게 한숨을 내쉬며 차가운 눈으로 달을 올려다보았다.

붉은 달.


달. 몹시 고혹적이고 한편으로는 잔인하게 느껴질 정도로 매혹적인 달. 이신의 시선은 달에서 떨어질 줄을 몰랐다. 슬픈 추억의 회상. 습하고도 칙칙한 흙 냄새가 바람을 타고 은은하게 풍겨온다. 비단 달뿐일까, 저쪽 세상에서의 추억을 떠올리게 하는 것은? 그의 왼손에 들린 술병이 가볍게 흔들렸다.

"술을 즐기시는군요."

부드러운 남자의 목소리가 이신의 상념을 깨뜨렸다. 이신은 천천히 고개를 돌렸다. 까맣게 탄 피부와 짙게 폭풍우 치는 검은 눈동자를 가진 남자다. 한줄기 깊은 턱의 흉터와 어우러져 부드러운 목소리와는 달리 무척이나 강인하고 날카로운 인상을 풍겼다.

"봉효(奉孝)."

이신이 작게 남자의 이름을 불러본다. 곽가(郭嘉) 봉효. 바로 그 남자. 조조의 모사(謀士) 중 가장 젊고 무척이나 조조의 사랑을 받는 그 곽가였다. 곽가는 입가에 실낱같은 미소를 머금으며 고개를 가볍게 끄덕였다. 봄의 산들바람처럼 부드러운 기운을 풍기는 미소다. 그것은 어이없게도 그의 거친 얼굴과 묘하게 어울렸다.

"술이 아니라 달을 즐기고 있었습니다만……."

이신이 입을 열며 술병에 담긴 술을 바닥에 쏟아버린다.

조르르.

작은 소리와 함께 흙이 젖어든다. 술이 아니라 달이란 증명일까? 하지만 단순히 그런 이유라면…….

"너무 아깝잖아요."

곽가가 눈웃음을 지으며 말했다. 그는 주당(酒黨)이라고까지 불려도 오히려 부족한 남자였다. 굳이 말하자면 두주불사(斗酒不辭)일까? 그의 심정을 짐작한 이신의 입가에도 작은 미소가 걸린다.

"아깝다니요? 어차피 금주령(禁酒令)이 내려진 상황 아니었습니까?"

"좌장군은 아니고 말씀이지요?"

곽가가 애매한 웃음을 지어 보였다. 술이라……. 술은 단순히 세상을 빙빙 돌게 만드는 물건만은 아닐 것이다. 고통이고 기쁨이고 하는 모든 감정들을 작은 환상의 소용돌이 속에 취하게 하는 것, 그리고 그것에 무척이나 호의를 일으키게 하는 것. 그가 생각하는 술이란 축축하게 젖은 위로였다. 곽가가 입을 열었다.

"병이 아직 깊게 서려 계신 듯합니다."

"……."

대답은 없었다. 굳이 그럴 필요가 없지 않은가? 떠보고 있는 것이니. 이신은 말없이 작게 숨을 삼켰다. 그리고 그것이 불러온 정적. 바람에 나뭇가지가 부딪치는 소리만이 간간이 들려올 뿐이다.

"무슨 병이지요?"

이신이 반문한다. 평상시와 같은 목소리. 하지만 눈만은 낮게 가라앉아 있다.

"당연히 마음의 병이지요."

곽가가 피식 웃음을 터뜨리고 만다. 달에 취하기라도 했을까? 이렇게까지 경계하는 남자는 아닌데.

"……."

이신이 조그맣게 고개를 갸웃하며 눈을 크게 떴다. 그 모습은 무척이나 자연스러워서 그가 진정으로 곽가의 말에 놀라기라도 한 것처럼 보였다. 그러나 곽가는 여전히 예의 미소를 띠고 있을 뿐이다. 그 어떤 느낌도 읽을 수 없는 반응이다. 겹겹이 덧칠한 어둠 속에 가려진 것처럼.

"…뭐, 원소와의 전쟁이라면 다들 걱정하고 있는 것 아닙니까?"

"그게 아닐 텐데요?"

대수롭지 않다는 듯이 대답한 이신에게 곽가가 숨을 돌릴 틈도 없이 물었다.

"무슨 소리죠?"

"이를테면 승상의 길이 좌장군의 길과는 어긋난다거나……."

탁.

발이 흙먼지를 날렸다.

"후후."

이신이 몸을 돌리며 낮은 웃음을 흘렸다. 곽가는 눈을 가늘게 뜨고 그런 이신의 뒷모습을 바라보고 있다. 아직 입가에는 미소가 걸려 있었지만 그 미소는 어찌 보면 가시나무처럼 날카로운 향취를 풍겼다.

"…말도 안 되는 말씀을."

태연하다. 너무 태연자약하다. 순간 곽가는 자신이 뭔가 잘못 생각한 것이 아닌지 하는 느낌이 들 정도였다. 하지만 그의 이상하다는 듯이 빛나는 검은 눈동자는 술병을 든 이신의 작게 떨리는 왼쪽 손가락을 놓치지 않았다.

"아직 전쟁은 끝나지 않았습니다. 그런 마음 편한 농(弄)을 늘어놓을 때가 아니란 말입니다."

"……."

이신이 차가운 목소리로 중얼거린 후 더 이상 볼일이 없다는 듯이 걸음을 옮기기 시작했다.

"잠깐."

등 뒤에서 곽가가 이신을 불러 세웠다.

"…뭐죠?"

이신이 발걸음을 멈추고 천천히 고개를 돌렸다. 곽가는 여전히 미소 띤 얼굴이다. 그의 입이 천천히 열렸다.

"저는 아직도 좌장군을 존경한다는 것을 알아두셨으면 합니다."

"……."

달에 비친 곽가의 눈동자가 작게 떨렸다.

*　　　*　　　*

원소(袁紹)의 본진에 오소 습격의 사실이 알려진 것은 검은 하늘에 희미하게 잔월(殘月)이 걸렸을 무렵이었다. 새벽 하늘 저쪽으로 사라지기 전에 마지막 힘을 발하며 애처롭고도 슬프게 빛나는 그 달빛은 흩어지듯 반짝였다.

"으음."

편치 않은 신음을 흘리며 원소는 턱을 어루만졌다. 일만이나 되는 대병력이 지키는 곳이 위기에 봉착(逢着)하다니……. 대체 어째서?

"……."

흥분한 숨을 가다듬는 소리가 들려온다. 원소는 허망함이 깊게 서린 눈으로 그곳을 바라보았다. 그의 눈이 향하는 곳에는 약간 초췌한 얼굴을 한 사내가 서 있었다. 호리호리한 몸에 꽤나 준수한 용모를 가진 사내였다. 그는 부드러운 선을 가진 속눈썹을 지그시 일그러뜨렸다. 사내의 얼굴에는 어둠이 은은하게 서려 있다.

"준예."

원소가 무겁게 입을 열었다. 준예라는 자(字)를 가진 남자, 장합은 고개를 들어 원소를 똑바로 바라보았다.

"예."

지나치게 무겁지도 가볍지도 않은 진중(鎭重)한 음성이다. 그는 이런 상황에서조차도 당황한 기색을 숨길 수 있는 남자였다. 하지만 그도 얼굴에 서려 있는 어둠만은 감출 수 없었다.

"어떻게 생각하나?"

"……."

덩그러니 던지는 한마디의 질문. 무척이나 난감하고 곤혹스러운 질문임에 틀림없었다. 장합은 입을 굳게 다물고 잠시 생각에 잠긴다. 곧 그의 입이 벌어지며 짧은 대답이 흘러나왔다.

"졌습니다."

장합은 그 어떤 작은 떨림도, 머뭇거림도 없이 말을 내뱉는다. 잔인하군. 원소는 씁쓸한 미소를 지었다.

"그대가 옳다고 생각하나?"

"글쎄요……."

보기 드물게 장합이 말끝을 흐린다. 그 흐린 말끝 속에는 일절의 작은 희망도 들어 있지 않았다. 그저 작은 회한(悔恨)뿐일까?

"후~"

낮은 한숨을 쉬며 원소가 고개를 저었다. 가녀린 흔들림. 그 모습이 사뭇 침울해 보였다.

"허유를 너무 얕봤군."

"……."

허유의 배반에 그리 개의치 않았던 것이 실수였다. 아니, 설마 그 조조가 오소에 목숨을 걸고 돌격을 가할 줄이야. 젠장. 원소는 이런저런 떠오르는 상념들을 지워 버리려 애쓰며 입을 열었다.

"회군(回軍)이냐, 아니면… 우욱! 쿨럭… 쿨럭……!"

원소의 안색이 갑자기 어두워지더니 한 움큼이나 되는 핏덩이를 뱉어냈다. 붉다. 새빨갛게 붉은 그것은 한 점의 흐림조차 없다. 장합은 눈을 감으며 조용히 말했다.

"회군하면… 다음은 없습니다."

"…알고 있었나?"

"소인(小人)은 장님이 아니니까."

"……."

원소는 떨리는 손을 들어 입가에 묻은 선혈을 닦아낸다. 피, 피라……. 이따위 나약한 피라니.

"다 끝이란 거군. 천하 통일(天下統一)도, 조조를 멸하는 것도."

"……."

원소의 눈이 차갑게 가라앉았다. 장합은 그저 깊게 숨을 삼킬 뿐이었다. 대체 무슨 말을 해야 할까.

"조조의 본진을 공격한다."

결국 금이 가버렸는가? 장합은 고개를 떨구었다.

"…알았습니다."

생명이 없는 용(龍)의 마지막 몸부림에 장단을 쳐줄 만큼 감상적인 사람은 아니었을 텐데……. 장합은 어금니를 악물었다. 단 한 번의 전투에 모든 것을 거는 것도 나름대로 운치있지 않은가? 비록 그것이 승산(勝算)이 없는 전투라도.

"사지(死地)네. 돌아올 수 있겠는가?"

"……."

원소가 공허한 시선으로 장합을 응시한다. 처음의 격정(激情)은 이미 씻은 듯이 사라져 있었다. 아니, 억지로 감추는 것일 것이다. 당신은 제게 무슨 대답을 원하시는 것입니까? 승리를 원하시는 겁니까?

"글쎄요……."

장합은 신음하듯 이 말만을 뱉어냈다.


숲은 울창한 나무들 속에 파묻힌 채 어둠 속에 깊게 잠겨 있었다. 그 어둠 속에서 절규하듯 말 울음소리와 군사들의 함성이 한없는 무거움을 담고 울려왔다. 그 무거움은 군기(軍氣)와 무관하지 않았다. 앞으로 닥칠 상황에 대한 불안감이 스멀스멀 마음속으로부터 기어올라 온다. 아직 오소의 상황이 병사들에게 전해지지는 않았지만 이렇게 오밤중에 급박하게 군사를 일으킬 일이라면 결코 심상치 않은 일이라는 것 정도는 느낄 수 있었다. 그리고 그 행렬의 맨 앞에 초췌한 얼굴의 장합이 있었다. 잔월의 희미한 빛이 그의 칠흑의 두 눈동자를 부드럽게 어루만진다. 차디차게 가라앉은 그 눈은 피곤함이 어려 있다. 그리고 그 피곤함 속에는 기이한 어둠이 흘러나오고 있었다.

"……."

무엇이 어찌 되든 좋다. 최대한 빨리 조조의 본진에 도착할 수만 있다면……. 예감. 이상한 예감이 들었다. 그곳에 도착하는 것이 조금이라도 늦어졌을 때는 영원히 돌아오지 못할 것 같은 예감이. 장합은 말 고삐를 힘껏 움켜잡았다.

"빨리!!"

무거운 어둠 속에서 그의 목소리가 야수의 숨결처럼 거칠게 울려 퍼졌다.

*　　　　*　　　　*

"이쯤일까?"

이신은 긴 숨을 내쉬며 어둠 속에 잠긴 숲 저편을 응시했다. 느껴진다, 기묘한 울림이. 그것은 무엇이라고 표현하기 힘든 공기의 떨림이다. 그리고 그것은 빠르게 이쪽을 향해 다가오고 있었다. 그는 떨리는 손으로 말에 걸린 활을 매만졌다. 진애궁(珍愛弓). 현세에서 죽은 옛 애인의 이름을 딴 활. 그가 무척이나 아끼는 이 활은 오늘 또 한 번 그의 목숨을 구해줄 것이다. 눈을 감는다. 점점 가까워지는 울림. 말발굽이 지축을 두드리는 소리. 절로 땀이 밸 정도의 열기가 느껴진다. 그는 눈을 크게 떴다.

"자!"

그의 손이 익숙한 손놀림으로 화살 한 대를 쏘아붙인다.

쐐액!

검은 바람을 할퀴면서 화살이 매섭게 날아갔다.

두두두두!!

저 깊은 어둠 속에서 서서히 한 무리의 군사가 모습을 드러냈다. 그리고 그 군사의 앞에는 칠흑 같은 눈동자에서 차디찬 어둠을 흘리는 사내가 있었다.

"……."

'만만치 않군.'

이신은 차가운 미소를 흘렸다. 능숙하다. 갑자기 날아온 화살에 당황할 법도 하건만 저 눈은 전혀 당황한 기색 없이 오히려 냉정하고 침착하지 않은가? 그들의 시선이 스치듯 허공에서 엇갈린다.

"좌장군(左將軍) 묘후(妙侯) 이신이 당신들을 지옥으로 보내주겠다!"

"……."

그리 크지 않은 음성. 하지만 그 말이 불러온 파장은 결코 작지 않았다. 조조가 자랑하는 상승장군(常勝將軍)이 단신으로 직접? 이 예기치 못한 사태에 순식간에 원소군은 당혹감에 휩싸였다.

"이신?!"

장합은 눈을 부릅떴다. 그의 검은 눈에서 참을 수 없는 떨림이 흘러나온다. 이건 좋지 않아. 군의 움직임을 읽히다니.

“…….”

이신은 대답없이 작게 고개를 끄덕였다. 그의 손은 어느새 활시위를 먹이고 있다. 진애궁의 시위가 가볍게 떨렸다.

“하나 더 받아보겠나?”

쐐애액!

공기를 가르는 파공음이 울리며 화살은 단숨에 병사 한 명의 목을 꿰뚫었다.

“크아악!!”

비명이 전장에 차가운 바람을 몰고 왔다. 참을 수 없는 살기가 한 사람에게 집중된다. 그리고 그 살기의 대상은 천천히 몸을 돌리고 있었다. 이신은 말의 배를 힘껏 걷어찼다.

히이이잉!

말은 비명을 질러대며 곧 쏜살같이 가속한다.

“…….”

와라. 이신은 말고삐를 움켜잡고 몸을 낮췄다. 참을 수 없는 한기가 등 뒤를 훑어 내려온다.

두두두두두!!

기병이 요란한 지축음과 함께 빠른 속도로 그를 추격하는 소리가 들려왔다. 좋아, 이 상태로 계속 유인한다. 보병과 기병의 거리를 최대한 벌려놓아야 한다.

쐐애애액!

순간 머리 뒤에서 바람을 할퀴며 화살이 날아오는 소리가 들려왔다.

“…….”

치익.

화살은 아슬아슬하게 그의 머리를 스치고 지나갔다. 가슴이 철렁 내려앉는다. 이신의 인상이 절로 찌푸려진다.

"후후."

화보다도 피식 실소가 터져 나왔다. 제정신이 아니야. 나도 당신들도. 언제까지 목숨을 건 이런 장난 따위를 할 생각인가?!

"…죽을 테면 당신들이나 죽어."

이신의 작은 중얼거림을 뒤로하며 새벽은 본격적으로 무거운 열기를 토해내고 있었다.


"더 빨리!!"

장합이 고함을 지르며 재촉했다. 그의 시선이 머무는 곳에 이신의 등이 보였다. 아무런 갑주도 투구도 없이 그저 가냘퍼 보이는 백의(白衣)만이 덮고 있는 등이. 피라도 흘리면 눈 깜짝할 사이에 붉게 물들어버릴 그의 하얀색 옷이 점점 멀어져 간다.

"칫."

실로 놀랄 만큼의 마술(馬術)이다. 중원(中原)에서 저만큼이나 말을 몰 수 있는 사람이 있었나? 양 옆의 나무들이 빠른 속도로 스쳐 지나간다. 장합은 입술을 잘근 깨물었다. 기울어져 버린 전쟁의 추를 다시 이쪽으로 돌릴 수 있는 패. 그 마지막 패를 이대로 놓칠 수는 없었다. 설령 죽는 한이 있을지라도.

"…고람 장군, 뒤를 맡기겠소."

그가 신음하듯 옆에 서 있는 중년의 사내에게 말했다. 오소는 이미 함락. 그쪽으로 보낸 구원군도 지금쯤은 무사하지 못할 것이다. 바라는 것은 하나. 조조의 세 번째 명검을 부러뜨릴 수 있다면.

"그게 무슨 소리요? 분명 함정이오!!"

고람이 인상을 찌푸리며 소리쳤다. 애초에 맘에 들지 않았다. 이렇게나 빠른 진군이라니. 끝없는 울창한 숲 속에서의 진군. 만약 매복이라도 있으면 어쩔 것인가? 매복을 주의하며 천천히 진군하는 것이 옳은 판단이 아닌가? 자신이 부장만 아니었다면 당장이라도 이따위 진군은 멈추었을 것이다.

"시간이 없소. 생명줄이 끊긴 군대에 그런 여유 따위가 있다고 생각하시오?!"

"뭐요?!"

모른다. 저 남자는 모른다. 장합은 눈을 가늘게 떴다. 이 싸움이 원소 생전의 마지막 싸움이 될지도 모른다는 것을. 한 남자의 천하 통일의 대포부(大抱負)가 이 한 싸움에 걸려 있다는 것을. 아니, 애초에 시간이 넉넉했다면 이런 개 같은 상황에서 황급히 군사를 일으킬 일 따위는 없었을 것이다.

"…혼을 불태우겠어."

검은 허공을 향해 속삭이듯 중얼거리며 장합은 대열에서 이탈했다.

등 뒤에서 들려오는 소리가 줄었다. 단지 말 한 필. 하지만 그곳에서 느껴지는 기운은 심상치 않았다. 온몸의 신경을 날카롭게 자극하는 살의(殺意). 이 년 전 하비전투에서 여포에게서 느꼈던 그 느낌이 척추에 타고 내려가며 참을 수 없는 전율을 일으킨다. 목숨을 건 자에게서만 느낄 수 있는 강하고 어두운 의지의 향기가 풍겨온다.

"…재미있군."

그렇게까지 날 죽이고 싶은 건가? 불쾌감과 함께 한줄기 흥분이 온

몸을 타고 돌았다. 차가운 바람이 귀를 끊임없이 스치고 지나간다.

두두두!

말이 지나간 자리에 땅이 패이며 흙먼지가 일어난다. 그리고 어김없이 그 흙먼지를 밟고 또 한 필의 말이 지나간다. 숨이 막힐 듯한 추격.

"……."

어둠 속에서 장합의 눈이 번뜩였다. 그의 양 옆으로 격자(格子)처럼 꽉 짜여진 나무가 연이어 지나간다. 얼마나 달렸을까. 말이 푸르릉대며 지친 숨결을 대기로 뱉어냈다. 줄어들지 않는 거리. 여전히 보이는 것은 이신의 등뿐이다. 젠장. 정말 놀라운 마술이 아닌가? 장합은 이를 악물며 활을 꺼내 들었다. 달리는 말을 명중시킬 수 있을 만큼의 궁술(弓術)은 아니라는 것 정도는 잘 알고 있다. 하지만 해보는 수밖에는 없지 않은가.

끼이익.

활시위가 그 어느 때보다 긴장된다. 하늘이여, 너의 선택은 무엇인가?

"제기랄! 맞아라!"

간절한 기원과도 같은 기합성을 터뜨리며 장합은 활시위를 당겼다.

피잇!

바람을 가르는 낮은 기향(奇響)과 함께 은빛 화살이 비상했다.

히이이잉!

다음 순간, 말이 미친 듯한 비명을 질러댔다. 명중이다. 장합의 얼굴에 짧은 희색이 돌았다.

"이런……."

순간적으로 균형을 잃고 몸이 기우뚱한다. 이신은 인상을 찌푸리며 말등을 손으로 짚고 뛰어내렸다. 급박한 순간에 실로 놀랄 만한 묘기. 하지만 진정한 위기는 지금부터였다.

"후후, 잡혔군."

장합이 냉소를 흘리며 말을 몰아온다.

다가닥!

점점 가까이 들려오는 말발굽 소리와 함께 이신의 이마에서 식은땀이 송송이 맺힌다. 어느새 장합의 손에는 섬뜩한 빛을 발하는 대도(大刀)가 들려 있었다. 그의 도는 달려오는 가속력을 담아 힘껏 검은 허공을 거칠게 갈랐다.

"끝이다!"

상대의 죽음을 확신하는 듯이 장합이 외쳤다. 마상(馬上)에서의 필살의 일격을 지상의 상대가 피해낸다는 것은 대단히 어려운 일이었다. 게다가 이 정도의 거리라면. 확실히……

백상홍엽(白上紅葉) 오의(奧意) 비상(飛上).

순간적으로 장합은 형용할 수 없는 한기를 느꼈다. 비할 데 없는 맹렬한 돌격의 순간 대도가 피를 뿜어내며 갈라 버려야 할 상대는 말 그대로 사라졌다. 그리고…….

"……."

위! 놀란 호흡을 진정시킬 틈도 없었다. 어느새 이신은 허공으로 날아올라 있었다. 그의 양손에는 각각 소검(小劍)과 장검(長劍)이 들려 있었다. 희미한 달빛을 받고 손에 들린 검이 서슬 푸르게 빛났다. 그 시리도록 푸른 빛이 서서히 하강한다. 유연한 곡선을 그리면서.

"큭."

차마 몸을 비틀 시간도 없었다. 그저 달리는 말 위에 몸을 맡길 뿐.

말은 닥쳐오는 위기를 감지했는지 높은 비명성을 질러댄다.

쐐액! 퍼억!!

날카로운 바람 소리와 함께 강렬한 충돌음이 일었다. 그리고 차마 비명도 없이 말의 목이 비스듬히 베어 넘겨져 허공으로 솟구친다. 목을 잃은 상반신에서 선혈(鮮血)이 폭포와도 같이 맹렬히 토해진다. 잃어버린 목을 찾는 걸까? 말의 다리는 힘없이 땅에 주저앉는다. 그 붉은 안개 속에서 장합이 질풍처럼 몸을 날렸다.

이신은 흔들림없는 눈으로 그를 바라본다. 검신(劍身)에 묻은 핏자국이 떨린다. 망설임없이 베어가는 칼놀림.

채앵!!

처음으로 쇠와 쇠끼리 충돌하며 파열음을 내뿜는다. 어둠 속에서 붉은 불꽃이 튄다. 잠시 마주치는 눈. 그 여러 가지 감정이 교차하는 시선 속에서 그들의 발이 움직였다. 빠르게 왼쪽으로 돌며 옷자락이 펄럭 날린다. 거의 동시에 날아드는 검과 도.

까앙!!

두 번째 충돌은 처음보다 더욱 격렬했다. 그들의 발이 땅을 패어내며 한 발자국씩 밀렸다.

"……."

이신의 손이 막 검을 움직이려 할 때 장합이 도를 거둬들였다.

"…이신이 맞는가?"

"맞아."

한순간이라도 방심하면 단숨에 목이 날아갈 거리에서 그들은 그렇게 마주 보며 서 있었다. 이신은 격전으로 거칠어진 호흡을 천천히 가다듬었다.

“명궁(名弓)인 줄은 알았지만 이렇게 놀라운 검술을 지닌 줄은 몰랐는걸?”

진심으로 감탄이 어린 말투다. 아니, 인정하지 않을 수 없었다, 자신이 눈앞의 사내에 대해 오판했다는 것을.

“물론 당신도.”

짧은 대답. 그리고 이신도 천천히 이검(二劍)을 거둔다.

“당신의 명자(名字)는?”

아마 대충 짐작하고 있을지도 모른다. 사서(史書)에 적힌 관도전에서 조조의 본진을 습격하는 장수는 장합과 고람이라는 것 정도는 알고 있으니까. 그리고 이렇게 절로 등골이 시릴 정도로 칠흑같이 어두운 기운을 축축하게 흘리는 남자라면 분명…….

“장합.”

역시. 이신의 눈꺼풀이 작게 떨렸다. 또 한 번 목숨을 걸어야 하는 건가? 검을 쥔 양손에 자기도 모르게 잔뜩 힘이 들어간다.

“…당신이 있을 곳은 여기가 아닐 텐데?”

이신이 무겁게 한 걸음 뒤로 물러서며 입을 열었다.

“무슨 뜻이지?”

“당신의 군사들은 모조리 전멸하고 말 거야. 한 군의 장(長)이란 자가 그걸 가만히 내버려 둘 생각인가?”

“역시 매복인가? 후후.”

그는 전혀 당황하지 않은 목소리다. 오히려 이신의 눈이 가볍게 흔들린다.

“미안하지만 지금의 나에게는 당신을 베는 것이 전투의 전부다.”

“……”

조용한 말속에서 뿜어져 나오는 강한 의지. 그 의지 속에 담긴 강한 살의에 이신은 눈살을 조금 찌푸렸다. 언제나 느끼는 것이지만 누군가의 미움을 받는 것은 기분 좋지 않은 일이다.

"간다."

허공을 낮게 가르는 목소리와 함께 장합이 움직였다. 폭우와 같이 위력있는 참격(斬擊). 그 맹렬한 기세를 그대로 받는다는 것은 어리석은 일이었다. 이신은 몸을 옆으로 비틀었다. 소름 끼치도록 날카로운 바람이 얼굴에 느껴졌다. 아슬아슬한 도의 간격. 그 간격 밖에서 이신의 왼손이 움직였다.

쩡!

왼손에 들린 소검이 미묘하게 도의 방향을 바꿈과 동시에 이신은 장합의 몸으로 빠르게 파고들었다. 오른손에 들린 장검이 매섭게 장합을 베어간다.

"……."

장합의 눈이 가늘게 떠진다. 단 한 치의 방심도 용납되지 않는 결투. 집중력의 극의(極意)에 오른 장합의 이마에 식은땀이 맺혀 흐른다.

쩌엉!!

순간 금속음이 날카롭게 울려 퍼졌다.

"음……."

작은 신음 소리와 함께 이신은 재빨리 뒤로 물러섰다. 장합은 믿기 힘들게도 팔목의 보호대로 정확하게 자신의 공격을 받아내고 도(刀)로 목을 베어온 것이다.

쉬익!!

간발의 차로 눈앞의 대기를 가르며 장합의 도가 지나간다.

"하아앗!!"

끝이 아니었다. 기합성과 함께 장합의 도가 눈이라도 달린 것처럼 빠르게 이신을 향해 뻗어온다. 도풍(刀風)이 흙바람을 일으킨다.

피할 수 없어. 이신은 입술을 잘근 깨물며 장검을 마주 휘둘렀다.

끼이잉!!

날카로운 충돌음이 어두운 대기를 찢으며 퍼져 나갔다. 검에 흥건히 묻어 있던 말의 선혈이 땅으로 흩뿌려진다. 찌릿찌릿 떨려오는 오른손을 땅을 향해 내리며 이신은 뒤로 물러섰다. 백상홍엽의 검술은 어디까지나 여인에게만 전해 내려오는 비전(秘傳)의 검술. 이런 패도적인 참격과 맞부딪치기에는 검의 무게 자체가 너무 가벼웠다. 애초에 빠르기와 유연성을 중시하는 검술이었으니까.

"후~"

작게 한숨을 쉬며 이신은 다음 공격을 준비했다. 나뭇잎을 긁고 지나가는 작은 바람 소리까지 느낄 수 있을 정도로 온몸의 신경은 곤두선 상태였다. 그의 자세가 천천히 변했다. 장검은 하단으로, 소검은 상단으로.

백상홍엽(白上紅葉) 오의(奧意) 광월(光月).

"……."

장합은 눈을 부릅떴다.

'빨라!'

지금까지의 움직임과는 비교가 안 될 정도의 속도로 이신이 질주했다. 장합의 눈에서 검은 살의가 폭발한다. 두 사람의 거리가 눈 깜짝할 사이에 격검 가능 거리로 좁혀졌다. 이신의 오른손에 들린 장검이 땅에서 허공으로 빠르게 솟구치려는 순간, 장합의 도에서 흰 빛이 밤의 기운을 가르며 섬광(閃光)처럼 뻗어 나갔다.

"죽어!"

연약한 인간의 몸 따위는 단숨에 꿰뚫어 버릴 것같이 무시무시한 공격. 그 짧은 순간 이신의 몸이 한 바퀴 돌며 도약했다. 달빛에 검광이 은은하게 번뜩였다. 매서운 검풍(劍風)이 장합의 얼굴을 자극한다.

"뭐……?!"

장합이 신음성을 터뜨렸다. 말도 안 되는 몸놀림이다. 빠르게 돌진하는 상태에서 혼신의 일격을 피해내고 검격까지 구사하다니……. 어느새 이신의 소검이 눈앞에 느껴진다.

푸욱!

오른쪽 어깨를 시작으로 몸이 휘청거린다. 장합은 그제야 어깨 깊숙이 꽂혀 있는 칼을 쏘아보았다. 피는 비릿한 아픔보다도 먼저 미친 듯 뿜어져 나왔다. 그는 잔뜩 일그러진 얼굴로 잠시나마 고통을 잊으려 미동도 않고 칼을 쏘아보는 눈에 원망만을 담았을 뿐이다.

"……."

그리고 목에 와 닿는 쇠붙이의 서늘한 느낌에 장합은 천천히 눈을 감았다.


"음?"

갑자기 왜 비가? 하후돈은 눈을 가늘게 뜨고 하늘을 바라보았다. 순식간에 찌푸려진 하늘은 화라도 난 듯 빗줄기를 맹렬히 쏟아 붓고 있었다. 벌써 온몸이 축축하고 끈적하게 젖어버렸다. 갑옷에 묻은 핏물이 비를 따라 땅속으로 스며든다.

"…하늘이 울고 있네요."

적의 피로 온통 피투성이가 된 백의를 입은 여인이 눈을 감고 작게 중얼거렸다. 몸을 엄습하는 차가움에 부르르 몸이 떨린다. 차가운 비. 이토록 차가운 비는 처음이었다. 그녀의 뺨은 새파랗게 생기를 잃어가고 있었다.

"중달(仲達)."

자신의 이름을 부르는 소리에 여인은 고개를 돌렸다. 차디차게 마른 칠흑의 눈동자가 그녀를 응시하고 있다. 사내는 입가에 가느다란 냉소와 함께 비와 피가 얼룩진 검을 들고 서 있다. 그녀가 놀란 눈으로 입을 연다.

"승상!"

"……."

조조는 아무 말 없이 검을 검집에 집어넣고는 하늘을 바라보았다. 검게 휘몰아치는 바람이 그의 젖은 머릿결을 흩날렸다.

"…비가 오는군."

한참 후에야 그는 혼잣말처럼 중얼거렸다.

# 북천(北天)의 달

"비가······."

어느새 빗줄기가 그쳤다. 하늘에 흘러가는 말갛게 갠 푸른 구름을 비추며 작은 강의 수면(水面)이 저녁노을에 붉게 타오르고 있었다. 채 떨어지지 않은 해의 뒤에 슬플 정도로 희미한 달이 한 귀퉁이에 걸려 있다. 사위는 무척이나 고즈넉했다. 들리는 것이라고는 오직 작게 지저대는 새소리뿐. 산바람이 불어올 때마다 나뭇가지가 삐그덕대며 신음을 흘려댄다. 그리고 그 아래로 눈을 가늘게 뜬 사내가 앉아 있었다.

사내의 등 뒤로 무성한 가시나무가 서늘하게 도사리고 있다. 가시나무꽃은 채 피어나지 않은 석류처럼 검붉게 빛나고 이리저리 꼬인 채 하늘을 향해 기어오르고 있었다.

"······."

정적. 그 말로밖에 표현할 수 없는 한 폭의 수묵화. 그리고 그 수묵

화의 중심에 위치한 사내의 얼굴에는 은은한 어둠이 서려 있다. 미풍
에 흔들리는 청색 도포 자락 위로 붉고 풍염한 입술과 희고 깨끗한 피
부가 석양을 받아 영롱한 빛을 발했다. 수염 하나 없는 매끈한 얼굴을
가진 사내였다. 그의 옷자락은 잔뜩 비에 젖어 있었다. 그 수묵화에서
정적이 서서히 깨졌다.

"휴우~ 한심하군, 한심해."

그 사내가 중얼거렸다. 무엇이 한심하다는 것일까? 사내의 하늘을
향한 눈이 서서히 강 쪽을 향한다. 지극히 무심한 그 시선. 어떤 감정
이 담겨 있는지 모를 그 시선 속에 다섯 명의 사내가 들어왔다. 선두에
선 한 사람은 단도를 차고 있었고 나머지 네 사람은 한결같이 천으로
얼굴을 가리고 있었다.

'산적이군.'

그 사내는 한눈에 그들이 산적임을 알아보았다. 전혀 이상한 일이
아니었다. 여기는 조조나 원소가 다스리는 곳만큼 치안이 좋은 곳이
아니었으니까. 그렇다고 손권과 유표가 다스리는 곳도 아니었다. 배고
픈 백성이 산에 들어가 산적 짓을 하는 일 따위는 흔하다. 하지만 그
사내의 얼굴에는 전혀 걱정하는 듯한 빛이 떠오르지 않았다. 그가 여
유로운 목소리로 입을 열었다.

"나에게 뭘 원하시오?"

산적들은 눈앞의 사내가 전혀 겁을 집어먹는 눈치가 아니자 당황하
기 시작했다. 하지만 선두에 선 우두머리로 보이는 사내가 곧 일행을
진정시키며 말했다.

"가지고 있는 돈만 내주면 목숨은 해하지 않겠소."

"이것참, 미안하군. 돈을 가지고 오지 않았소."

그 사내는 어이없게도 진심으로 미안하다는 듯한 표정을 지었다. 산적에 대한 그 어떤 거부감도 증오심도 사내에게서는 읽을 수가 없었다. 자연 산적들은 황당해할 수밖에 없었다.

"그럼 그 옷이라도 내놓으시오."

"아, 이것 말씀이신가? 비에 젖었네만 이거라도 좋다면 가져가시오."

그 사내는 거리낌없이 윗옷을 산적들에게 던져 버렸다.

"이제 가봐도 되겠소?"

"가, 가보시오."

그 사내는 입을 벌린 채 어안이 벙벙한 눈을 하고 있는 산적들을 뒤로하고 터벅터벅 산을 내려가기 시작했다. 하지만 산적들을 등지고 산을 내려가는 사내의 표정은 아까와는 딴판으로 잔뜩 일그러져 있었다. 그 사내가 노랫가락을 읊조리듯 중얼거렸다.

"만약 조조였다면 이렇게 말했겠지. 귀공의 마음속에 품은 야망을 내놓으시오. 그거야말로 지금 내가 가진 전부가 아닌가? 한심하군. 한심한 노릇이야."


반나절 내내 쏟아 붓던 비가 다시금 내리기 시작했다. 그 사내는 맨몸으로 비를 맞고 있었다. 분명 온몸이 찢어져 버릴 듯한 고통의 추위일 터. 그러나 오히려 그 사내의 입가에는 미소가 걸려 있었다.

"태양과 달의 싸움에 하늘이 겁이라도 집어먹었나? 좋지, 좋아. 그들이라면 그럴 자격이……."

무엇을 발견했음일까? 사내는 발걸음을 멈추고 눈을 가늘게 뜬 채 앞을 응시했다. 천천히 빗속에서 사람의 모습이 나타난다. 빗줄기의 빽빽한 사선에 묻혀 윤곽이 분명치 않다. 가까이 올수록 모습이 뚜렷해지면서 여인의 모습이 드러났다. 수수한 옷차림이었지만 그녀의 아름다움을 막을 수는 없었다. 티 하나 없이 빛나는 흑발, 방금 내린 눈같이 하얀 피부, 가냘픈 허리를 가진 그녀는 가는 붓으로 그린 듯한 눈썹을 가늘게 떨었다. 그녀의 머리칼에 맺힌 빗방울이 뺨을 타고 흘러내렸다.

"원직(元直)……."

"돌아갑시다, 사군."

후~ 자신은 그녀가 핀잔이라도 줄 줄 알았던가. 유비는 부드러운 눈으로 서서를 바라보았다. 여남에서 얻은 천하의 재녀. 유비에게 있어서 천하절색(天下絶色)의 미모 따위는 상관없었다. 다만 상관있는 것은 그녀의 기량일 뿐.


"붓자루로 병사를 죽일 수 있다고 생각하십니까, 유 공(劉公)?"


그 장비 앞에서 자신에게 당당히 검을 빼어 들며 소리친 여인. 유비는 망설임없이 그녀를 선택했다. 난세(亂世)의 동반자로.

"원직, 고맙소."

유비가 씁쓸한 웃음을 지으며 말했다. 서서는 답례의 표시로 고개를 가볍게 숙여 보이며 붉은 입술을 열었다.

"사군, 그가……."

"그?"

"원소가 관도에서 대패했습니다."

"……."

숨 막힐 듯한 침묵. 빗줄기가 세찬 바람에 휜 나뭇가지를 두드리는 소리가 요란하게 들려온다. 유비는 긴 숨을 내쉬었다. 그의 벗은 탄탄한 상체에 맺힌 빗방울이 가늘게 떨린다.

"원소가……."

"……."

그는 무언가를 말하려는 듯하다가 다시 입을 굳게 다물고 시선을 어두한 허공 한구석에 고정시켰다. 그의 눈은 한눈에 보기에도 동요를 알아볼 수 있을 정도로 흔들렸다. 대체 왜? 더할 나위 없이 암울한 사색. 그 어두운 동굴같이 닫힌 입술을 바라보며 서서는 고개를 떨구었다.

"…그 원소가 이렇게 쉽게 패할 리가 없을 텐데 어째서……."

자조하듯이 내뱉는 목소리는 그가 받은 충격을 암시하듯이 가늘게 떨렸다. 사군답지 않다. 서서는 공허한 대답 따위는 하지 않았다. 불길한 예감. 어쩌면 지금까지 노력해 온 그 모든 성과가 이 일로 송두리째 허물어질 수 있다는 두려운 예감이 유비를 사로잡았을 것이다. 지금 그녀의 뇌리를 스치는 느낌처럼.

"오소의 군량고를 기습당했다고 하더군요. 진언한 자는……."

"……."

"이신."

서서의 붉은 입술이 한 남자의 이름을 천천히 내뱉었다.


＊　　　＊　　　＊


조조, 그리고 원소. 용을 꿈꾸는 두 이무기는 관도에서 격돌했다.

그 결과 원소는 대패하고 황하를 건넜다. 그를 따라 돌아간 군사는 불과 팔백 기. 원소의 이 참담한 패배로 천하의 흐름은 순식간에 조조를 중심으로 돌아가기 시작했다.

"……."

그리고 그 중심에 있는 남자. 이신은 눈을 감고 천천히 찻잔을 들이켰다. 조조 자택에서의 세 번째 독대(獨對)라……. 문득 떠오르는 두 번째 독대에서의 기억에 그의 손이 가늘게 떨렸다. 대기를 천천히 가르던 검의 숨결, 그리고 전율.

달칵.

찻잔이 상에 떨어졌다.

"물어볼 것이 있네."

조조는 무척이나 과묵하고 차가운 남자였다. 쓸데없는 말을 거의 하지 않는다. 게다가 언제나 겨울 눈보라의 중심처럼 변함없는 냉랭한 표정에 그의 심중(心中)을 짐작한다는 것은 무척이나 어려운 일이었다. 그러므로 보통 그와의 대화는 애매하게 흐르기 마련이었다. 때로는 고승들의 선문답과 같은 추상적이고 고학적인 대화를 나눈 적도 있었다. 곤욕일까? 눈을 가늘게 뜬 이신의 입가에 실낱같은 미소가 지어졌다.

"예, 말씀하시죠."

조조는 잠시 망설였다. 그 망설임은 이신의 뇌리에 잔잔한 파문을 일으켰다. 필경 쉬운 문제는 아니로군. 그가 말하기 껄끄러운 일이라면 응당 그럴 테지. 이신은 작게 한숨을 내쉬며 조조를 바라보았다. 잠시 후에 조조의 입이 천천히 열렸다.

"여남의 유비를 치는 것에 대해서 어떻게 생각하는가?"

"아, 유비!"

이신의 뇌리 속에 유비의 영상이 스쳐 지나갔다. 능청스러움 속에 숨겨진 날카로운 칼날. 결코 만만히 볼 자는 아니었다. 그가 말했다.

"망설일 것은 없겠죠."

별다른 고민은 없었다. 군이 사족을 달 필요도 없이 원소가 관도의 패배로 쇠약해진 이때가 배후의 안정을 도모하기에는 최적기임은 약간의 안목만 있는 사람이면 누구나 알 수 있는 사실이었다. 그는 눈을 가늘게 뜨고 조조를 바라보았다. 그런 사실을 그 조조가 모르리라고는 생각할 수조차 없는 일. 조조의 망설임의 원인은 아마도 유비에 대한 뜻 모를 경계심일 것이다. 그는 지나치게 유비에 대해서만은 예민했다. 후, 운명의 파도를 본능적으로 느끼고 있는 것일까? 이신의 입가에 알 듯 말 듯한 실소가 그려졌다.

"흠."

실소를 보았을까? 편치 않은 신음을 흘리며 조조는 애꿎은 손가락을 꺾었다.

뚜두둑.

뼈가 우그러지는 유쾌하지 않은 소리가 이신의 귀를 자극했다.

"…그런가?"

침묵이 조조의 말의 여운을 가만히 붙잡았다. 이신은 그저 애매한 표정으로 그런 그를 바라볼 뿐이었다. 자신으로서는 군이 유비의 정벌을 강력히 주장할 그 어떤 이유도, 필요도 없었기 때문이다. 어차피 선택은 눈앞의 남자 몫인 것을. 차에서 흘러나오던 하얀 연기가 살며시 자취를 감추었을 때 조조의 말이 들려왔다.

"친정(親征)하겠네."

"……"

그럴 필요까지는 없을는지도 모른다. 하지만 또한 막을 이유도 없었다. 조조는 어디까지나 조조인 것을. 그는 집 지키는 개가 아니라 어디까지나 살을 뜯어 먹는 승냥이니까. 아신은 묵묵히 고개를 끄덕였다.

"저도 참전하겠습니다."


칠 월에 들어섰다.

이제 곧 수확의 시기가 다가온다. 농민들이 땀을 닦으며 열심히 수확에 힘쓰는 시기인 것이다. 그리고 여기 땀을 흘리는 또 한 사람이 있었다. 이신은 요즘 기마술과 활 쏘기에 큰 노력을 기울이고 있었다. 말과 일체가 되기 위해 하루도 거르지 않고 일부러 험한 지형만 골라서 말을 달리고 말 위에서 활 쏘는 연습을 했다.

'모든 일은 노력없이는 안 된다.'

이신의 신념이자 이 세상의 진리였다. 이신은 원래 기마술에는 조예가 있었으나 활을 만져 본 것은 삼국 시대에 와서 처음이었다. 하지만…….

'나를 믿어라. 태어나서 처음으로 쏜 화살도 보기 좋게 과녁을 통과하지 않았는가.'

그는 자신이 활 쏘기에 재능이 있다고 믿고 있었다. 그리고 끊임없는 노력과 함께 활 솜씨는 신기의 경지에 도달했다고 스스로 자부했다. 말 위에 올라서 왼편을 보고 오른쪽으로 활을 쏘는데도 백발백중, 화살은 빗나가지 않을 정도였다. 이신이 쓰는 활은 그가 직접 장인에게 부탁해서 만든 몽고식의 혼합궁이었다. 현 삼국 시대에 하나밖에 없는 활. 크기는 작지만 당기려면 영국의 대궁보다도 더 많은 힘인 최소 166파운드의 힘이 필요하다. 게다가 그 비거리는 200~300미터에

달하는데다가 관통력이 높아 웬만한 갑옷의 경우는 뚫고 지나갈 정도
였다. 실로 대단한 활이 아닐 수 없었다. 이신은 몇 번의 실패 끝에 만
들어진 이 활을 몹시도 사랑하여 스스로 ‘진애(珍愛)’라고 이름을 붙
였다. 이는 사랑하는 보배라는 뜻이었다. 그의 목숨을 구해준 활일진
대 어찌 사랑하지 않을 수 있으랴.

　‘다시 한 번 너를 믿어보겠다.’

　이신은 가만히 ‘진애’를 쓰다듬었다. 현재 그의 마음 상태는 상당히
불안한 상태였다. 전장에 나가기 전이면 으레 그래 왔듯이.

　‘술 따위에 의지하면 안 된다.’

　현세에 살 때 그는 언제나 마음의 고민을 술로 해결했다. 스트레스
성 수전증은 그 때문에 얻은 것이다. 하지만 이제는 결코 후회할 일 따
위는 하지 않을 작정이었다. 두 번이나 실패한 인생을 살 수는 없지 않
은가? 진애궁(珍愛弓)을 쓰다듬는 그의 손길이 가볍게 떨렸다. 수전증
이다. 아마도 당분간은 이 증상이 없어지지 않으리라.

　“목숨을 건다. 후후.”

　이신은 나지막한 웃음을 터뜨리며 말을 몰아 순식간에 왼쪽으로 돌
았다. 그 모습이 너무나 자연스럽고도 빨라서 마치 말에 날개라도 단
것 같았다. 실로 대단한 기마술이 아닐 수 없었다.

　“천하에서 나보다 더 말을 잘 모는 사람은 없을 것이다. 아니, 없어
야 한다. 그래야…….”

　그는 회한이 가득한 목소리로 말했다. 목이 메어 차마 뒷말을 잇지
못했다.

　‘그래야 그녀가 울지 않을 것 아닌가.’

　그에게 말타는 법을 가르쳐 준 여자, 그가 사랑했던 여자. 그 여자의

이름이 바로 진애(珍愛)였다. 이신은 다시 한 번 조심스럽게 진애궁을 쓰다듬었다. 그의 손이 다시금 떨렸다. 하지만 그것은 수전증 따위 때문이 아님을 그가 더욱 잘 알고 있었다. 그것은 그리움 때문이었다. 다시는 만날 수 없다. 이 세상이든 저 세상이든. 하지만……

"당신은 영원히 내 마음속에 살아 있어."

*　　　*　　　*

"허허, 역시 오는구먼."

허도에 있는 세작으로부터 조조의 출병 소식을 들은 유비가 혼잣말로 중얼거렸다.

"군의 총지휘관이 누구죠?"

서서가 세작에게 물었다.

"조조가 직접 일만 오천의 대군을 이끌고 오고 있습니다. 게다가 참모로 이신까지 동행했다고 합니다."

"조조의 사냥개까지?"

옆에 서 있던 장대한 체구의 사내가 말했다. 키가 어찌나 큰지 주위의 다른 사람들이 어린아이로 보일 지경이었다. 험상궂게 생긴 얼굴과 다른 사람의 두 배는 될 것 같은 팔뚝과 허리는 그가 얼마나 장사인지를 보여주는 증거들이었다. 그 사내가 말한 '조조의 사냥개'라는 것은 조조가 이신에게 '실로 공(公)은 이 조조의 검 중의 검이다'라고 한 말을 빗대서 한 말이었다. 이신이 알면 분통 터질 일이겠지만 그는 오직 조조의 영토 안에서만 '조조의 세 번째 명검'이라고 불리고 다른 지방에서는 대개 '조조의 사냥개'라고 격하되어 불리어졌다.

"익덕, 그를 모독하지 말아라. 그는 실로 '조조의 세 번째 명검'이라 불릴 만한 사람이다."

날카로운 인상을 가진 단단한 체격의 남자가 입을 열었다. 그의 잘 정돈된 긴 수염이 미풍에 가볍게 흔들렸다.

"형님, 지금 적에게 그런 것을 따질 때요? 그리고 내가 사냥개라면 사냥개요."

"……."

관우는 더 이상 말해 봤자 자신만 피곤해질 거라는 것을 잘 알기 때문에 입을 닫고 무시했다. 장비도 더는 뭐라고 하지 않았다. 평상시라면 한마디 더 쏘아붙였겠지만 지금의 상황이 어떤지를 그도 잘 알고 있었기 때문이다. 폭풍 전야가 아닌가.

"원직, 어떻게 보시오?"

유비가 서서에게 물었다. 서서의 표정이 어두워졌다.

"승산이 없는 싸움이겠죠."

"이길 승산이 없다고는 생각하지 않소."

장비가 항의하듯이 말했다. 장비는 패배를 인정하는 것을 죽기보다 싫어했다. 그것도 칼 한 번 맞대지 않고서야 두말할 나위가 없으리라.

"호오, 그럼 조조군을 이길 수 있다는 말이냐?"

유비가 빈정대는 듯한 어투로 말했다.

"그렇소. 싸움은 해봐야 아는 것 아니오?"

"하하, 그야 그렇지. 하지만 이 세상에는 해보지 않아도 알 수 있는 일이 있다. 조조보다 두 배나 적은 병력으로 조조를 무찌를 수 있다고 생각하는 사람은 천하에 없을 것이다."

"나는 절대 그렇게 생각하지 않소."

장비가 완고하게 말했다.

"그래? 병력도 적어. 게다가 조조군에는 천하제일의 책략가인 이신이 있다. 빈틈이라고는 없어. 도대체 어떻게 상대할 생각이냐?"

"책략이오."

"푸핫핫핫! 아예 번데기 앞에서 주름을 잡지 그러냐, 익덕아? 푸흣. 그래그래, 어떤 책략으로?"

유비는 눈물까지 닦아내는 시늉을 하며 포복절도했다. 그걸 지켜보는 장비의 얼굴은 인간이 아니라 저승 사자의 그것이었다. 하지만 유비는 아랑곳하지 않고 재미있다는 표정을 지었다.

장비가 더듬대며 말했다.

"그, 그건… 매복이오."

"원직, 어떻게 생각하시오?"

유비는 즐겁게 웃느라 자신이 '천하제일의 책략가' 라고 말을 할 때 서서의 아름다운 아미가 잠시 찡그려지는 것을 보지 못했다. 서서가 어색한 웃음을 지으며 말했다.

"그것은……."

"잘 들어라, 익덕아. 그런 방법으로 될 것 같으면 내가 벌써 손을 써도 예전에 썼겠지. 그러나 조조는 만만하지 않아. 게다가 조조에게 '세 번째 명검' 이 있는 한 책략으로는 불가능하다는 사실을 알아야지."

유비가 매정하게 서서의 말을 자르고 장비에게 훈계했다. 서서의 아름다운 얼굴이 순간 장비의 그것같이 변했다.

"부, 불가능하지 않나이다!"

그녀가 볼멘소리로 말했다. 유비가 고개를 갸웃했다.

"호오, 원직, 아까는 승산이 없다고 들은 것 같은데?"

“그, 그건… 어디까지나… 그러니까… 보통 사람들의 생각을 말씀
드린 것입니다만……."

“그럼 원직의 생각은 어떻소?"

“이, 이길 수 있나이다."

서서는 마음속으로 자기 자신에게 무척이나 화가 났다. 또 나쁜 버
릇이 나온 것이다. 지기 싫다. 냉정하게 전황을 판단하고 물러설 때는
과감하게 물러설 줄 알아야 하는 모사에게는 치명적인 결함이 아닐 수
없었다. 그런데 간신히 이성으로 누르고 있던 그녀의 성격이 유비의
도발로 폭발해 버린 것이다. 그녀는 마음 한구석에 지금이라도 말을
취소하고 싶은 감정이 있었다. 하지만 지기 싫다는 감정이 더 강했다.

‘이왕 엎질러진 물이다. 원직아, 원직아.'

“흐음… 원직의 말이라면 생각해 볼 필요가 있겠지."

“거 보슈. 원직도 나랑 생각이 같지 않소? 이길 수 있다니까!"

장비가 신이 나서 거들었다. 하지만 유비는 심각한 목소리로 말했
다.

“원직, 정말 자신있소?"

“사군, 소녀를 믿지 못하시나이까? 군령장이라도 써 보일까요?"

서서는 이리도 자신을 믿지 못하는 유비에게 억울한 마음에서 그렇
게 말했다. 하지만 곧 불안감이 엄습했다.

‘설마… 진짜로 쓰게 하는 건 아니겠지?

“알았소. 원직이 그렇게까지 말한다면 믿어보겠소. 원직에게 우리
군의 지휘권을 맡기겠소."

“감사하나이다, 사군."

“그럼 원직은 우리 군이 조조와의 전투에서 승리할 비책을 짜주시

오. 그리고 나는 관우에게 할 말이 있으니 모두들 그만 나가보시오.”


모두들 물러난 회의장.

유비는 뭐가 즐거운지 얼굴에는 웃음기가 가득했다. 관우가 의아한 눈으로 유비를 쳐다보았다.

“형님, 뭐가 그렇게 즐거우십니까?”

“원직은 아직 어려. 하지만 귀엽지 않은가? 핫핫핫!”

“소제가 보기에는 원직이 너무 무리하는 것 같습니다. 과연 원직의 능력으로 이길 수 있겠습니까?”

관우는 원직이 별로 미덥지 않았다. 단순히 외모만 봐도 큰 키에 풍류남의 기질이 있는 이신과 여리디여린 원직은 비교가 되었다. 게다가 이신의 신출귀몰한 책략을 몸소 보지 않았던가.

‘과연 원직이 그 ‘조조의 세 번째 명검’을 부러뜨릴 수 있을까?’

“하하. 아우, 걱정하지 말게. 이번 싸움은 어차피 이길 생각은 아니었으니까.”

“예? 그런…….”

“조조보다 적은 병력으로 그에게 승리한다는 것은 죽은 여포라도 불가능해.”

“…….”

잔인할 정도로 냉정한 판단에 관우의 표정에 어둠이 드리워졌다. 과장될 정도로 여유있는 웃음 속에 가끔씩 드러내 보이는 유비의 진심은 소름이 끼칠 정도로 차가웠다. 평소의 온후한 인품으로는 상상도 할 수 없을 정도로.

“그럼 원직은 어째서?”

유비가 차갑게 말했다.

"나에게도 명검이 필요해. 다만 나는 원직에게 날개를 달아주고 싶을 뿐이야. 경험이라는 날개를."

'하늘 높이 날아라, 서서여.'

유비는 마치 자신이 하늘을 날 것같이 자리에서 벌떡 일어났다.

*　　　*　　　*

'최악이군.'

작게 중얼거리는 이신의 깊은 눈매가 찡그려졌다. 그의 등 뒤로 급격한 산비탈을 타고 붉은빛 석양이 들어차고 있었다. 눈부시지 않은 햇살을 뚫고 바람이 세차게 불어왔다. 그늘가에 드리워진 참나무 숲이 나뭇가지 떨리는 소리로 요란했다.

"……."

어디로 걸을까 망설이는 사람처럼 그는 멍하니 바람에 흔들리는 나뭇가지들을 바라보고 있었다. 갑작스런 부인의 와병(臥病) 소식을 듣고 허도로 출발한 것이 아침나절의 일이었다. 급하게 말을 달렸건만 이상할 정도로 이신은 헤매고 있었다. 머리 속에 떠오르는 것이라고는 드문드문 단편적인 풍경뿐 정작 중요한 방향은 아른거리며 떠오르지 않았다. 그의 눈에 들어오는 숲이며 산이며 모두 생소한 것들뿐. 하지만 말 머리를 돌려도 그 생소한 풍경은 계속될 뿐이었다. 치밀어 오르는 답답함을 이기지 못하고 이신은 짜증이 깊게 담긴 한숨을 내쉬었다.

"일단은 어딘가에서 하루 묵고 갈까?"

험준한 산길의 한구석에 있는 집. 그곳이 여숙이 아님을 이신은 한눈에 알아보았다. 길게 드리워진 처마 끝의 그림자에 가려진 신발이 한 켤레였기 때문이다. 이런 곳에 민가(民家)라……. 알 수 없는 호기심이 밀려오는 것을 느끼며 이신은 말을 멈췄다.

"……."

그의 눈이 천천히 그 민가를 훑기 시작했다. 금방이라도 쓰러질 것 같은 허름한 집. 불현듯 말고삐를 돌리고 싶은 욕구가 솟아오르는 것을 억누르며 이신은 입을 열었다. 이제 조금만 있으면 해가 진다. 밤중의 산행이란 것이 얼마나 위험한 것임을 알고 있는 그로서는 어쩔 수 없는 선택이었던 것이다. 게다가 자신은 이곳의 지리조차 잃고 헤매고 있지 않은가.

"계십니까?"

펀치만은 않은 그의 목소리에 문이 열리는 기척이 들려왔다. 그는 반사적으로 고개를 숙여 보이며 말했다.

"여행자입니다만, 잠시 요기나 할 수 있을까요?"

"……."

가녀린 발걸음이 흙 위에 떨어졌을 때 고개를 든 이신의 눈이 당혹감에 휩싸였다. 발걸음의 주인공이 놀랄 만치 아름다운 미녀여서가 아니었다. 꿈에서조차 잊을 수 없던 그 얼굴.

"진애……."

작게 중얼거린 그의 말을 못 들은 것일까? 옛 연인과 흡사한 외모를 가진 그 미녀는 영롱한 목소리로 말했다.

"풀죽밖에는 없습니다만 괜찮으실런지요."

"아, 예."

그는 황급히 정신을 차리고는 대답했다. 단순한 우연일 뿐이다. 시(時)와 공(空)을 뛰어넘은 이곳에서 닮은 사람 하나쯤은 있을 법도 한 일이 아닌가? 흥분한 가슴을 진정시키며 이신은 여인의 뒤를 따랐다. 의외로 방은 겉과는 달리 무척이나 깔끔하게 정돈되어 있었다.

"잠시 기다리시지요."

여인은 말을 마치고는 식사 준비를 하려는 것인지 방을 나섰다. 이신은 멍하니 그녀가 나간 방문을 응시했다. 뇌리를 스치는 여러 가지 사색에 그의 눈길이 조금 흔들린다. 우연이라고 보기에는 너무나도 기이한 이 하루에 겪은 일과 피곤함이 겹쳐 불현듯 머리가 지끈 아파왔다. 대체 어떤 여자일까? 잠시 후 문밖에서 여인의 발소리가 들려왔다.

드륵.

"……."

그녀가 들고 온 상에는 정말로 멀건 풀죽만이 덩그러니 놓여 있었다. 순간적으로 이신의 눈이 찌푸려졌다. 아마도 그동안 이런 빈약한 음식을 먹은 적이 없어 마음보다 몸이 먼저 반응한 것이리라.

여인은 이런 이신의 행동을 보았는지 딱딱한 목소리로 말했다.

"역시 마음에 안 드시는 모양이군요."

"아, 아니오. 감사합니다."

그는 황급히 손을 저어 보이며 수저를 들었다. 풀죽은 의외로 먹을 만했다. 두 끼를 굶었기 때문일까?

"맛있군요."

어느새 한 그릇의 풀죽을 다 비운 이신이 미소 지으며 입을 열었다. 진심 어린 그 미소에 여인도 그제야 마음이 어느 정도 누그러진 것 같았다.

"다행이군요."

그녀도 역시 가느다란 미소를 입가에 지어 보였다. 순간 등골을 타오르는 흥분감에 이신은 작게 몸을 떨었다. 어디선가 본 적이 있는 미소. 기억 속에 깊이 남아 있는 그 아련한 향수에 그는 결국 눈을 돌려 버렸다. 곧 의도하지 않은 어색한 침묵이 방 안을 뒤덮었다. 작게 숨을 가다듬으며 이신은 고개를 돌려 자신이 만든 침묵을 깨뜨렸다.

"소저……."

"……."

그는 어색한 분위기를 깨뜨리려 어떻게든 되는대로 말을 꺼냈지만 딱히 할 말이 생각나지 않아 잠시 머뭇거렸다. 하지만 입술이 채 닫히기 전에 그는 지금 자신에게 있어 가장 중요한 용건을 떠올렸다.

"어쩌다 보니 길을 잃었습니다. 여기는 어디입니까?"

"여남입니다."

여인의 짧은 대답에 이신은 소스라치게 놀랐다. 어쩌다가 반대 방향으로 왔단 말인가? 게다가 여남이라면…….

"아직 통성명을 하지 못했습니다. 소녀는 서서라고 합니다."

이신은 놀란 마음을 황급히 가라앉히고 말했다.

"아, 제가 그만 결례를 저질렀습니다. 저는 이신이라고 합니다."

"이신?"

서서는 작게 중얼거렸다. 어디선가 들어본 이름이다, 분명.

"……."

서서? 한편 여인의 이름도 이신의 뇌리를 작게 스쳤다. 모를 리가 없는 이름이다. 공명을 유비에게 천거한 사람 중 하나가 아닌가? 하지만 그것은 말 그대로 순간의 작은 스침에 지나지 않았다. 서서가 유비에게 임관하는 것은 신야에서의 일이었으니까.

"서 소저."

"예?"

미처 그녀가 그의 이름을 어디서 들었는지에 대해 떠올리기도 전에 이신이 그녀의 상념을 깨뜨렸다.

"허도로 가는 길을……."

그가 막 허도로 향하는 길을 물으려고 입을 떼었을 때였다, 문밖에서 한 남자의 쩌렁쩌렁한 목소리가 들려온 것은.

"원직! 형님이 관저로 나오라고 한 지가 언제인데 아직도 나오지 않는 건가?"

분명 그저 무심히 넘길 수도 있는 일이었다. 하지만 그 목소리를 듣는 순간 왠지 모를 불길한 느낌이 이신에게 엄습했다. 어디선가 들은 기억이 있는 목소리다.

"익덕 공, 손님을 맞는 중이었습니다. 그러니 사군께 곧 간다고 전해 주시지요."

익덕? 순간 알 수 없는 식은땀이 이신의 등골을 타고 흘렀다. 과연 장비였나? 어째서 장비가 이곳까지 오게 됐는지에 대해 상념조차 할 시간이 없었다. 그는 터져 나오려는 신음을 간신히 억눌렀다. 여기서 마주쳤다가는 큰 낭패를 겪게 될 것은 불을 보듯 뻔한 일이었기 때문이다.

'제발 이대로 가라.'

그는 기도하듯이 간절히 마음속으로 중얼거렸지만 그 바람은 곧 무참히 깨졌다.

"도대체 어떤 놈인지 얼굴이나 보자! 그 따위 놈이 사군의 명령보다 중요하다는 것이냐?"

"익덕 공!"

서서의 외침에도 아랑곳없이 장비는 방의 문고리를 힘껏 잡아당겼다. 이신은 당황해서 황급히 고개를 돌렸다.

'빌어먹을 자식, 왜 들어오고 지랄이야?'

이신은 속으로 장비를 몇 번이라도 씹어 먹고 싶은 기분이었다. 하필 이런 장소에서 마주칠 위기에 처하다니. 그저 장비 스스로 나가기를 바라는 수밖에는 없었다. 그러나 장비는 매정하게도 이신을 손으로 가리키며 소리를 질렀다.

"어이, 거기 너! 뭐 구린 거라도 있냐? 왜 고개를 돌리고 지랄이야?"

서서가 아름다운 아미를 찌푸리며 황급히 장비를 말렸다.

"익덕, 손님에게 이게 무슨 짓입니까? 익덕 공이 두려워 지금 손님이 겁에 질리지 않습니까! 당장 나가십시오!"

하지만 장비는 막무가내였다.

"키는 멀대같이 큰 게 왜 고개도 못 돌리냐? 너, 겁쟁이냐?"

이신의 눈이 날카로워졌다. 땀에 젖은 그의 눈썹이 저물어가는 햇빛을 받아 검게 번들거렸다. 어차피 무사히 나가기는 틀린 일이다. 그렇다면 정면으로 부딪치는 수밖에는 없었다.

"장익덕, 버릇없는 것은 여전하군요."

"뭐?!"

서서의 눈이 불현듯 둥그렇게 떠졌다. 지금의 상황이 잘 이해가 가지 않기 때문이었다. 저 사람, 익덕 공을 알고 있었던 거야?

"너, 나 알고 있냐? 그러고 보니 어디선가 들어본 목소리 같기도 한데……."

장비가 머리를 긁적이며 이신을 바라보았다.

"물론."

이신은 낮은 웃음을 터뜨리며 천천히 고개를 돌렸다. 왜 웃음이 나오는지는 몰랐다. 그저 이것 외의 선택이 없다는 생각에 허탈한 감정이 들 뿐이었다.

"너, 너는?!"

숨 쉬는 것조차 잊은 채 장비는 눈을 부릅떴다. 아마 장비 정도의 사내가 이렇게까지 당황하기는 처음이리라.

"서 소저께 다시 한 번 제 소개를 해드릴 필요가 있겠군요. 한의 좌장군 묘후 이신이 소저께 인사드립니다."

"다, 당신이……?!"

꿈에서조차 생각도 못한 일이다. 바로 이 사람이 불패의 명장으로 유명한 조조의 세 번째 명검과 동일 인물일 줄이야……. 서서는 어안이 벙벙한 눈으로 고개를 절레절레 저었다.

'도대체 일이 어떻게 돌아가는 거지?'

그때 정신을 수습한 장비가 파안대소를 터뜨렸다.

"크하하핫! 이거이거, 어제 꿈에 용이 나타나더니만 하늘이 내게 이런 행운을 내려주시는구먼. 아니 그러한가, 이신! 핫핫핫!"

"곱게 죽어줄 생각은 없습니다. 그리고……."

"응?"

"당신이 죽을지도 모를 일이지요."

이신의 입가에 떠어진 비릿한 미소는 꼭 자신감을 의미하는 것만은 아니었다. 그것은 생에 대한 애착과 체념에 반(反)하는 마음의 표출이었다.

“하하!”

장비는 그저 큰 웃음을 한 번 터뜨릴 뿐이었다. 자신에게 겁없이 저런 건방진 말을 내뱉은 자가 얼마만이던가.

“나갑시다. 이런 좁은 곳에서 싸울 순 없지 않습니까?”

이신은 떨리는 가슴을 억지로 눌러앉히고 침착하게 말했다. 검도에서 가장 중요한 것 중의 하나가 바로 냉정이었다. 게다가 목숨이 걸린 진검 승부에서야 두말할 나위가 없으리라.

“핫핫! 그러지. 내 오늘을 잊지 못하겠구먼. 자네의 목숨을 끊을 날이니 말이야.”

“…….”


그들은 이신이 말을 매어놓은 길로 나갔다. 이신의 말에는 활과 화살, 그리고 검 두 자루가 걸려 있었다. 그는 검을 매만지며 잠시 회한에 잠긴 듯 눈을 감았다. 하지만 곧 굳은 결심을 한 듯 검을 손에 들었다. 그는 숨을 깊게 삼키며 천천히 장비의 반대쪽으로 걸어갔다. 싸울 만한 간격을 만드는 것이다. 어디선가 두견새 우는 소리가 들려왔다. 흙이 얕게 패인다.

“…….”

서서는 가만히 숨을 죽였다. 태어나서 이런 긴장감은 처음이었다. 그 유명한 조조의 세 번째 명검과 세상을 온통 뒤흔들어 놓을 정도로 엄청난 용력을 과시하는 장비. 어찌 긴장하지 않을 수가 있을까. 두 남자의 몸에서 풍기는 뜨거운 열기가 자신의 몸에 전염되는 것 같기까지 한 느낌이었다. 이런 최고의 대결을 눈앞에서 볼 수 있다니 참으로 자신은 행운아일지도 모른다고 그녀는 생각했다. 하지만 그녀는 그런 상

황에서도 용의주도했다. 방 한구석에 숨겨둔 자신의 검을 몰래 가지고
나온 것이다.

'익덕 공이 당할 리는 없겠지만… 혹시 모르니까……'

키잉!

검을 뽑는 쇳소리가 대기를 가르며 울려 퍼졌다. 뽑혀진 것은 길고
짧은 두 자루의 검이었다. 참으로 묘한 무기라고 서서는 생각했다.

'쌍검술(雙劍術)이란 말인가……'

그녀는 스승에게서 검을 배울 때 절대로 쌍검을 사용하지 말라고 배
웠다. 스승은 '쌍검 따위는 실전에서 적합하지 않다'라고 말했었다.
하나의 검을 쓸 때보다 속도에서 뒤질 뿐 아니라 상당히 많은 힘을 요
하기 때문에 체력에 큰 약점이 있기 때문이었다. 게다가 능숙하게 다
루기까지 오랜 시간이 걸린다는 것이었다.

'그는 과연 어떨까?'

서서는 검과 병법을 좋아했다. 그녀는 그가 어떤 검술을 구사할까
하는 은근한 기대감마저 들었다. 천하의 명궁(名弓)이라는 소리는 들었
지만 그가 검을 뽑은 것은 극히 이례적인 일이었기 때문이다.

"체격이 좋군."

장비가 진심이 담긴 목소리로 말했다. 그의 손에는 사모가 들려 있
었다. 무수히 많은 적을 잔인하게 난도질해 온 그 무기가.

"그건 당신이 더 대단합니다. 하지만……"

이신은 천천히 소검을 하단, 장검을 중단으로 향했다. 어찌 보면 빈
틈투성이로 보이는 자세였지만 묘하게 성곽처럼 단단하게 보였다. 장
비는 눈을 가늘게 뜨며 천천히 다가왔다. 쌍검과 부딪친 것은 이번이
처음은 아니었다. 하지만 장비가 베어 넘긴 그들은 단순히 멋으로 배

운 빈 수레 격인 쌍검술일 뿐. 붉은 석양빛에 장비의 눈이 번뜩였다. 이것은 진짜다. 참을 수 없는 흥분이 그의 척추를 향유함과 동시에 이신의 발이 떨어졌다.

"……."

선명하고 예리한 검광(劍光)이 허공에 흩뿌려졌다. 숨소리조차 죽이며 기다렸다는 듯이 장검이 장비의 머리를 향해 떨어졌다. 장비도 머뭇거림없이 사모를 마주 치켜든다.

까앙!

발에 패이는 흙먼지와 함께 쇠끼리 부딪치는 파공음이 귀를 자극했다.

"윽!"

이신의 한쪽 눈이 찌푸려진다. 엄청난 힘이다. 분명 위에서 내려친 것은 자신일진대 손이 저릿저릿하며 장검이 위로 크게 튕겨 나가고 말았다. 그 순간을 놓치지 않고 망설임없이 사모가 찔러 들어온다. 바람이 숫제 찢어지며 괴성을 질러댄다.

탁!

이신은 급히 발을 구른다. 그의 몸이 아슬아슬하게 사모의 간격 밖으로 물러섰다. 초반의 기세를 빼앗겼다. 숨을 고를 틈도 없이 사모가 눈이라도 달린 것처럼 그의 목을 향해 짓쳐들어온다.

"……."

입술을 잘근 깨물며 이신은 연신 뒤로 물러섰다. 단순히 무기가 길기만 한 것이 아니었다. 장비는 보폭도 속도도 초일류였다. 그것은 곧 날카로운 승냥이의 이빨이 되어 그를 압박해 들어오고 있었다. 이 간격을 어떻게 극복하느냐가 그의 목숨이 걸린 난제일 터였다.

"피하기만 할 건가?"

비릿한 웃음을 지으며 장비가 말했다. 하지만 그의 사모는 전혀 멈추지 않고 이신을 향해 뻗어오고 있었다.

"글쎄요."

피하기만 할 수 있나? 이신은 슬쩍 뒤를 돌아본 후 땅에 발을 디디고 멈춰 섰다. 갑작스런 멈춤에 흙먼지가 연기처럼 일렁였다.

키잉!

곧 이어 납검(納劍)하는 마찰음이 울려 퍼졌다.

"호오!"

재미있다는 표정으로 장비는 사모를 거둬들였다. 이 상황에서 납검이라……. 발검술이라도 할 생각인가? 이신은 눈을 가늘게 뜨고 검집에 손을 올린 채 그를 노려보고 있었다. 그 자세에서 나오는 만만치 않은 기세에 장비는 침을 꿀꺽 삼켰다. 이 좁은 거리에서 내 공격보다 빨리 발검할 수 있다는 것인가? 건방진.

"하앗!"

장비는 기합성과 함께 맹렬한 기세로 이신의 허리를 향해 사모를 찔러갔다. 더할 나위 없이 빠르고 매서운 공격. 위협적인 바람이 먼저 이신의 머리카락을 휘날린다. 그리고 그 찰나의 순간 이신의 몸이 허공으로 솟구쳤다.

"……."

이놈, 도약력이?! 장비는 어금니를 악물었다. 그만 오판하고 만 것이다. 설마 이 정도의 도약력을 가지고 있을 줄이야. 채 자세를 바로잡기도 전에 이신의 몸이 먼저 다가왔다.

'얼굴, 그리고 손목.'

검집의 위치를 보고 한눈에 공격 방향을 짐작한 장비는 사모를 들고
급히 방어 태세를 취했다.

"음?!"

뽑지 않는다? 하지만 날아든 공격은 그의 예상을 훨씬 뛰어넘는 것
이었다. 이신은 발검을 하지 않은 채 그대로 몸만을 회전시켜 돌려차
기를 시도했다. 그리고 그 공격은 장비의 의표를 찌르고 말았다.

퍼억!

둔탁한 소리와 함께 이신의 발차기는 장비의 가슴을 격타했다. 장비
는 인상을 찌푸리며 뒤로 한 걸음 물러섰다. 그리고 미처 몸을 추스르
기도 전에 경쾌한 발검 소리가 들려왔다. 뽑힌 것은 장검. 공기가 요동
칠 정도로 강렬한 참격이 눈앞에 아른거린다. 장비는 순간적으로 모둠
발을 했다.

쐐액!

"이런……."

이신의 날카로운 베기는 그대로 허공을 갈랐다. 장비가 어느새 공중
으로 솟구쳤기 때문이다. 그리고 가슴으로 다가오는 발.

퍼어억!

가슴을 강하게 얻어맞으며 이신은 뒤로 나가떨어졌다. 한순간 머리
가 아찔할 정도로 강한 충격이었다.

"발차기는 자네만 할 줄 아는 것이 아니야."

"……."

장비가 주먹을 불끈 쥐어 보이며 말했다. 이신의 입가에 허탈한 미
소가 그려졌다. 똑같은 방법에 그대로 당하다니……. 그간 별별 무지
막지한 일류고수들을 다 겪어봤지만 지금처럼 소름 끼치는 것은 처음

이었다. 역시 명불허전(名不虛傳)인가?

이신은 천천히 몸을 일으켰다. 옷에 묻은 흙먼지가 바람에 흩날렸다.

"대단하군요."

"그쪽이야말로."

장비는 가벼운 미소를 지으며 천천히 다음 공격을 준비했다. 처음에 비해 무척이나 신중한 태도다. 생각만큼 만만치 않은 상대임을 느꼈기 때문이다.

'둘 다 대단해. 나 따위는 발치에도 못 미치겠어. 어디서 저런 괴물들이……. 후우.'

서서는 다소 질린 표정으로 눈 하나 깜빡하지 않고 결투를 바라보고 있었다. 어느새 그녀의 움켜쥔 손바닥은 흥건히 땀에 젖어 있었다. 절로 숨 막힐 정도의 긴장감이 풍겨져 나온다.

"각오!"

짧은 기합성과 함께 이신이 먼저 장비에게 돌진해 들어갔다. 폭우와도 같이 위력적인 검세(劍勢).

채앵!!

쇠와 쇠가 충돌하는 소름 끼치는 파공음이 대기를 가르며 울려 퍼짐과 동시에 이신이 허공으로 솟아올랐다. 그리고 그대로 공중에서의 가속력을 담아 장비에게 검을 내려쳤다.

콰앙!

장비가 재빨리 옆으로 물러서자 이신의 검이 흙바닥을 거북이 등껍질처럼 갈라놓았다. 보통 검객이라면 그 충격으로 몸의 균형을 잡는 데 시간이 걸릴 터이지만 이신은 그대로 바닥을 긁어내면서 횡으로 베기를 구사했다.

"음."

촤앙!

장비는 사모를 옆으로 눕혀 검을 막은 후 한 걸음 뒤로 물러섰다. 격검 거리에서 한 걸음 물러나기는 쉽지만 반대로 한 걸음 다가가기는 산을 밀어내는 것만큼이나 힘들다. 그리고 그 한 걸음의 간격이 승부를 결정짓는 중요한 변수였다. 이신은 망설이지 않고 한 걸음 다가가며 검 두 개를 높이 치켜들었다.

백상홍엽(白上紅葉) 오의(奧意) 광월(滿月).

그의 수직으로 치켜든 검이 급격히 하강하며 허공에 격렬한 파동을 일으켰다.

"이건……?!"

장비는 눈을 부릅떴다. 소검(小劍)이 장검(長劍) 뒤에 숨어 교묘하게 공격 방향을 숨기고 있었다. 절대 놓치지 않는다. 그의 손에 들린 사모가 빠르게 뻗어 나갔다.

까아앙!

요란한 소리와 함께 세 개의 무기가 허공에서 정면으로 충돌했다.

치익!

"……."

'피했군.'

이신은 검을 땅을 향해 내린 자세로 왼쪽으로 돌았다. 그의 눈에 가느다란 혈선이 그려진 장비의 왼쪽 손목이 들어왔다.

"놀랍군. 그런 검술이라니. 하지만 나에게는……."

"……."

“무리야!”

장비가 기합성을 내지르며 사모를 내질렀다.

채앵!

“으윽.”

순식간에 목을 겨냥해 다가오는 사모에 이신은 다급히 검을 들어 부딪칠 수밖에 없었다. 그의 눈살이 절로 찌푸려진다.

‘엄청난 힘.’

장비의 공격은 쉬지 않고 계속해서 펼쳐졌다. 공중에서 매혹적인 호를 그리며, 한 치의 낭비도 없는 동작. 기본기를 극한까지 연마하지 않으면 불가능한 동작이었다. 그의 사모는 어떤 때는 유려한 곡선을 그리며, 혹은 섬광과도 같은 찌르기로, 아니면 힘을 가득 실은 베기로 그에게 다가왔다. 그런 장비의 혼신의 힘이 담긴 연속 공격에 이신은 공격할 엄두도 못 내고 수비에 전념할 수밖에 없었다.

‘이대로는…….’

이신의 인상이 좀 더 찌푸려졌다. 장비의 강력한 힘이 실린 공격에 서서히 오른손이 마비되어 가고 있었다. 만약 그가 아닌 보통 사람이었다면 두세 번의 충돌에 검을 놓쳐 버릴 정도로 위력적인 공격이었다. 그리고 왼손의 소검만으로는 절대로 승리가 불가능하다는 것을 그는 잘 알고 있었다.

까앙!

이신은 온 힘을 다해 장비의 사모를 튕겨낸 다음 뒤로 물러섰다. 더 이상 섣부른 공격의 교환은 자칫 돌이킬 수 없는 결과를 부를 수도 있다는 것을 느꼈기 때문이다.

“…….”

　나지막이 호흡을 가다듬으며 이신은 소검을 수평으로 눕혔다. 그와 함께 금방이라도 폭발할 것 같던 긴장 속의 대치 상태가 깨졌다.

　쐐애액!

　날카롭게 바람을 가르는 소리가 사방에 진동했다. 동시에 그의 반대편 손에 들린 장검이 유려한 곡선을 그리며 장비의 어깨를 노리고 선회했다.

　채앵!

　순식간에 금속끼리 부딪치는 파공음이 울려 퍼졌다. 장비가 그의 검격을 받아낸 것이다.

　"제법."

　그가 검을 회수함과 동시에 장비의 섬광 같은 찌르기가 펼쳐졌다. 어깨를 노리는 깨끗하고 빠른 공격에 이신은 눕혔던 소검을 세워서 막았다. 하지만 장비의 공격은 끝이 아니었다. 오른발을 사용한 자연스러운 연속 공격은 절로 감탄이 나올 정도로 빠르고 정확했다. 그러나 이신은 가볍게 바닥을 밟고 어느새 뒤로 훌쩍 물러서 있었다.

　"……."

　장비는 호흡까지 멈춘 채 앞으로 달려나가며 사모를 뿌렸다. 무턱댄 돌진은 상당히 위험한 일이었지만 그는 결코 주저하지 않았다. 그의 경험상 실력이 비슷한 사람끼리의 단기전은 단순하고 무식할수록 승산이 높은 법이었다. 게다가 그의 사모는 이신의 장검보다 두 자 이상 길었기 때문에 오히려 효과적인 공격이 되고 있었다.

　"좋아."

　무슨 의미인지 모를 짧은 말을 뱉어대며 이신이 바닥을 박차고 도약했다. 하지만 단순한 도약이 아니었다. 그의 몸은 어느새 발을 허공에,

머리는 땅으로 향하고 있었다. 마치 먹이를 노리는 독수리의 하강을 보는 듯한 착각을 일으키는 그의 도약에 서서는 탄성을 터뜨렸다.

차앙!

그의 등을 노리고 빠르게 공기를 가르며 베어오는 검을 장비는 그대로 큰 원을 그리며 받아냈다. 이신은 입술을 깨물며 서둘러 뒤로 물러날 도리밖에 없었다.

"으음."

이신은 낮은 신음을 흘렸다. 분명 이번 공격은 당할 수밖에 없다고 생각했다. 그런데 뒤에 눈이라도 달린 것처럼 받아내다니.

"자네의 실력은 그게 끝인가?"

장비가 눈웃음을 지으며 사모를 땅을 향해 내렸다. 익숙해 보이는 그의 도발에 이신은 실소를 머금었다. 뼈를 깎는 고통 속에서 목숨을 걸고 백상홍엽(白上紅葉)의 검(劍)을 익힌 이후에 이렇게나 그 어떤 기술도 통하지 않은 상대는 처음이었다.

"…끝이었으면 좋겠습니까?"

음울하게 말을 내뱉은 이신이 한 걸음 내디디며 검을 휘둘렀다. 검의 예리함은 단순히 장인의 솜씨에만 좌우되는 것이 아니었다. 검 주인의 기백(氣魄). 그것이야말로 검을 날카롭게 벼르는 본질이었다. 이신의 기백에 의해 사납고도 예리한 기운이 넘치는 검이 장비를 향해 똑바로 날아갔다.

카강!

평범한 사람의 눈에는 한줄기 섬광으로밖에 보이지 않는 빠른 공격이었지만 장비의 사모에 의해 가로막혀 신경을 자극하는 쇳소리를 자아냈다. 장비가 검을 막는 방법은 꽤나 특이했다. 그는 상대방의 공격 방향 쪽으로 사모를 따라 당기면서 받아내 힘을 분산시켰다. 조금이라도 힘을 아껴놓겠다는 심산일까?

카가강!

또 한 번의 쇳소리가 울려 퍼졌다. 이신은 그의 왼쪽과 오른쪽을 번갈아 돌면서 검격을 뿌려댔다. 금방이라도 몸을 관통할 것 같은 서늘한 기세의 공격이었다. 하지만 장비는 눈 하나 깜박이지 않고 어떤 때는 사모를 사용해, 어떤 때는 발을 사용해 이신의 공격을 모두 피하거나 받아내었다. 소검과 장검을 사용한 변화무쌍한 공격을 여유롭게 받아내다니……. 이신의 눈에는 장비가 하나의 커다란 돌 벽으로 보일 지경이었다. 그러나 이미 장비의 이마에는 땀이 관자놀이를 타고 흐르고 있었다.

"공(攻)."

"아차!"

수비 일변도였던 장비가 갑자기 공격을 시작하자 이신은 재빨리 자세를 가다듬었다. 하지만 그 잠깐 당황 하는 순간을 장비는 놓치지 않았다.

채앵!

그의 사모가 이신의 장검과 부딪치는 소리가 났다.

쒜액!

이신이 황급히 휘두른 소검은 장비가 한 걸음 비끼며 피해내자 덧없이 허공을 가르며 바람 소리를 냈다.

픽!

그 순간 장비의 왼발이 이신의 허벅다리를 가격했다.

카강!

고통을 느낄 틈도 없이 어느새 회수한 장비의 사모가 다시금 목을 향해오자 이신은 간신히 막아낼 수 있었다.

퍼어억!

하지만 장비의 왼발이 다시 한 번 그의 오른쪽 발목을 강타했다. 눈물이 핑 돌 정도로 저리는 듯한 아픔이 온 하반신을 마비시키는 것 같았다. 금방이라도 바닥에 주저앉고 싶은 충동에 이신은 어금니를 악물었다.

"으윽!"

그는 신음성을 흘리며 혼신의 힘을 다해 찌르기를 넣었다.

"어라?"

치익.

뺐다. 손에 느껴지는 베는 감촉에 이신은 흥분을 가라앉히지 못하며 뒤로 물러섰다. 장비의 어깨를 타고 선홍의 선혈이 붉은 실타래처럼 떨어져 내렸다. 황당한 표정으로 자신의 몸이 창조한 피를 바라보던 장비는 고개를 절레절레 저으며 이신을 바라보았다.

"의외로 하체가 단단하군."

정확히 들어간 이연격(二連擊)을 맞고도 쓰러지지 않고 위력적인 찌르기를 구사하다니 자신이 오판한 것만은 인정하지 않을 수 없었다.

"지금 칭찬받을 기분은 아니라서요."

"마지막 받는 칭찬이 될 텐데……."

장비는 선혈이 낭자한 어깨를 아랑곳 않고 사모를 높이 들어 올렸다.

"와라!"

기이할 정도의 기세다. 지나친 자신감도, 신중함도 아니었다. 장비는 지극히 음울한 칠흑의 어둠을 뚝뚝 흘려대고 있었다. 이신은 흥분을 가라앉히고 냉정함을 찾았다. 오른쪽 복사뼈가 계속 욱신거리는 게 뼈에 금이라도 간 듯싶었다. 그렇다면 이쪽이 결코 장비보다 유리하다는 보장은 없었다. 그의 검술은 신속이 생명이었으니까. 이런 다리로는 그 신속함을 계속 유지한다는 것은 무리였다. 그렇다면 이번에 승부를······.

"······."

이신의 자세가 천천히 변했다. 장검을 하단으로, 그리고 소검을 상단으로. 바로 그 장합을 쓰러뜨렸던 기술 백상홍엽 오의 광월을 구사하려는 것이다. 그는 눈을 감고 천천히 호흡을 가다듬었다. 곧 이어 눈을 떴을 때 그에게서 날카로운 눈빛이 발산되었다.

"백상홍엽(白上紅葉) 오의(奧意) 광월(光月)."

"······."

나지막한 중얼거림과 함께 빠른 속도로 이신이 돌진해 들어간다. 이 결투가 벌어진 후 가장 빠른 움직임이다. 장비는 눈을 크게 떴다. 단 한 치의 움직임도 놓치면 안 된다. 찌릿하는 발목의 아픔을 참으며 이신은 하단의 장검을 장비의 목을 향해 베어갔다. 위로 베기.

"그거냐?"

상단에 위치한 소검에서 눈을 떼지 않은 채 장비는 사모를 마주 눌러갔다. 바로 그 순간, 이신의 몸이 한 바퀴 돌며 허공으로 솟구쳤다.

번쩍!

이신의 소검이 허공에 섬광의 무지개를 피워냈다. 노리는 곳은 왼쪽 어깨. 금방이라도 그의 어깨를 도륙하여 시뻘건 피의 안개를 피워낼 것 같은 기세로 이신의 검이 맹렬하게 움직였다.

“큭!”

말도 안 되는 몸놀림이다. 빠르게 돌진하는 상태에서 갑작스레 저런 도약을 하다니……. 게다가 그의 검은 정확히 자신의 어깨를 노리고 들어오고 있었다. 피할 수 없다. 그렇다고 사모를 들어 막을 시간도 없었다. 생각보다 빠른 직감에 장비는 고민할 틈도 없이 왼손을 들어 올렸다. 자칫하면 그대로 왼손이 잘려 버릴 위기 속에서 장비는 입술을 깨물었다.

“익덕 공……!!”

저 멀리서 서서의 외침이 아련하게 들려온다. 이신은 다가오는 장비의 왼손을 보며 무심한 표정을 지었다. 헛수고다. 칼날을 잡을 생각인가? 이신은 온 힘을 다해 검을 내려쳤다. 그대로 검이 왼손을 자르고 어깨를 관통할 것 같았다. 하지만 그의 공격은 빗나가고 말았다.

“뭐……?”

이런 말도 안 되는?! 장비는 어깨를 노리고 간 칼날의 옆면을 왼손의 손등으로 쳐 올린 것이었다. 평범한 사람의 눈에는 한줄기 빛으로밖에 보이지 않을 빠른 공격을 손등으로 비껴내다니. 이신은 서둘러 오른손에 든 장검을 휘둘렀다. 하지만 장비의 이차 동작이 더 빨랐다. 그의 검이 장비의 옆얼굴에 이슬아슬하게 닿으려고 할 때 먼저 장비의 어깨가 그의 가슴을 통렬히 가격하고 말았다.

퍼억!!

눈앞이 어질했다. 이신은 화살을 맞은 새가 떨어지듯 날아올랐다가 흙바닥에 나가떨어지고 말았다. 서서는 잠시 동안 할 말을 잃었다.

‘말, 말도 안 돼……. 저게 인간의 움직임이야? 검을 맨손으로 쳐내다니…….’

"후우……."

순간적으로 너무 큰 힘을 쓴 탓인지 장비의 호흡이 매우 거칠어졌다. 게다가 땀을 비 오듯 흘리는 게 아까의 사투에 그가 얼마나 긴장했었는지 여실히 보여주고 있었다. 성공하리라 생각하지 않았었다. 그저 본능적으로 뻗었을 뿐인데 이런 결과가……. 그는 멍한 표정으로 땀이 흥건한 자신의 왼손을 바라보았다.

"어쨌든… 살았군."

한숨 섞인 목소리로 장비가 말했다.

"익덕 공, 멋있어요! 익덕 공이 조조의 세 번째 명검을 부러뜨렸다구요!"

서서가 얼굴 가득 웃음을 지어 보이며 호들갑을 떨듯 환호성을 터뜨린 것은 이신이 검을 지팡이 삼아 간신히 몸을 일으켰을 때였다.

"하아… 하아……!"

이신은 간신히 검을 손에서 놓지 않을 수 있었지만 그것이 고작이었다. 가슴에 너무 큰 충격을 받은 탓인지 숨조차 제대로 쉬기 힘들었다.

"으윽."

자신의 가슴을 아이 만지듯 조심스럽게 쓰다듬어 본 이신은 고통에 인상을 찌푸렸다. 턱이 부르르 떨렸다. 늑골 하나하나가 아픔을 참지 못해 비명을 지르고 있었다. 아마도 뼈 한두 대가 부러진 것 같았다.

"후~"

깊이 숨을 들이키며 이신은 떨리는 몸을 진정시켰다. 하지만 이내 심한 격통이 쉴 틈도 없이 그를 몰아붙였다.

"…끝나지 않았어."

이신은 힘을 내어 간신히 말했다. 어금니를 꽉 깨문 탓에 발음도 완전치 않았다.

"벌써 일어났나?"

장비가 놀란 눈으로 이신을 쳐다보았다. 분명 제대로 들어간 타격일 터인데. 하지만 일어나는 게 고작일 것이다. 장비의 눈이 떨리는 이신의 다리에 고정됐다.

"내가 편안하게 해주지."

"……."

장비가 의지가 실린 눈으로 사모를 고쳐 잡았다. 이신의 눈은 그런 장비의 모습을 지나 그의 뒤편에 매어져 있는 말을 응시하고 있었다. 너무 멀다. 지금의 자신의 상태로는 턱없이 먼 거리였다. 그의 눈에 잠시 체념의 감정이 드리워졌다가 사라졌다.

"기적이라……."

"응?"

"아니."

"……."

이신은 눈을 한 번 깜박였다. 기적이란 이루어질 수 있기에 기적인 것이다. 그리고 그것을 가능하게 하는 것은 바로 인간이었다. 뒤돌아 보기도, 후회하기도 싫었다. 아니, 하릴없는 짓이었다. 지금은 그저 앞으로 나아갈 때였다. 몸에 칼이 박혔을 때 후회해도 늦지 않다.

"보내주지."

짧은 웅얼거림과 함께 장비가 성난 멧돼지처럼 이신에게 격렬하게 달려들었다. 이신은 삶을 포기한 사람처럼 가만히 그 모습을 지켜보고만 있었다. 서서는 그런 이신이 왠지 안쓰러웠다.

"천하제일이라……."

천하제일의 칭호를 받은 남자 중 하나. 경외와 두려움의 대상이었던 조조의 세 번째 명검이 지금 더 이상 회복할 수 없는 상처와 함께 깨지려 하고 있었다. 허탈하다. 서서의 고운 아미가 조금 찌푸려진다. 단순히 이기고 싶은 남자에 대한 상실감일까? 그 순간에 드디어 접전 거리에 들어간 장비가 사모를 질풍같이 찌르고 있었다. 정확히 이신의 심장을 향해.

'너무 빨라. 내가 지금까지 이런 공격을 받아왔던 건가?'

이신은 꼼짝도 하지 않았다. 받아낼 수도 있을 것 같았지만 검을 부딪치면 그대로 놓쳐 버릴 것 같았다. 그리고 그것은 이승과의 작별과 다름이 아님을 그는 너무나 잘 알고 있었다.

'관통만 당하지 말아라.'

입술을 잘근 깨물며 이신은 오른쪽으로 몸을 날렸다. 장비의 오른쪽 어깨가 다쳤다는 점을 최대한 이용한 것이었다. 하지만 이미 그의 다리도 현저히 느려져 있었다.

파샷!

사모는 그대로 이신의 어깨에 깊은 상처를 남기고 말았다.

"큭……."

어깨가 떨어질 것 같았다. 폭포수처럼 붉은 선혈이 끊임없이 떨어져 바닥을 적셨다. 그러나 이신은 끊임없이 말을 향해 달려가고 있었다. 고통의 비명을 지를 여유조차 없었다. 살아야 한다. 최후의 승자는 끝까지 살아남는 자였다. 한 걸음 내디딜 때마다 피의 안개가 대기에 펼쳐진다. 힘껏 달리고 있었지만 말은 너무 멀게만 느껴졌다.

이신은 정신없이 뛰었다. 그의 귓속으로 장비의 발소리가 천둥 소리보다도 크게 들려왔다. 늦으면 죽는다. 핏물을 잔뜩 머금어 붉게 빛나는 사모 아래서.

　이신은 곁눈질로 자신의 손을 바라보았다. 검이 있었지만 아무짝에
도 소용이 없었다. 더 이상 휘두를 여력 따위는 없었으므로. 하지만 버
릴 수는 없다, 절대로. 사랑하던 그녀의 유품이므로. 흙바닥은 그날따
라 더욱 미끄럽게 느껴졌다. 미끄러지면 끝이었다. 말에 타기만 하면
살 수 있다. 그 누가 따라와도 자신있었다. 하지만 장비와의 거리가 점
점 좁혀지는 것이 느껴졌다. 이신은 더욱더 다리에 힘을 주었다. 좋아,
이제 조금만 더. 조금만. 하지만 다음 순간 그의 눈에 들어온 것은 흙
바닥이었다.

　“윽!”

　넘어지고 만 것이다. 신음을 터뜨리며 이신은 자신이 할 수 있는 한
가장 빠른 속도로 몸을 일으켰다. 그 찰나의 순간, 그는 뒤통수가 갈가
리 찢겨 나가는 것 같은 통증에 인상을 찌푸렸다. 사모에 찔린 것일까?
엄청난 격통 속에서 이신은 억지로 정신을 집중했다. 이대로 죽을 수
는 없었다. 이신은 온 힘을 다해 검으로 뒤를 베어갔다.

　까앙!

　하지만 들리는 것은 익숙한 쇠붙이끼리의 충돌음뿐. 사모가 또 한
번 찔러왔다. 이번에는 그의 복부로. 복부 깊숙이 사모가 박혔다가 서
서히 뽑혀 나갔다. 불현듯 죽음이라는 단어가 이신의 뇌리를 스쳤다.
눈이 점점 흐릿해져 갔다.

　‘이건?’

　그때 이신의 손에 느껴지는 감각이 있었다.

　‘말?’

　그는 몇만 번을 해왔던 동작을 반복하여 말에 올라탔다.

“달려라. 어디든지 가라, 어디든지.”

실낱같은 목소리로 이신은 중얼거렸다. 이미 그는 자신이 무슨 말을 하는지조차 제대로 의식 못할 만큼 출혈과 고통이 심한 상태였다.

“이런!”

장비는 이신이 만신창이인 몸으로 말에 올라타자 순간 당황했다. 어떻게 저런 몸으로……. 그가 서둘러 사모를 휘둘러 봤지만 간발의 차이로 그것은 허공을 가르고 말았다.

“설마…….”

서서는 이미 이신이 말을 향하고 있다는 것을 어느 정도 눈치 채고 있었다. 그러나 그가 정말로 말에 올라타는 데 성공할 줄은 몰랐기 때문에 다급해졌다. 만에 하나라도 그가 살아난다면 유비의 천하 통일에 심각한 장애가 되고 말 것은 불을 보듯 뻔한 일이었기 때문이다. 그런 다급함이 서서를 내몰고 말았다. 자기도 모르게 그녀는 몸으로 말을 막아서고 말았다.

“앗! 원직!!”

장비가 놀라서 소리를 질렀다. 가속력이 붙은 말에 채이면 장정이라고 해도 무사하지 못한다. 하물며 저런 가녀린 몸이야. 하지만 그는 그저 소리만 지를 뿐 애간장 타는 마음으로 어찌할 바를 몰랐다.

“…….”

이신은 말 위에서 흐릿한 눈으로 앞을 바라보았다. 누군가가 말 앞을 가로막고 있었다. 그는 온 힘을 다해 그 누군가를 응시하였다. 아, 그녀는 그가 너무나 잘 알고 있는 사람이었다.

“진애…….”

이신은 순간적으로 자신이 잘못 본 거라는 생각이 들었다. 하지만 그녀는 울고 있었다. 틀림없이 그때 그 모습 그대로. 안 돼!

서서는 그녀를 향해 달려오는 말을 보고서야 자신이 얼마나 미친 짓을 했는지 깨닫고 말았다. 어디론가 몸을 날려 피하고 싶었지만 발이 굳은 듯 떨어지지 않았다. 이제는 피할 도리가 없었다.

"까악!"

그녀는 비명을 지르며 두 손으로 눈을 가렸다.

"원직!!"

장비는 아연실색해서 그 모습을 쳐다보는 수밖에 없었다. 곧 저 가녀린 몸을 말이 짓밟고 지나가겠지. 하지만 그 순간 놀라운 일이 일어났다. 이신은 말고삐를 힘껏 잡아당겼다. 말은 비명을 지르며 새처럼 허공으로 솟구쳤다. 하지만 너무 급하게 말고삐를 잡아당긴 탓인지 서서는 오히려 더 위급한 지경에 빠지고 말았다.

"이런, 미친!! 떨어진다!!"

장비의 눈이 휘둥그레졌다. 손쓸 틈도 없이 말은 그대로 서서를 향해 떨어질 것만 같았다. 그러나 다음 순간 이신은 감히 상상도 못한 일을 했다. 그는 한 손으로 안장을 짚고 빠르게 말에서 뛰어내리며 그대로 서서를 안고 땅을 굴렀다. 아슬아슬하게 흙먼지를 일으키며 착지한 말은 신기하게도 그 자리에 멈춰 섰다. 그리고 이신은 무슨 힘이 남았는지 그대로 서서를 들어 올려 말에 같이 올라탔다. 너무나 순식간의 일에 장비도 그저 멍하니 바라볼 수밖에 없었다.

"마, 말도 안 돼……."

장비는 한참 동안이나 그들이 말을 달려 사라진 곳을 바라보며 멍하니 서 있었다.

"후우……."

　서서는 여러 가지 복잡한 감정이 서린 눈으로 이신을 응시하고 있었다. 사실 그를 향한 증오심 따위는 애초에 없었다. 단지 분명히 나중에 그녀의 주공인 유비의 적이 되리라는 것을 알기에 그를 제거하려고 했던 것이다. 하지만 우습게도 오히려 자신은 이신을 살려주고 말았다. 그것은 단지 그가 몸을 던져 자신의 목숨을 구해주었기 때문에 한 보답만은 아니었다. 호기심. 그가 한 말에 대한 호기심. 그것 때문일 거라고 서서는 애써 스스로에게 되뇌었다. 그녀의 머리 속으로 다시 한 번 그때의 상황이 떠올랐다.


"왜, 왜 저를 구했죠? 왜?"

　서서는 이신의 상태마저 잊은 듯 흥분해서 소리쳤다. 그녀의 앙다문 입술이 푸르게 떨렸다.

'이런 기분, 정말 싫어. 정말…….'

　이신은 초점이 잘 잡히지 않는 눈으로 서서를 바라보았다. 하지만 그 속에 담긴 애틋한 감정은 그녀도 단박에 알아볼 수 있었다.

"왜? 왜 그런 눈으로 저를 쳐다보죠? 역시 당신도 제 외모 때문에 그러는 건가요? 그런 건가요? 말을 해봐요!"

　냉정하게 판단해 보면 전혀 이치에 맞지 않는 말이라는 것쯤은 서서 정도의 여인이라면 당연히 알 수 있을 터였지만 지금의 그녀도 제정신이 아니었다. 적을 살리다니……. 어째서? 그녀는 검집에서 검을 빼어 들었다. 그리고는 검끝으로 이신의 목을 겨누었다.

"어서 대답하지 않으면… 당신을 죽여 버릴 거야."

　갈대처럼 가는 서서의 팔은 바람에 흔들리는 나뭇가지처럼 연신 떨

렸다. 그녀의 심경이 몹시 불안한 상태라는 것을 보여주듯이. 그러나
이신은 여전히 서서를 멍하니 응시하면서 고통 따위는 다 잊은 듯이
오히려 미소까지 지어 보였다. 애잔하면서도 애절한 분위기가 은은히
풍기는 미소를. 그의 입이 천천히 열렸다.

"당신이 그랬지…… 죽음은 낙원으로 가는 길이라고. 나도 낙원으
로… 인도해 주려고 그래? 응?"

"……."

서서의 눈이 일렁이듯 흔들렸다. 이 사람, 정상이 아니야. 천천히 이
신의 목에서 검이 내려갔다.

"하지만 그때 왜 운 거지? 낙원으로 가는 길이 슬픈 거야? 내 마음이
아프게…차라리 겁난다고 말하지… 그럼."

"……."

서서의 눈이 이채를 띠었다. 지금 이 사람, 울고 있는 거야? 도대
체……. 이신의 눈에 폭풍우가 일더니 차갑고도 뜨거운 물이 뺨을 타
고 흘러내렸다. 서서는 그 속에 담긴 뜨거운 감정들이 열병처럼 전달
되는 것을 느꼈다. 그녀는 복잡한 심정이 담긴 눈으로 이신을 쳐다보
며 그의 입이 다시 열리기를 기다렸다. 하지만 뜻밖의 일이 벌어지고
말았다. 그가 천천히 그녀를 안아간 것이다.

"아……?"

서서는 무의식 중에 그에게 안기고 말았다. 그는 서서의 허리를 꼭
잡고 몸을 그녀에게 밀착시켰다. 그의 단단한 가슴에 그녀의 가슴은
밀착되고 말았다. 서서는 소스라치게 놀라 검을 쥐지 않은 왼손으로
그를 밀치려 시도해 봤지만 여린 여인의 힘으로는 꿈쩍도 하지 않았다.

"이, 이게 무슨……?"

서서의 정신이 다시 혼란해졌다. 그의 몸에서 나는 혈향(血香)과 생전 처음 느끼는 기묘할 정도로 불타는 열기에 그녀는 몸이 뜨거워지는 것을 느꼈다. 저주받은 흉터가 뜨거워 그녀는 놀라서 숨을 들이켰다.

"왜… 흉터가? 당신… 읍……."

서서는 말을 잇지 못했다. 문득 그녀의 입술에 뜨거우면서도 촉촉하고 부드러운 것이 닿아버렸기 때문이다. 그녀의 놀란 눈으로 이신의 속눈썹이 낱낱이 보였다. 그는 눈을 감은 채였다. 너무나도 뜻밖의 상황에 이 똑똑한 여인도 어떻게 대처해야 할지 전혀 생각이 나지 않았다. 그저 이신의 기묘한 열기 속으로 입술을 내맡길 뿐.

"……."

세상에 온몸에 피 칠을 하고 하는 입맞춤이 있을까? 하지만 말 위에서 온몸이 선혈에 물든 채 입맞춤을 하는 이 한 쌍의 남녀는 미묘하게 어울렸다. 아니, 건안칠자가 오면 당장에라도 시간을 멈추고 멋들어지게 시라도 한 수 지어 올릴 만큼 아름다웠다. 그 아름다움은 여인이 붉은 피조차 어울릴 만큼 경국지색이라서 그런 것인가, 아니면 사내의 감은 눈에서 흐르는 아련하고 애절한 눈물 때문인가?

실상 감정을 자극하는 그 입맞춤을 강제로 당하는 서서는 상당히 겁에 질려 있었다. 그녀는 이신이 분명히 죽음을 앞두고 미쳐 버렸다고 생각했다. 아니, 자신도 미쳐 버린 것 같았다. 그녀의 온몸은 알 수 없는 열기로 뜨거워지고 있었다. 그건 마치 몸이 타 들어가는 것 같은 느낌이었다. 악몽과도 같이. 고통과 쾌락이 교차하며 푸른 불에 타 들어가는 악몽. 그것이 현실에서 실현되고 있었다. 미쳤어. 전부 다. 서서는 천천히 눈을 감았다.

"……."

서서는 문득 그가 입술을 떼는 것을 느꼈다. 이제 다 끝난… 거야? 그녀는 천천히 눈을 뜨고 이신을 바라보았다. 그리고는 소스라치게 놀랐다. 그의 입술에서 새빨간 선혈이 뚝뚝 떨어져 흐르고 있었다.

'왜……?'

스스로 입술을 깨문 것이 확실해 보였다. 그의 눈은 여러 가지 감정의 빛이 뒤섞인 채로 서서를 똑바로 바라보고 있었다.

"미안해… 진애……."

그 말을 끝으로 그는 더 이상 말하지 못했다. 말에서 떨어져 실신해 버린 것이다.

"이 공(李公)?"

서서는 황급히 말에서 내려 이신의 상세를 살폈다. 그는 피투성이인 채로 아무 미동도 없이 누워 있었다. 서서는 서둘러 그의 코에 얼굴을 갖다 대었다. 미약하지만 가느다란 숨결이 느껴졌다. 하지만 언제 끊어질지 모를 일이었다. 그녀는 재빨리 이신을 말 위에 눕혔다. 살 수 있어! 살릴 수 있다고!

"그냥… 죽게 놔둘 줄 알아?"

서서는 힘껏 말을 몰았다. 그녀가 아는 최고의 의원에게 가기 위해서.


끼익.

문이 열리는 소리에 서서는 상념에서 깨어났다. 문을 열고 들어온 사람은 백위를 입은 청년이었다. 하지만 그의 표정은 청년의 그것이 아니었다. 마치 세상을 다 산 것 같은 허무한 표정이 깊게 얼굴에 배어 있었다. 그리고 그의 오른쪽 눈은 초점이 없었다. 그 청년은 단지 한쪽 눈밖에는 보이지 않는 것이다. 서서는 그가 들어온 것을 보고 자리에서 일어났다.

"화타(華陀) 선생님."

그가 바로 독안신의(獨眼神醫)로 이름 높은 화타였다. 그는 비록 나이는 젊었지만 세상 사람들의 존경과 두려움을 동시에 받고 있는 명사(名士)였다. 두려움은 그가 그동안 보여주었던 소름 끼치는 몇몇의 언행 때문이었다. 그런 면에서 그는 범인으로서는 이해 못할 아주 특이한 사람임에는 분명했다. 화타가 입을 열었다.

"내가 이 사람을 살렸어야 했습니까?"

'또 시작이군.'

서서는 머리가 지끈 아파오는 것을 느끼며 대답했다.

"예, 화타 선생님. 그것이 당신의 일이니까요."

"흐음… 나의 일이라고요, 서 소저? 나의 일 말입니까?"

"예, 사람을 구하는 일이 선생님의 일이잖아요."

"내가 왜 사람을 구해야 합니까? 난 그 일이 싫습니다."

서서는 작게 한숨을 쉬고는 말했다.

"선생님이 싫어해도 모든 사람은 다 그렇게 생각하는걸요."

"이 사람도 말입니까?"

"물론이에요."

"……."

화타는 여느 때와 같이 허무하기 이를 데 없는 표정으로 침묵을 지켰다. 서서는 가볍게 미간을 찡그리며 그런 화타를 바라보았다. 종잡을 수 없는 사람.

"후~"

다시 한 번 그녀는 나지막한 한숨을 쉬었다.

“…….”

“…….”

아직 의식을 회복하지 못한 이신의 숨소리를 제외하고는 방 안은 마치 아무도 없는 듯 고요했다. 서서는 고운 아미를 찌푸렸다. 화타가 아까부터 꿰다 놓은 보릿자루같이 침묵을 지킨 채 비어 있지 않은 한쪽 눈으로 멍하니 서서를 기분 나쁘게 응시하는 것이 아닌가? 서서는 아예 눈을 감아버렸다.

“서 소저.”

돌연 그때까지 죽은 듯이 조용하던 화타가 갑자기 입을 열었다. 화타의 그런 모습에 서서는 의아해하며 대답했다.

“예?”

“왜 눈을 감으십니까?”

“…….”

고작 입을 열고 한다는 소리가 왜 눈을 감냐는 말이자 서서는 자기도 모르게 한숨이 나왔다. 말이 안 통하는 사람과 대화한다는 것은 상당한 정신적 피로였고, 그녀는 어서 이신이 깨어났으면 하는 간절한 소망까지 일 정도였다. 그녀는 아예 눈을 감은 채 말했다.

“생각해 볼 것이 좀 있어서요.”

“무슨 생각입니까?”

화타는 궁금한 것이 있으면 다른 사람에게 무례하게 보일 정도로 말을 거침없이 했다. 이 사람에게는 ‘당신이 알 필요 없다’라는 종류의 변명은 통하지 않았다. 서서는 골치가 아파졌다.

“선생님이 신경 쓰실 정도의 일은 아닌데요.”

“무슨 생각입니까?”

“선생님…….”

“무슨 생각입니까?”

앵무새처럼 화타가 숨 쉴 틈 없이 몰아붙이자 서서의 얼굴이 붉어졌다. 정말 짜증나는 사람이야. 그녀는 대충 아무 말이나 둘러댔다.

“사군에 대해 생각을 하고 있었습니다.”

“서 소저의 사군이라면 유 황숙 말입니까?”

“예.”

“……．”

화타는 그 말을 끝으로 잠시 말이 없었다. 여전히 서서를 응시하며 무언가를 생각하는 듯했다. 서서는 또다시 화타가 지루한 침묵을 지킨다는 생각이 들었으나 이번에는 그녀의 생각이 빗나갔다. 그가 문득 질문을 던진 것이다.

“유 황숙에게 가장 소중한 것이 뭐라고 생각하십니까?”

“예?”

서서는 예상 못한 화타의 질문에 감은 눈을 뜨고 화타를 바라보았다. 도대체 무슨 생각으로 그런 질문을 던진 것이란 말인가? 서서로서는 이 눈앞의 신의의 속은 절대 읽을 수 없는 신성한 지역이나 마찬가지였다. 그래서 언제나 그녀는 화타를 상대하기가 곤란했다. 속내를 짐작할 수 없으니.

“소중한 것이라 하심은?”

“모두 다 좋지요.”

실로 답을 하기가 힘든 질문이라고 서서는 생각했다. 한 사람에게 있어 가장 소중한 것이 무엇이란 말인가? 그런 것은 한마디로 딱 잘라

말할 정도로 간단한 질문이 아니었다. 아니, 너무 어려운 질문이다. 답은 사람마다 생각하기 나름이니까.

'아내? 자식? 아니야. 그것은 다시 얻을 수도 있지 않은가. 글쎄… 역시 관공(關公)이나 장공(張公)이 아닐까? 그 사람들이야말로 사군과 한 몸이니.'

"그건 아마도… 사군의 의형제들인 관 공과 익덕 공이 아닐런지요."

서서가 다소 자신없는 투로 입을 열었다. 그 말을 들은 화타가 갑자기 웃음을 터뜨렸다.

"하하, 그렇고말고요. 그들은 분명 유 황숙께 소중한 것이지요."

화타가 크게 고개를 끄덕였다. 서서는 화타의 그런 행동에 의문이 들었다. 마치 자신을 놀리는 듯한 기분이랄까? 그녀는 눈을 가늘게 떴다.

"선생님은 어떻게 생각하시는데요?"

"후, 그것은……."

"……."

"바로 여기에 누워 있는 분의 목숨이지요."

"예?"

서서의 안색이 어두워졌다.

'설마…….'

그녀는 떨리는 소리로 물었다.

"……."

무슨 소리죠?"

"조조의 세 번째 명검의 목숨이 가장 소중하다는 말입니다."

갑자기 입술이 바짝 마르는 느낌에 서서는 혀를 내밀어 입술을 축였

다. 화타의 허무한 눈이 투명하게 빛났다. 그 눈빛을 응시하며 그녀가
입을 열었다.

"알고… 있었군요?"

"먼발치에서 한 번 뵌 적이 있습니다."

화타의 눈길이 쫓기듯이 이신을 향해 내려갔다. 바로 그 피를 부르
는 남자라고는 믿기지 않을 정도로 창백해 보이는 인상. 단순히 목숨
을 잃을 뻔한 치명상을 입었기 때문일까?

"…제 말이 맞았죠, 서 소저?"

화타의 입가에 재미있다는 듯한 미소가 지어졌다. 서서의 턱이 가볍
게 떨렸다. 그것은 아무 의미 없는 공허한 질문이 아니었다. 그것
은…….

"그렇군요, 도련님."

그 호칭을 듣는 순간 화타의 머리 속으로 서서의 예전 모습의 기억
들이 주마등처럼 떠올랐다. 그의 뇌리에 각인되어 있던 그녀의 모습.
방금 천상에서 내려온 듯한 외모와 얼음 같은 싸늘함, 냉정한 눈빛을
가진 소녀. 문득 옛날의 그 소녀와 지금 앞에 있는 서서가 겹쳐 보였
다. 그의 눈에 처음으로 깊은 회한이 서리기 시작했다.

'그래, 너무 오랜만이군.'

화타는 살짝 눈을 감았다. 오랜만에 떠오른 그녀의 모습을 놓치기
싫은 때문이었다.


암자 근처의 숲은 정적의 숲이었다. 밤이 되면 찌르르 울던 풀벌레
소리조차 자취를 감추고 세상에는 오직 달과 별밖에 없다. 은은하게
빛나는 달빛이 은 가루처럼 부드럽게 흘러내렸다.

휘이이이!

정적에 깊이 물든 숲은 가끔 들려오는 바람이 나뭇가지에 부딪치는 소리를 제외하고는 고즈넉했다. 무척이나 아름답고 신비한 광경이었지만 백의를 입은 소년 화타의 눈길을 끌 수는 없었다. 그는 그저 무심히 희뿌연 달만을 바라볼 뿐이었다.

'어찌해야 하는가……'

화타는 천하제일의 의원이라 불리는 그의 부친을 따라 깊은 산중의 암자까지 왕진을 온 참이었다. 부친이 일부러 신경 써서 같이 데리고 온 것이지만 화타는 따분하기 그지없었다. 그래서 일부러 쌀쌀한 바람이 부는 밖으로 나와 달을 보며 사색에 잠겨 있는 것이었다. 그는 요즘 들어 상당히 마음이 불편했다. 그것은 다름 아닌 의학 때문이었다.

그의 가문은 대대로 유명한 의가였다. 게다가 벌써 삼대째 천하제일 의원이라는 혁혁한 명성을 날리고 있었다. 실로 천하제일의가라고 해도 손색이 없을 정도였다. 그리고 그는 그런 가문의 독자였다. 처음에 한쪽 눈이 안 보이는 병신이라고 해서 부모님에게 저주받은 자식이라는 소리와 함께 갖은 구박을 다 받았던 그였지만, 막상 의술을 배우기 시작하면서 입장은 돌변했다.

천 년에 한 번 나올까 말까 한 의술의 천재.

그의 부친이 언제나 입에 달고 다니던 말이었다. 어렸을 땐 뭣도 모르고 좋았다. 언제나 아버지는 껄껄 웃으며 그를 칭찬했다. 그리고 그는 단지 부친의 칭찬이 듣고 싶어서 열심히 의술에 매달렸다. 하지만 언제부터일까? 의술이 지겹고 짜증난다고 느껴진 것이. 아니, 허무하다고 하는 것이 좋았다. 아마 머리가 좀 자랐을 때였을 것이다. 그는 우연히 '손자병법'을 읽어볼 기회를 가지게 되었다. 그리고 그는 병법에 매료되고 말았다.

그때부터 그는 여러 가지 병법서들을 탐독하게 되었다. 그것들은 화타에게 너무나 흥미진진한 세계였으며 새로운 활력을 불어넣어 주었다. 그러나 그 사실을 부친이 알게 되자 그는 생전 처음으로 부친에게 심한 꾸지람과 함께 엄청나게 매를 맞았다.

'명색이 의원이라는 자가 사람을 죽이는 방법 따위를 쓴 책을 읽다니!'

부친은 계속해서 심하게 나무랐다. 그것이 바로 얼마 전의 일이었다. 하지만 이미 화타는 예전의 그 어리디어린 소년이 아니었다. 정신만큼은 어떤 성인과도 비교될 수 없게 깊었다. 그래서 그는 불편한 맘으로 심각한 고민에 휩싸여 있는 것이다.

"…나는 어찌해야 하는가?"

화타는 이번에는 소리 내어 중얼거려 보았다.

"뭘 어찌해요, 도련님?"

뜻밖에 등 뒤에서 소녀의 말소리가 들려왔다.

화타는 놀라서 급히 고개를 돌렸다. 거기에는 화타 또래로 보이는 절색이라는 말이 아깝지 않은 미모의 소녀가 서 있었다. 바로 암주(庵主)의 제자인 소녀로서 이름은 서서라고 불렸다. 백옥같이 흰 얼굴에 홍조를 띤 두 볼, 갓 피어난 버드나무 가지처럼 날씬한 허리, 붓으로 살짝 그은 듯 길고 가느다란 두 눈썹, 검고 해맑은 두 눈동자는 밤하늘의 별빛같이 반짝였고 석류처럼 붉고 촉촉한 조그마한 입술이 자리잡고 있었다.

화타는 처음 그녀를 봤을 때의 놀람을 잊지 못했다. 그가 생전 처음 보는 미녀였기 때문이다. 마치 천상에서 방금 내려온 선녀라고나 할까? 다만 아쉬움이 있다면 언제나 깃들어 있는 허무한 표정과 냉기가 풀풀 풍기는 목소리 정도일까? 화타가 부드럽게 말했다.

"소저, 여기는 무슨 일로?"

"소녀가 먼저 물어봤을 텐데요, 도련님?"

여전히 정나미 안 가는 차가운 목소리다. 그는 인상을 조금 찌푸렸다.

"…고민이 있어서요."

"도련님 같은 분도 고민이 있나요?"

진심으로 신기하다는 목소리다. 화타는 기분이 조금 언짢아졌다. 자연히 말투가 어느 정도 퉁명스러워졌다.

"소생은 고민이 없으란 법이 있습니까?"

"……."

그녀는 대답없이 그저 무심한 표정으로 화타를 바라보았다. 그리고 그때부터 한마디 말도 없이 하늘에 뜬 달만을 쳐다본다. 기이한 침묵이 어색해진 화타가 어쩔 수 없이 입을 열었다.

"사실은 의가를 이을지 말지 생각하고 있었습니다."

"예?"

내내 차갑던 그녀도 이번에는 조금쯤 동요한 듯싶었다. 세상에서 평판이 자자한 의술의 천재가 의가를 잇지 않겠다는 소리는 해가 서쪽에서 뜬다는 말만큼이나 믿기 힘든 허황된 소리였다.

"그럼?"

"소생은 장자방(張子房:한고조 유방의 책사)이 되고 싶습니다."

순간 그녀의 조그마하고 붉은 입술이 열리면서 백옥 같은 이가 드러났다.

"아하하하!"

그녀는 연신 즐거운 웃음을 지어댔다. 화타는 얼굴이 붉어지는 가운데서도 왠지 모르게 기분이 좋아졌다. 아마 생각지도 않던 소녀의 웃음을 보았기 때문이리라. 화타가 멋쩍은 목소리로 물었다.

"무엇이 그렇게 우습습니까?"

서서는 무언가를 얘기하려는 듯 붉은 입술을 조금 달싹거리다가 무슨 말을 할지 잊어버렸는지 그만 입가에 실낱같은 미소를 지어 보이고 만다. 너무나 시원하면서도 달콤한 미소. 화타는 그 미소에 홀린 듯 멍하니 그녀를 바라보았다. 그는 자신의 심장이 심하게 쿵쿵거리는 박동을 느끼고는 황급히 정신을 차렸다.

'실로 요녀(妖女)로다.'

평소 여자에게 특별히 관심을 가진 적이 한 번도 없었다. 아니, 아예 돌처럼 길가의 걷다 발에 채이는 생각했다는 게 옳을 것이다. 그에게 있어서 여자나 남자나 단순히 환자일 뿐이었으니까. 하지만 지금 그의 앞에 서 있는 소녀는 달랐다. 과연 똑같은 부류인지 의심스러울 정도로. 화타는 손이 으스러져라 세게 쥐었다. 그제야 부담스러울 정도로 두근대는 가슴이 조금이나마 안정되는 느낌이었다.

"무엇이 그렇게 우습습니까?"

화타가 다시 한 번 물었다. 이번엔 그녀의 대답이 들려왔다.

"그저 도련님과 너무나 어울리지 않는 듯하여 소녀가 그만 실례를 저질렀습니다."

"역시 소저도 그리 생각하십니까?"

화타가 상심한 얼굴로 말했다. 이런 말을 듣는 게 처음은 아닌 듯했다.

"하지만 그런 것 따위 무슨 상관이지요?"

서서가 강한 어조로 말했다.

"예?"

"부끄러운 얘기지만 소녀 역시 병법에 뜻을 두고 있습니다."

화타의 눈이 커졌다. 아녀자가 병법에 뜻을 두었단 말인가? 하지만 마음 한구석으로 반가움의 감정이 폭포처럼 샘솟았다. 처음으로 말이 통할 것 같다는 느낌이랄까?

"정말 대단하십니다, 소저. 그 말씀을 들으니 저도 힘을 내야겠다는 생각이 드네요."

"아닙니다. 저도 오랜만에 병법에 대해 같이 논할 분을 만나서 기쁩니다."

그녀는 단순히 예의상으로 한 말이 아닌 듯 입가에 또 한 번 물을 머금은 보름달같이 시원하고 촉촉한 미소를 머금었다. 화타도 가슴속에 뜨거운 피가 용솟음치는 느낌이 들었다. 가장 좋아하는 얘기를 할 수 있는 상대다. 그는 자기도 모르게 아주 오랜만에 즐거운 미소를 지었다.

"소저, 근데 이런 양양의 산골에만 계시면 아무래도 큰 뜻을 펴시기 힘들 것 같습니다만……."

"그건 도련님도 마찬가지 아닌가요? 아직 의술에서 손을 놓지 않고 계시니."

"하하, 실은 얼마 전에 치료를 빙자해 하비를 다녀온 적이 있습니다. 그때 기실 마음을 정했습니다."

"하비요?"

그녀가 궁금한지 눈을 동그랗게 떴다. 도대체 무슨 일이 있었기에 이 남자의 마음을 이리도 뒤흔들어 놓았단 말인가!

"혹시 하비에서 여포가 죽은 사실을 알고 계십니까?"

"옛? 여포가요?"

그녀는 정말로 의외였던지 검고 해맑은 두 눈이 휘둥그레졌다. 그녀의 반응으로 보건대 아직 이곳 양양까지는 그 소식이 전해지지 않은 것 같았다.

"예, 그 역발산기개세 여포가 조조에게 목숨을 잃었습니다. 정확히는 이신의 화살을 맞고."

"그런……."

서서는 아직도 여포가 죽은 것이 믿기지 않았다. 서주(徐州)와 기주(冀州)는 허도의 심장을 조이고 있는 형상을 한 유일한 두 곳이었다. 그곳이 원소와 여포의 세력권 아래 있는 한 조조는 감히 다른 곳으로 출병하지 못한다. 하지만 그 한 축이 무너졌으면 조조는 한쪽 날개가 자유가 된 봉황이나 다름없었다.

"원소의 속셈은? 도대체……."

서서가 혼잣말로 중얼거렸다. 원소는 절대로 호락호락한 인물이 아니었다. 아니, 그녀는 만약 조조가 서주로 출병한다면 원소가, 기주로 출병한다면 여포가 허도의 빈틈을 노리고 군사를 일으키면 조조는 손쓸 틈 없이 당하고 말 것이라는 것을 잘 알고 있었다. 상당히 힘든 그 난국을 어떻게 극복했단 말인가? 화타에게서 그 대답이 들려왔다.

"허도의 심장을 누르고 있다 함은 기주의 심장을 누르고 있는 것은 역시 허도라는 말과 같은 뜻 아닙니까?"

"……."

화타의 눈이 별처럼 반짝였다. 평소 자신의 맘속 깊이 품은 생각을 말할 기회를 얻은 것이다. 그는 마치 지금 하늘로 붕 뜨고 있는 기분이었다. 이 알 수 없는 활력이란……. 그가 말을 이었다.

"그러면 공손찬을 칠 절호의 기회는 바로 조조가 서주로 출병했을 때란 말입니다. 후후, 암묵적인 밀약과 같다고 생각하시면 됩니다. 아마 원소는 충분하다고 생각하는 것이겠지요. 그가 공손찬을 쳐서 유주를 얻으면 비록 조조가 서주를 얻는다고 해도 충분히 승산이 있다고 생각한 것이겠지요."

"그래서 원소는 유주를 얻었답니까?"

"아니, 아직."

"……."

원소의 자신감이란 말인가? 그녀였다면 여포와 손을 잡고 조조를 견제했을 것이다.

"역시 그릇이 달라."

"예?"

"아, 아닙니다."

"……."

한참이나 둘 다 말이 없다. 서서가 깊은 생각에 빠진 것을 보고 화타도 입을 열기가 머뭇거려졌던 것이다. 그녀의 생각을 방해하기 싫었다. 때마침 휘황찬란한 몇 줄기 달빛이 그녀의 새하얀 피부에 닿자 촛농처럼 녹아 흐르는 것 같았다. 어찌 감히 그녀의 생각을 방해할 수 있단 말인가?

얼마나 지났을까. 꽤나 시간도 흘러 이제 달도 서서히 빛을 잃어가는데도 그녀는 하염없이 사색에 빠져 있었다. 화타는 차갑게 쏘아오는 가을바람을 느끼며 문득 서서가 감기에 들지 않을까 하는 걱정이 들었다. 그래서 그가 막 서서를 부르려 할 때 그녀의 입이 부드럽게 열렸다.

"역시 천하를 노리는 사람은……."

"……."

"두 사람인가요?"

"글쎄요."

서서가 눈을 가늘게 떴다.

"그 말씀은?"

화타가 웃음을 지었다.

"하하, 좀 어이없는 생각이겠지만 유 황숙은 어떻습니까?"

"유비요?"

화타의 입에서 상당히 의외의 말이 튀어나오자 서서는 농이라고까지 생각했다.

"유비 같은 사람이 천하를 노려요?"

"하하, 아닙니다. 제가 모시고 싶은 분인지라……. 그저 제 희망 사항일 뿐입니다."

"유비에게 임관하실 참이시군요?"

"만약 그 길을 걸을 수 있다면."

"……."

화타는 그동안 유비라는 사람에 대해 면밀히 살펴왔다. 화타가 보기에 그는 분명히 천하를 노리는 자다. 확신할 수 있었다. 하지만 그는 서서에게는 아직 말을 할 생각이 없었다. 무엇보다 안 믿을 게 뻔했으니까. 그는 애써 화제를 돌렸다.

"이신에 대해 어찌 생각하십니까?"

"조조의 세 번째 명검?"

"예, 정확히는 천하제일의 전략가이자 명궁(名弓)."

"아니에요! 소녀는 그렇게 생각하지 않는다고요!"

갑자기 그녀가 격앙된 어조로 말했다. 소녀의 얼굴에 처음으로 시무룩한 감정이 드러났다. 화타는 갑자기 즐거워졌다.

"후후, 그럼 소저가 생각하는 사람은 누구입니까?"

"하여튼 그 사람은 아니에요. 공명(孔明:제갈량의 자)이나 사원(土元: 방통의 자) 오라버니도 그보다 나으면 나았지 못하지는 않는다고요."

"아하하. 소저, 제가 존경하는 분을 여지없이 짓밟으시는군요. 그런 이름도 듣지 못한 백면서생(白面書生)들과 천하에 모르는 사람이 없는 그분을 비교하시다니요."

"그 사람은 실력도 없이 명성만 높은 것이라니까요!"

"후후, 글쎄요. 이번 하비전투도 실상은 그분의 작품입니다."

화타는 의미심장한 미소를 지었다. 그의 앞에 서 있는 소녀는 의외로 꽤 귀여운 구석이 있는 게 아닌가 하는 얼토당토않은 생각마저 들었다. 그녀는 뾰로통해서 앵두같이 촉촉한 입술을 내밀고 있었다.

"그럴 리가요. 그 활 솜씨밖에는 아무것도 내세울 것 없는 촌부의 머리에서 그런 모계가 나왔단 말씀인가요?"

"촌부라……. 소저께서는 그분을 단단히 잘못 보고 계시는군요."

"……."

"제 눈이 비록 하나입니다만, 그렇기에 남이 보지 못하는 것을 보는 수가 더러 있지요. 그분은 잠룡(潛龍)입니다. 조만간 승천하기 위해 천하에 비구름을 불러들일 게 분명합니다."

# 제 3 장

# 혈전(血戰), 198년의 하비

## ―과거라는 잃어버린 시간을 꿈꾸다

"으음……."

하비성 내. 상석에 자리잡은 한 사내가 신음을 흘렸다. 균형 잡힌 몸매에 큰 키, 떡 벌어진 넓은 어깨와 두터운 가슴은 그가 용장임을 은은히 보여주고 있었다. 대단히 준수한 용모를 가진 그 사내는 빠르게 눈을 두 번 깜박였다. 희고 말끔한 피부에 부드럽고 진한 머리칼, 길고 짙은 속눈썹. 한 번 보는 것만으로도 절로 숨이 막힐 정도의 미남자였다. 하지만 사내의 얼굴에는 선을 덧새긴 듯한 그늘이 드리워져 있었다. 무언가 심적인 고민이라도 있는 듯이.

그 사내가 바로 그 유명한 국사무쌍(國士無雙) 여포(呂布) 봉선(奉先)이었다. 사내 중의 사내는 여포요 말 중의 말은 적토마라. 실로 헛소문이 아니었다. 도대체 그 정도의 남자가 신음을 흘릴 일이란…….

"그래, 알았다. 구원군은 전멸이로군."

"예?"

세작은 아주 울 듯한 표정이었다. 아니 그러한가. 마지막 구명줄마저도 끊어져 버린 것이다. 이제 하비성에서의 패배는 이미 기정사실화되는 분위기였다. 병사들의 사기는 바닥을 긁고 있고 장수들의 얼굴은 침울하기 그지없었다. 그런데도 여포는 태연자약한 표정이었다.

"대단하군, 이신. 적이지만 칭찬을 아니 할 수 없군. 후후."

"장군, 지금 적이나 칭찬하고 있을 때가 아닙니다!"

험상궂게 생긴 장한이 항의하듯 소리쳤다. 여포의 장수 중 하나인 후성이었다.

"후후, 이 봉선이 어찌 그리 아니 하겠는가, 후성. 즐거워. 본인의 상대로는 더할 나위 없어. 이 정도는 되어야지."

"장군!"

여포가 부드러운 눈길로 후성을 바라보았다.

"걱정 말게. 이 봉선, 아직 죽지 않았네."

하비성에서는 어쩌면 마지막이 될지도 모를 작전 회의가 열리고 있었다. 장료, 고순, 위속, 진궁, 송헌, 후성 등 여포군의 중신들은 딱딱한 표정으로 회의에 임하고 있었다. 마치 지금 여포군의 힘겨운 상황을 대변하듯이.

작전 회의는 농성전 쪽으로 흐르고 있었다. 이것은 어느 정도 예상된 결과이자 지극히 타당한 주장이었다. 여포군의 수는 겨우 일만 칠천인 데 비해 조조군은 삼만이나 되었다. 병력 수로는 절대로 상대가 되지 않는다. 게다가 하비성은 천하의 유명한 거성이다. 함락시키기란 상당히 어려운 일이었다. 그들 주장의 핵심은 농성을 하면서 원소가 유주의 공손찬을 멸하기를 기다린다는 것이었다. 그럼 조조군은 어쩔 수 없이 물러갈 수밖에 없다는 것이 그들의 주장이었다. 하지만 가만히 듣고 있던 여포가 조용히 한마디로 이 주장을 일축했다.

"야전이네."

순식간에 장내의 분위기가 어수선해졌다. 처음에 그들은 여포가 말을 실수했다고 생각했다. 하지만 이어서 나온 여포의 조용하지만 단호한 뜻이 담긴 한마디가 그들에게 여실히 현실을 깨닫게 해주었다.

"야전에서 결판을 낸다."

"말도 안 되는 소리입니다, 장군!"

평소 불끈하는 성질이 있는 후성이 가장 먼저 큰 소리로 항의했다. 혈기 왕성한 성격인 후성은 만약 평소라면 자청해서라도 야전을 주장할 인물이었다. 하지만 그도 이 싸움의 중요성과 불리함을 너무나 잘 알고 있기에 농성전을 주장하고 있었다.

"왜 말도 안 되는 소리인가?"

"우선 병사 수를 생각해 보는 게 어떻습니까? 아군은 일만 칠천, 적은 삼만, 도저히 수적으로 상대가 되지 않습니다."

"그건 물론 알고 있네."

"그렇다면 왜 야전을 주장하시나이까?"

"글쎄……."

여포는 고개를 갸웃했다.

"너무 분해서라고 할까?"

"예?"

후성은 생각지도 못했던 너무나 어이없는 이유에 헛웃음이 나올 지경이었다. 그는 진짜로 크게 성질이라도 난 듯 얼굴이 온통 시뻘게졌다.

"고작 그 이유로 병사들을 사지(死地)로 모신다 이 말입니까?!"

"음? 사지라니?"

여포가 되려 의문이 가득 담긴 눈으로 후성을 쳐다봤다.

"내가 왜 나의 병사들을 사지로 몬다는 말인가? 무슨 이유로?"

"……."

지금까지 도대체 무슨 소리를 들은 거란 말인가? 후성은 너무나 기가 차서 말문이 다 막혔다.

"야전은… 너무나 불리하단 말입니다! 그게 사지가 아니고 무엇입니까?"

"전혀 불리하다고는 생각하지 않네, 후성."

"그 이유를… 말씀해 주시겠습니까?"

"바보 같군. 자네는 항상 이론적으로만 생각하려고 하는가? 손자, 오자가 다 무언가? 그들은 단순한 몽상가들일 뿐이야. 전쟁은 단순히 부딪쳐 깨버린다. 그게 전부야."

후성이 여포에게 한소리 듣고 물러나자 회의장은 한동안 적막에 휩싸였다. 그들은 여포의 단호한 의지를 보았기 때문이다. 게다가 원래 여포의 성격이 한번 내린 결정을 번복하는 법이 없었다. 그렇기에 그들은 이제 와 아무리 농성을 주장한들 소용이 없다는 생각이 들었던 것이다. 하지만 고요한 대기의 적막을 깨뜨리며 한 남자의 목소리가 들려왔다.

"장군, 초패왕(楚覇王)의 말로가 얼마나 비참했는지 모르시는 겁니까?"

입을 연 사내의 모습은 흡사 무덤에서 갓 일어난 시체를 생각나게 했다. 장대한 키에 비해 몸은 삐쩍 마른 것이 마치 대나무 같고 얼굴색은 희다 못해 아예 얼굴의 실핏줄이 드러날 만큼 창백하기 그지없는 것이 금방이라도 쓰러질 병자 같았다. 눈의 안광은 금방이라도 꺼질 듯 폭풍 속의 촛불같이 흐릿하고 생기가 전혀 느껴지지 않았다. 언제 쓰러질지 모를 병자 같은 이 사람이 용맹하기로 유명한 여포의 장수들 중 한 사람이란 말인가?

"흐음… 문원(文遠:장료의 자), 그 얘기가 여기서 왜 나오는 건가?"

놀랍게도 그는 여포의 장수들 중에서도 최고로 손꼽히는 장료(張遼)였다. 사실 그는 어릴 때부터 남달리 몸이 약했다. 그것은 지금까지도 그리 나아지지 않았지만, 비록 그는 건강한 몸은 가지지 못했을지라도 남이 가지지 못한 두 가지 능력이 있었기에 여포의 큰 신임을 받고 천하에 그 명성을 떨칠 수 있었다. 그것은 바로 이상육감(異狀六感), 즉 초감각적 지각과 상대가 없다는 궁술(弓術)이었다.

"그저 그런 느낌이 듭니다. 그뿐입니다."

"그런가?"

다른 사람이 이런 어이없는 이유를 말하면 당장이라도 호통을 치고 말리라. 하지만 그는 장료였다. 그의 무서울 정도의 감각을 잘 알기에 여포도 그리하지 않은 것이다.

일찍이 점술로 이름을 날린 관로조차 그에게 진심으로 경탄을 하지 않았는가? 장료의 이상 육감은 보통의 점괘는 또 달랐다. 점이 화재를 알아맞히는 거라면 그의 능력은 막연하지만 어떤 재난을 알아맞히는 것이었다. 그리고 그 예상은 놀랍도록 빗나가지 않았다. 그런 장료에게 이런 말을 들으면 아무리 여포 같은 사내라도 마음이 불안해지는지 얼굴에 걱정스러운 빛이 나타난다. 하지만 그것은 그런 이유 때문이 아니었다.

"문원, 또 그 힘을 쓴 건가?"

"예."

여포는 부드러운 눈으로 장료를 바라보았다. 장료의 창백한 얼굴은 흐르는 땀으로 흠뻑 젖어 있었다. 역시 그 힘을 사용한 다음의 후유증이다. 그러고 보니 장료의 전신이 계속해서 떨리고 있었다.

"꼭 그리해야 했는가? 자네마저 이 봉선을 못 믿는단 말인가? 아니, 그런 것 따위는 상관없네. 자네 그러다 진짜로 명(命)을 달리한단 말이네."

"제 목숨 따위는 상관없습니다. 그저… 장군께 도움만 될 수 있다면……."

"이런 못난 사람 같으니."

가뜩이나 병약한 몸이다. 그리고 그의 능력은 이런 그의 병약한 몸마저 참혹하게 갉아먹는다. 그것은 심적으로나 육체적으로나 엄청난 고통을 주는 행위였다. 자신의 몸을 자해하는 것과 매한가지인.

여포는 개인적으로 정말 아끼는 부하의 이런 몸을 던지는 행위에 대해 마음 한구석이 씁쓸했다. 과연 이 행동이 단순한 충(忠)일까? 무언가 다른 이유가 있지는 않을까? 장료에게 있어 그 능력을 쓴다 함은 곧 목숨을 버린다는 것과 다르지 않았다. 단순히 충으로 목숨을 버릴 수 있는가? 장료에게 있어 충이란 것이 그리 중요할까? 혹시 애(愛)가 아닐까? 말도 안 되는 소리다. 애써 여포는 생각을 지워 버리려고 했다. 하지만 그동안의 장료의 행동들은 그런 의심이 들기에 충분하지 않은가? 여포는 눈을 가늘게 뜨고 장료를 바라보았다.

"그럼 자네의 말인즉 농성을 하란 말인가?"

"예, 아마도……."

"아마도?"

"확실하지는 않사오나… 장군께서 이대로 야전으로 나가시면 무언가 불행을 맞으실 것 같습니다."

장료가 가쁜 숨을 몰아쉬며 말했다. 여포는 그의 말을 듣고 신중히 생각에 잠겼다. 살신(殺身)을 해서 한 부하의 충고다. 어찌 소홀히 할 수 있겠는가?

이때 다른 장수들은 장료에게 마음속으로 갈채를 보내고 있었다. 농성을 하면 어느 정도 승산이 있다. 하지만 야전을 하면 승산은 전혀 없다. 그것이 모든 장수들의 생각이었다. 게다가 그게 장료의 조언이라면. 하지만 의외의 일이 일어났다.

"역시… 야전이네."

그것이 장료에게는 청천벽력이었을까? 그는 큰 충격을 받은 듯 바닥에 무릎을 꿇고 말았다. 그는 안쓰러울 정도로 창백한 안색으로 온몸을 사시나무 떨듯 떨기 시작했다. 여포는 그저 안쓰러운 표정으로 그런 장료를 바라볼 뿐이었다.


회의는 이미 파한 지 오래거늘 장료는 꼼짝도 하지 않고 그 자리에 무릎을 꿇은 자세로 상석에 앉은 여포만을 예의 생기없는 눈으로 뚫어져라 쳐다보고 있었다.

'도대체 왜 저의 충언을 듣지 않으시는 겁니까?'

장료는 속으로 피눈물을 흘리고 있었다. 여포는 그의 우상, 아니, 신이나 마찬가지였다. 항상 몸이 약해 그저 경서와 역사서, 여러 종류의 병서들을 독파하며 시간을 때워야 했던 그의 어린 시절. 그리고 다른 사람들처럼 이곳저곳을 유람하고 싶은 마음이 어찌 없었겠는가? 하지

만 현실은 햇빛만 오래 받아도 몸이 비틀거리는 장료에게는 냉혹하기
그지없었다. 그런 그에게 희망과 용기를 준 것이 바로 여포였다.

"자네, 머리가 쓸 만하군. 나를 위해 일해보지 않겠나?"

장료가 당연히 승낙했음은 말할 필요도 없었다. 그는 마음에 품은
뜻이 큰 사람이었다. 한신 같은 사람이 되고 싶다. 언제나 그가 마음속
에 담고 다니던 말이었다. 하지만 막상 여포를 섬기게 되면서 그의 마
음은 변했다. 이 사람을 위해 죽고 싶다. 어쩌면 세상이 뭐라고 지탄을
하든 말든 상관 않고 자신의 길을 걷는 여포에 대한 부러움 때문일지
도 모른다. 그동안 동경해 오던 삶. 방천화극에 적토마를 비껴 타고 전
장을 오만하게 누비는 이 주공은 그 무용 하나만으로 사해에 그 명성
을 날렸다. 인(人) 중의 용(龍)으로.
　'그런데 결국 최후가 오는가요? 이리도 쉽게 주공을 떠나보내야 하
다니, 참 하늘도 야속하십니다. 어찌하여 이 좁디좁은 천하에 세 마리
용을 내려주셨나이까?'
　"문원!"
　그를 부르는 여포의 목소리에 장료는 퍼뜩 상념에서 깨어났다.
　"예?"
　"그만 일어나라고 했네."
　"하오나 장군."
　"문원, 난 아직 싸울 수 있어."
　"……."
　갑자기 여포가 허리춤에서 단검을 꺼내 들더니 단숨에 팔목을 그었

다. 그의 팔목을 타고 붉은 피가 바닥을 흥건히 적시기 시작했다. 장료는 소스라치게 놀랐다. 치명상은 아니었지만 가벼운 상처도 아니었다. 게다가 이런 큰 싸움을 앞두고 팔에 입은 작은 상처라도 큰 지장을 줄 것은 명약관화한 일이었다.

"장군, 어서 치료를……!"

"그만두게."

여포는 오히려 가라앉은 목소리로 장료를 제지하며 공허한 웃음을 허공에 날렸다.

"무슨?!"

"후후, 피가 흘러. 피가 흐른다고. 그렇지 않나, 문원? 내 몸에 피가 흐르지? 하하핫!"

"장군……!"

"정말 오랜만이군. 후후, 피라… 나의 피라……."

"장군, 도대체……!"

순간 여포의 눈에 강렬한 의지가 튀었다. 그는 피가 뚝뚝 흐르는 팔목에 강하게 힘을 주었다. 순식간에 마치 꽃이 산화하듯 사방으로 피가 튀었다. 그 광경을 보는 장료는 눈물이 나올 것 같았다.

바로 이 모습이야. 그 의지가 담긴 눈, 내가 존경하는 주공의 눈…….

"나의 피를 본 적이 있나?"

"장군……!"

"나의 피를 본 적이 있느냐는 말이네."

"……."

"아무도 본 적이 없어. 나 자신을 제외하고는 말이네. 절대로. 하하핫! 하하하핫!"

장료의 눈에 드디어 물기가 맺히기 시작했다.

역시 나의 주공은 포기하신 게 아니다. 아니, 멋지게 한 방 먹이실 거야. 빌어먹을 조조 놈이든 원소 놈이든 간에. 지금의 주공은 무적이다!

"이번에도 마찬가지야. 그 조조 놈도 절대 내 피를 보지 못한다."

"……."

여포는 잡고 있던 단검의 손잡이를 놓았다.

쩔그렁!

여포는 천천히 눈을 감았다. 여포의 오른쪽 팔목은 완전히 피로 범벅이 되었다.

아프다.

피가 흐른다.

심장이 뛴다.

나는 살아 있다.

"나는… 아직 싸울 수 있다. 내가 보는 것은 조조 놈의 선혈이다."

여포는 눈을 뜨고 이제는 경련까지 일으키는 오른쪽 팔목을 지그시 바라보았다.

"장군, 어서 치료를……!"

차마 보다 못한 장료가 어쩔 줄 모르고 외쳤다.

"문원!"

"예?"

"내 생애 최고의 싸움을 보여주마."

$*$    $*$    $*$

둥둥둥둥둥!

서주에 위치한 황회평야 동쪽에서 떠오르는 태양이 어둠 속에 잠겨 있던 여명을 찬란히 밝힘과 동시에 진군을 알리는 북소리가 평야의 아침을 날카롭게 가르며 울려 퍼졌다. 드디어 원소를 제외하고는 가장 많은 병력을 움직일 수 있다는 조조의 정예 병력 삼만이 진군을 시작한 것이다. 드넓은 평야를 모두 덮을 정도의 병력 대이동은 마치 바닷물이 밀물처럼 일제히 몰려오는 것 같았다. 조조의 군임을 알리는 '曹'라는 깃발들이 여러 군데서 휘날리는 가운데 병사들은 한 치의 오차도 없는 질서 정연한 걸음으로 척척 소리를 내며 진군한다. 그야말로 세상에서 두 번은 볼 수 없는 장관이었다.

"여포의 목을 따는 것은 바로 우리 선봉대이다! 목을 따는 자에게는 승상께서 천금과 교위의 직위를 약속하셨다! 부디 부와 명예의 기회를 놓치지 마라, 제군들!"

위풍당당한 조조군의 선봉을 맡은 조인(曹仁)이 격앙된 목소리로 휘하 병사들을 격려했다. 하지만 사실은 그가 더 흥분되었다. 이 얼마나 기다리던 순간이던가? 아군의 최대 숙적으로서 조조를 지독하게 괴롭히던 여포가 아닌가? 절대 양보할 수 없다. 여포의 목은 그 누구에게도 넘겨줄 수 없다.

"여포의 목숨을 끊는 건 바로 우리 우익(右翼)이다!"

조조군은 전통의 편성대로 중앙에는 주력인 보병을, 좌우 양익에는 기마대를 편성했다. 그리고 그중 하나인 우익을 지휘하는 장(將)은 하후돈(夏侯惇)이었다. 지긋지긋한 악연은 이제 끝이다. 인중의 용이라 세상을 떨게 하던 적의 괴수는 이제 상처를 너무 입어 쓰러지기 직전이었다.

"이 싸움은 특별하다. 자네도 왜 그런지 잘 알고 있으리라 믿는다. 그를 죽이지 않는 한 우리는 절대 편안하게 잘 수 없다."

"……."

"병사들을 격려하게."

하후돈이 그의 부장으로 참전한 서황(徐晃)에게 떨리는 목소리로 말했다. 서황이 외쳤다.

"제군들! 두려워하지 마라! 물론 나도 그동안 여포가 두려웠다! 하지만 이제는 전혀 아니다! 그는 이제 사냥개 앞에 놓인 토끼일 뿐이다. 제군들의 힘으로 여포를 철저히 깨부숴라!!"

"우와아아아!!"

조조 편 장수의 대부분이 그렇게 생각했다. 아니, 모든 병사들의 생각도 마찬가지였다. 여포라는 사상 최대의 적이자 이제는 완전히 몰락해 버린 적을 두고서 이제는 이겼다고, 끝이라고, 그들의 손으로 이 싸움을 끝낼 수 있다고. 승전을 확신한 병사들의 사기는 하늘을 찌를 듯 높아 있었다.


"장군, 어찌 병사들을 격려하지 않으시오?"

좌익의 장(將)인 이신(李神)의 부장으로 참전한 하후연(夏侯淵)이 의아한 눈으로 그를 쳐다보았다. 조금 있으면 전쟁이 시작된다. 그전에 병사들의 사기를 최고조로 고취시켜야 하는 것은 한 군의 장이 기본적으로 해야 할 임무가 아닌가.

"……."

이신은 그저 아무 말 없이 담담하게 하후연의 눈빛을 받아넘길 뿐이었다.

하후연의 시선이 사나워졌다. 그는 자신의 앞에 서 있는 사내가 마음에 들지 않았다. 결코 믿을 수 있는 사람은 아니었다. 특히 전쟁을 앞두면 이 남자는 신경이 거슬릴 정도로 손을 떤다. 마치 앞으로 벌어질 살육의 기쁨을 참지 못해 황홀감에 젖어 몸을 떠는 것같이. 그의 손에 죽어간 병사의 수가 도대체 몇이던가?

'살육에 취한 살인마 같으니…….'

하후연이 속으로 투덜거렸다. 천하의 하후연이라고 하지만 감히 겉으로 얘기할 배짱 따위는 없었다. 그의 전술적 재능은 조조군에게 있어 필수 불가결한 요소일 뿐 아니라 적으로 돌리면 감당할 자신이 없었기 때문이다. 하후연은 그를 무시하기로 하고 주먹을 불끈 쥐고 외쳤다.

"제군들, 우리 좌익(左翼)에는 누가 있는 줄은 다 알리라 믿는다! 한 번도 패배해 보지 않은 명장이자 승상이 자랑하는 세 번째 명검이 여기, 바로 여기에 있다! 저번 원술전에 참전한 병사들은 좌장군의 신출귀몰함을 직접 느껴보았을 것이니 더 이상 긴말은 하지 않겠다. 다만 좌장군을 믿어라!!"

"와아아아아아!!"

그 말의 효과는 엄청났다. 병사들은 전의에 불타 주체할 수 없을 정도로 소리를 질러댔다.

'쳇, 어쩔 수 없이 저 살인마 자식의 이름을 팔아야 하다니…….'

지금 조조를 제외하고 병사들에게 엄청난 인기를 얻고 있는 것은 바로 좌장군 이신이었다. 그것은 다른 장수들도 잘 알고 있었기 때문에 하후연은 어쩔 수 없이 사기를 고양시키려고 그의 이름을 거론했던 것이다.

"여포는 좌장군에 의해 최후의 심판을 받을 것이다!"

"우와아아아!!"

다시 한 번 이신의 이름을 판 하후연의 눈이 무의식적으로 그를 향했다. 이신은 그저 말없이 눈을 감고 있었다.


"승상, 무언가 이상합니다."

조조는 중군에서 그의 여러 참모들에게 둘러싸여 있었다. 최후의 회의라고 해도 좋았다. 곽가(郭嘉)가 미심쩍은 표정으로 조조에게 먼저 간언했다. 그러나 대답은 조조가 아니라 엉뚱한 사람에게서 나왔다.

"어딘지 모르게 불안한 것은 사실입니다. 하지만 승리를 의심할 필요는 없다고 생각합니다."

정욱(程昱)이 담담하게 말했다.

"으음, 그 여포 놈이 야전을 선택하다니."

조조의 인상이 미묘하게 찌푸려졌다. 동요하면 나오는 버릇이다.

"아마 목숨을 걸고 한판 승부를 벌일 생각이겠지요."

조조의 일급 참모 중 한 사람인 순유(筍攸)가 입을 열었다.

"음……."

"죽기 전의 발악일 뿐입니다. 게다가 어차피 적이 먼저 싸움을 걸어온 이상 응하는 수밖에는 없겠지요. 여기서 군사를 물리면 세상의 웃음거리밖에 되지 않습니다."

그래, 그렇겠지. 조조는 고개를 끄덕였다. 어차피 그도 패배할 거라
는 생각은 하지 않았다. 일만 칠천 대 삼만. 이길 자신이 있었다. 게다
가 그것이 야전에서의 정면 대결이라면. 다만 최소한 피해를 줄이고
이겨야 한다는 생각만이 들 뿐이었다. 원소, 원술, 손책 등 적은 아직
도 많았다.

"그래, 여포는 피의 대가를 받게 될 것이다."

조조가 스스로에게 다짐하듯 중얼거렸다.


한편, 조조군 내에서 조조의 부하가 아니면서도 전의를 불태우는 사
람이 있었다.

"빌어먹을 조조 놈! 이 장비를 후방 따위에 돌리다니."

"너무 화내지 말거라, 익덕아. 후군도 충분히 중요한 곳이다."

유비가 성질이 심하게 나 있는 장비를 타일렀다.

"이 아우도 여포의 목을 따버리고 싶단 말이오, 형님! 그 자식이 서
주를 강탈한 것을 생각하면… 으으……."

"글쎄, 그리 쉽게 여포가 목을 내줄까?"

유비의 눈이 기묘하게 반짝였다.

"그건 무슨 말이오?"

"지금 조조도 필경 속으로는 불안해 미칠 지경일 것이다."

"아니, 그럼 이 싸움에서 진다는 말이오, 형님은?"

"그런 말은 안 했다. 다만 상당히 재미있는 일이 일어날 수도…….
후후."

유비가 장난기 어린 소년처럼 짓궂은 웃음을 지었다.

그래, 내 앞에서 맘껏 재주를 부려봐라, 조조여, 여포여.

                    *              *              *

"장군, 조조군이 거의 근접했다는 척후병의 보고입니다."

"……."

장료가 전쟁 전의 긴장감으로 인해 떨리는 눈빛으로 여포를 쳐다보았다. 드디어 운명의 결전은 채 일각도 남지 않았다. 죽느냐 사느냐가 이번 단 한 번의 전투로 결정되는 것이다. 하지만 여포는 그런 긴장감 따위는 전혀 느껴지지 않는다는 듯이 여전히 태연자약한 표정이었다. 온 장병의 목숨의 무게를 짊어진 총지휘관으로서의 압박감 따위는 훨훨 털어버린 것 같았다.

"분명히 조조군은 주력 보병으로 정면에서 시간을 끌고 양측의 기병으로 배후 전개로 나설 테지?"

"예, 아마도."

그동안 조조군을 무수한 승리로 이끌어준 필승의 전술을 갑자기 바꿀 리가 만무했다. 그러나 문제는 알면서도 당할 수밖에 없다는 것이다. 그것은 조조군의 보병 전력이 너무나 막강하기 때문이었다. 중앙을 조금만 소홀히 하면 조조군의 전진 공격에 그대로 대열이 무너져버릴 것이다. 게다가 병력 수가 거의 두 배 가까이 적다면 더 이상 말할 필요는 없으리라.

"장군, 역시 그 작전을 그대로 밀어붙일 작정이십니까?"

"이제 와서 바꿀 수도 없는 노릇 아닌가? 중보병의 최대 약점, 그건 기동력이야. 본인이 증명해 보이지."

"……."

　조조군은 대략 일만 명이 중기병대였고 나머지 일만이 경보병, 그리고 남은 일만이 정예로 잘 무장된 중보병이었다.

　그에 비해 여포군은 오천이 경기병, 칠천이 중기병, 나머지 오천이 경보병이었다. 보병 전력에서는 도저히 상대가 되지 않는다. 그것은 아군이나 적군이나 모두 알고 있을 것이다. 중점은 바로 여포군의 기병이었다. 아마 조조가 신경 쓰는 것은 오직 여포군의 뛰어난 이민족 출신의 기병대일 것이다.

　"충격 전술밖에 쓰지 못하는 조조군의 기마병 따위… 후후."

　여포가 냉소적인 웃음을 짓더니 크게 소리쳤다.

　"진격하라!!"


*　　　*　　　*


　"여포군이 나타났다!!"

　드디어 조조군의 육안에 희미하게 보일 정도의 거리에 여포군이 다가오기 시작했다. 조조군은 흥분으로 인해 온통 들끓기 시작했다. 이제 진짜로 전투가 벌어지려 하고 있었다. 서로의 운명을 건 진검 승부가.

　"승상, 드디어 여포군이 모습을 드러냈다고 합니다."

　"좋아. 적의 수는?"

　"그것이… 대략 일만이 조금 넘는 병력입니다. 게다가 전군이 기병입니다."

　"뭣? 전군이 기병?"

　조조가 의아한 눈으로 고개를 갸웃거렸다.

"적군은 기동력으로 승부를 걸 생각이겠지요. 그들의 약해 빠진 보병 따위는 필요없다고 생각하는 모양입니다."

정욱이 대수롭지 않게 말했다.

"그래도 오천이란 병력은 너무 많아. 뭔가 노림수가 있어, 여포 놈."

"어쨌든 이로써 적군의 병력은 아군의 삼분지 일이 되었습니다. 적의 노림수가 무엇이든 간에 이 정도 병력으로는 충분히 저지할 수 있습니다."

"그래, 그렇겠지."

그렇다. 절대로 당황할 필요가 없다. 어쩌면 나는 여포를 너무 두려워하는지도 모른다. 조조는 매서운 눈으로 전방을 바라보았다.


조조군의 선봉을 맡고 있던 조인의 눈이 커졌다.

"뭐야, 저거!?"

여포군은 놀랍게도 조조군의 두터운 중앙을 향해 정면 돌진을 하고 있었다. 기병이 아무리 강력하다고 하지만 그것은 측면이나 후방에서 돌격을 할 때의 이야기다. 우직한 정면 돌격이라면 같은 수의 중보병을 상대로라도 승리를 장담할 수 없다. 한마디로 자살 행위였다. 그런데…….

"정면… 돌격……?"


"죽을 곳을 찾는 건가?"

우익을 지휘하고 있는 하후돈 역시 어이없기는 마찬가지였다. 이렇게나 탁 트인 평야에서 정면으로 돌격하다니, 한마디로 미친 짓이었다.

"…미쳐 버렸나?"

옆에 있던 서황이 멍한 표정으로 중얼거렸다.

하후연 역시 황당하기는 다른 장수 못지않았다. 그 여포가 저런 어리석은 짓을…….
"도대체 어떻게 된 것이오?"
하후연이 다급히 이신에게 물었다. 그라면 혹시 알 수 있을지도. 이신은 말 위에서 얼굴이 흙빛이 된 채 평소보다도 더욱 손을 심하게 떨고 있었다. 그는 떨리는 손으로 진애궁(珍愛弓)을 만지작거렸다.
'완전히 의표를 찔렀어. 인중의 용 여포, 도대체 무슨 생각이지?'
그가 읽어본 수많은 전사(戰史) 중에서도 저런 무리한 돌격으로 승리를 쟁취했다는 소리는 한 번도 듣지 못했다. 오히려 지휘관의 어리석음을 질타한 수많은 글들뿐.
"무슨… 생각일까요?"
오히려 이신이 하후연에게 무의식적으로 반문했다.

"승상, 이건…….”
그동안 언제나 낙관적이었던 정욱조차도 어안이 벙벙한 표정을 지었다. 그만큼 이번 여포의 기동은 충격적이었다. 용병의 묘미를 조금이라도 아는 자라면 절대로 기피할, 아니, 생각조차 안 할 기동이었다.
"한 방 먹었군."
아니면 여포가 스스로의 무덤을 파고 있던가.
"꼭 그렇게 생각하실 일은 아니라고 봅니다, 승상."
언제나 조조의 옆에 그림자처럼 붙어 있는 허저가 전의를 불태우며 검을 빼 들었다.

"적이 어떻게 나오든 간에 그저 이 검으로 베어버리면 끝날 일입니다."

"중강 자네는… 후우……."

조조가 허저를 바라보며 한숨을 쉬었다. 어쩌면 그것이 이 중강이라는 사람의 매력일지도 모른다. 앞을 가로막는 어떤 장애물이든지 힘으로 뚫고 나간다. 하지만…….

"그래, 어쩌면 자네 말이 맞을지도 모르지."

이제 적은 겨우 일만이 넘는 전력. 그에 비해 아군은 삼만이나 되었다. 게다가 사기 면에서는 더욱더 비교가 되지 않는다. 패배할 요소 따위는 어디에도 없었다.

"하후돈과 이신에게 기병을 산개해서 적의 양 측면을 끊으라 명하라!"


*　　　*　　　*


여포는 조조군을 향해 정면으로 돌진하는 기병대의 가장 선봉에 있었다. 아직 어느 정도 거리가 있었지만 조조군의 거친 투기가 열병처럼 전달되는 것 같았다. 나는 아직 싸울 수 있다. 조조 놈의 피를 맛볼 수 있다. 그는 오른손에 든 방천화극을 하늘 높이 치켜들었다.

"역시 조조군의 양쪽 기병이 산개하겠죠?"

나란히 말을 달리던 장료가 물었다. 여포는 곁눈질로 장료를 쳐다보았다. 그는 원래 절대로 장료를 참전시키려 하지 않았다. 하지만 장료의 목숨을 건 의지를 차마 꺾을 수는 없었다. 게다가 의외로 도움이 될는지도. 여포는 쓴웃음을 지었다.

"장군?"

"아, 물론 그렇겠지. 그런데 자네, 활은 당길 수 있나?"

"예, 장군. 저의 손은 영원히 죽지 않습니다."

여포가 보기에 장료는 중국 최고의 명궁(名弓)이었다, 신궁(神弓)이라 불리는 자신조차 한 수 접어줄 정도로. 여포는 차가운 미소를 지었다. 내가 이 남자를 얻은 것은 정말로 과분하다.

"그래, 자네를 믿네."

"걱정 마십시오."

그래, 부하를 믿고 병사들을 믿는다. 더 이상 무엇이 필요한가? 여포는 자신을 따르는 병사들에게 큰 소리로 외쳤다.

"조조군의 이 기세가 느껴지는가? 후후, 상대로 부족함은 없지 않은가!"

"옛, 장군!!"

"더욱더 속도를 올려라!!"

두두두두두두!!

말발굽 소리가 천지에 요동친다. 여포는 차가운 눈으로 조조군의 진영을 훑었다.

"지금이야말로 최고의 싸움을 치를 때다!!"

"와아아아아아!!"

여포군은 한줄기 폭풍처럼 삼만이나 되는 조조군을 향해 돌진해 들어갔다.

*　　　*　　　*

“장군, 승상에게서 돌격 명령이 떨어졌소.”

“……”

이신은 턱에 손을 괴고 계속해서 여포군의 움직임을 바라보면서 생각에 잠겨 있었다. 하후연이 그런 그에게 다시 한 번 다그쳤다.

“이러다가 적의 측면을 끊을 기회를 놓칠 수도 있소!”

“그렇겠지요.”

이신도 어서 빨리 기동을 해야 아군의 피해를 최대한 줄일 수 있다는 것은 알았지만 마음 한구석이 편치 않았다. 뭔가 놓치고 있다는 느낌. 그래도 지금으로서는 적의 측면을 향해 돌격하는 수밖에 없었다.

“하후 장군, 병사들에게 돌격 명령을 내리시지요.”

하후연은 이신을 한 번 쳐다보고는 병사들에게로 고개를 돌렸다. 그는 숨을 깊게 들이마신 다음 큰 소리로 외쳤다.

“돌겨어억!!”


“우리도 늦지 마라.”

하후돈은 이신의 군대가 기동하는 것을 보고 짧게 내뱉었다. 여포의 목만은 저 녀석에게 빼앗기기 싫었다. 언제나 최고의 자리는 그의 것이었다. 그런데 언제부터인가 모르게 이신이 승승장구하면서 점점 그의 명성이 하후돈을 능가하게 되었다. 하후돈도 그의 능력은 인정하지만 자존심이 은근히 상했다. 하지만…….

“이번만은 내가 제일(第一) 공(功)이다. 돌격!!”

하후돈의 우렁찬 돌격 외침과 함께 우익 오천의 중기병이 평야를 짓밟으며 거침없이 질주했다.

두두두두두두두두두!!

순식간에 거리가 좁혀지는 여포군을 보며 하후돈이 냉소를 머금었다.

"여포 놈, 이대로 끝이군."

황회평야에서 거대한 쌍익진(雙翼陣)을 구사하고 있던 조조군의 양익이 마치 봉황처럼 쭉 편 날개를 재빠르게 접고 순식간에 여포군의 양 옆을 압박해 들어가기 시작했다. 이 위용 찬 장관에 여포군은 호흡을 가다듬었다. 순식간에 그들의 측면을 치고 들어올 것 같은 서늘함. 하지만 여포는 여전히 태연자약한 표정이었다. 아니, 오히려 입가에 차가운 미소를 짓고 있었다. 나를 너무 얕잡아봤군.

"생각대로군, 장료."

"예, 장군."

장료와 말을 주고받는 사이에 어느새 눈앞으로 조조군의 선봉을 이루고 있는 중보병대가 가까워졌다. 게다가 옆에서는 하후돈과 이신의 기병이 폭풍처럼 질주하고 있었다. 이대로 부딪치면 조조군의 계산대로 흐르게 된다.

"공간이 없다고 생각했는가? 어리석은… 후후."

여포는 순간 말고삐를 왼쪽으로 틀고 급격히 방향을 전환했다. 땅은 그 압력을 견디지 못하고 깊이 패이면서 흙먼지를 날렸다.

"모두들 방향을 왼쪽으로 틀어라!!"

쿠콰콰콰콰!!

역시 말과 한 몸이라는 기마 민족. 그들은 기적을 이루어내고 말았다. 마치 마술처럼 여포군은 단 하나의 낙오자도 없이 왼쪽으로 급격히 방향을 트는 데 성공했다. 그리고 이것이 여포의 계산이었다. 기병은 한번 돌진하면 방향을 틀기가 쉽지 않다. 바로 그 맹점을 파고든 것이다. 여포는 조조군의 우익의 기병이 출전한 빈 곳을 파고들 작정이었다. 그리고 그곳이 바로 자신이 창조해 낸 공간이 될 것이다. 일만 이천 기의 기병이 만들어낸 흙먼지 사이에서 여포는 비릿한 미소를 지었다.

단지 방향을 트는 동작 하나만으로 여포군은 조조군을 엄청나게 당황하게 했다. 용병의 상식을 깨는 수단으로 이제 순식간에 그들은 조조군의 우익으로 파고들 터였다.

"젠장! 말도 안 돼! 저 녀석들!"

조인은 교묘히 교전을 회피하면서 순식간에 멀어져 가는 여포군을 그저 멍하니 바라볼 수밖에 없었다. 날개라도 달리지 않은 이상 보병은 도저히 기병을 잡을 재간이 없었다.

"장군! 성공입니다!"

장료가 흥분으로 인해 상기된 표정으로 여포를 바라보았다. 좋아, 완전히 의표를 찌르는 데 성공했다.

"아직 아니야."

아무리 오른쪽 날개로 파고드는 데 성공했다고 하지만 이대로는 금세 하후돈이 지휘하는 기병에게 배후를 얻어맞고 만다. 하후돈의 기병을 어떻게 해서든지 조금이라도 붙잡아놔야 한다. 하지만 그럴 병력을 나눌 여유 따위는 없었다. 그렇다면⋯⋯.

"장료, 할 수 있겠나?"

"실망시켜 드리지 않겠습니다, 장군."

장료가 긴장이 역력한 표정으로 대답했다. 도대체 무엇을 할 수 있겠단 말인가?

"좋아, 우리는 조조군의 우익에서 난전을 벌이고 있을 것이다. 꼭 돌아와라."

"예, 곧 쫓아가겠습니다. 꼭."

장료가 억지로 웃음을 띠었다. 주공은 나를 믿어주었다. 절대로 실패는 안 된다. 그는 여포에게 고개를 숙여 보이고는 대열을 이탈해서 거꾸로 말을 달리기 시작했다.

여포는 그런 그를 안쓰러운 표정으로 쳐다보며 중얼거렸다.

"너의 손은 영원히 죽지 않는다."


하후돈의 기병은 재빨리 방향을 전환하여 살벌하게 여포군을 뒤쫓고 있었다. 그리고 그 선두에는 하후돈이 있었다. 그는 잔뜩 화가 나 있었다.

"미친 녀석들."

말도 안 되는 기동을 성공시키다니, 너무 얕잡아봤군.

"응?"

뭘 보았음인가? 그는 믿기지 않는다는 표정으로 전방을 바라보았다. 그의 눈에 범의 아가리 속으로 들어오는 부나방같이 홀로 말을 달리는 사내가 보였다. 이대로 부딪치면 그야말로 말에 의해 피떡이 될 터였다.

"제정신이 아니야, 모두 다."

하후돈은 어이없다는 눈으로 고개를 가로저었다.

장료는 다시 한 번 손에 쥔 화살을 확인했다. 날카로운 송곳 같은 금속성 바늘이 장착된 그가 무척이나 아끼는 화살. 이거면 두꺼운 갑옷이라도 어쩌면 관통할 수 있으리라. 이것은 장료에게는 초조감에 깃든 대비였다. 애초부터 그가 노린 곳은 인체에서 가장 부드러운 부분이기 때문이었다. 그는 매서운 눈으로 목표를 확인했다. 대장 기 근처에 윤기 나는 갑옷으로 무장한 장수가 바로 하후돈이리라.

'고맙군, 하후돈. 용기있게도 우리 군을 가장 먼저 살육하고 싶어서 선두에 서다니.'

끼이이익!

장료가 서서히 각층으로 만든 활을 당겼다. 그의 손은 그 어느 때보다 긴장으로 떨리고 있었다.

'우리 군의 운명이 나에게 달렸다!'

기회는 단 한 번이다. 하지만 기회를 포착할 수 있는 시간 따위는 없었다. 미리 예측하는 수밖에 없다. 단 한 번. 장료의 손이 환하게 빛나기 시작했다. 제발 한 번만 더 버텨줘라, 쓸모없는 몸뚱이야.

순식간에 장료의 안색이 창백해지며 고통의 신음을 내질렀다.

"으아아아악!!"

인과율의 법칙이던가. 예지력을 쓰는 대가.

"이대로… 죽어도 좋아. 하후돈만은… 하후돈만은……."

목표물의 예상 지점… 예상 지점… 어서… 시간이…….

두두두두두!

움직이는 표적, 게다가 너무나 빠르게 움직이는 기병을 활로 정확히 맞힌다는 것은 기적에 가까운 일이었다. 거의 다가 아무렇게나 쏜 화살을 맞고 재수없게 낙마하는 경우가 대부분이었다.

"기적이라……."

지금이다!!

쐐액!!

장료의 손을 떠난 화살은 소름 끼치는 파공음과 함께 허공을 가르기 시작했다. 그리고 그 화살은 한줄기 은빛 섬광이 되어 달려오는 하후돈의 왼쪽 눈에 정확히 꽂혔다.


두두두두두!!

순식간에 방향을 바꾼 다음 조조군의 측방으로 고속 이동한 여포군의 기동은 경이적인 것이었다. 그리고 지금 그 결과의 보상을 얻으려 하고 있었다.

"돌격하라!!"

여포의 한마디는 조조군에게는 사형 선고나 같았다. 지축을 울리는 말발굽 소리, 이리저리 패어서 마치 안개처럼 자욱하게 퍼지는 흙먼지, 그리고 그 위를 저승 사자와 같이 창을 일렬로 세운 채 돌진하는 중원 최고의 기마 부대.

그 엄청난 속도에 그제야 상황을 파악한 조조의 중군은 도저히 막을 도리가 없었다. 창을 세운다고 허겁지겁하는 새에 여포의 기마병은 가속에 가속을 더하여 살기등등한 기세로 단숨에 조조군의 진형과 충돌했다.

콰아아아아아앙!

그것은 충돌이 아니라 무시무시한 폭발이었다. 병사들은 충돌에 의해 으깨지고 갑옷이, 무기가, 군기가 형편없이 박살나 산산이 흩어져 버렸다.

"절대 멈추지 마라!"

여포가 사나운 늑대 같은 기세로 소리쳤다. 조조의 거대한 중군 오른쪽은 볼썽사납게 찌그러지고 있었다. 말발굽에 짓밟혀서, 창에 찔려서, 화살에 숨통이 끊어져서……. 이건 전쟁이 아니라 차라리 살육에 가까웠다. 조조군은 여포군의 기마 부대라는 사납고 세찬 격류에 참혹하게 깨끗이 쓸려가고 있었다. 이것이 그 조조가 그렇게 두려워하던 여포의 기마 부대의 진정한 위력이었다.


"큰일 났습니다, 승상! 여포가… 본진 오른편에 돌격을 가하고 있습니다!"

"젠장! 하후돈 자식은 뭐 하고 있어!"

조조가 성난 얼굴로 소리쳤다. 그의 손은 분노로 인해 주체할 수 없을 정도로 격렬하게 떨리고 있었다. 완전히 당했다. 이제 피해를 줄이고 이긴다는 생각 따위는 멀리 내던져 버려야 할 판이었다.

"제길… 제길……."

"승상!"

조조는 자리에서 벌떡 일어났다. 이건 좋지 않아, 몹시.

"뭐 하는가?! 어서 빨리 창병에게 벽을 쌓으라고 해!! 이대로 아예 뚫려 버릴 작정인가?!"

"예!"

조조 주위의 신하들은 그가 이렇게까지 격앙되어 있는 모습은 처음 보았다. 조조는 결코 어리석지 않았다. 진형의 정면이 강하면 측면까지 강하다고 믿는 오류를 저지르는 그런 어리석은 지휘관이 아니었다. 심각하다. 조조의 인상이 찌푸려졌다.

조조가 애타게 기다리던 하후돈은 오히려 더욱 심각한 처지에 있었
다.

"으아아아악!!"

무언가 번쩍인다고 생각한 순간 화살은 그의 왼쪽 눈을 꿰뚫고 있었
다. 다행이라면 기적과도 같이 화살촉이 뇌에까지 이르지 않았다는 것
일까? 아니면 그는 그 순간 절명했으리라. 하지만 어서 치료를 하지 않
으면 죽음에 이를 수 있는 치명상인 것만은 확실했다.

당연히 그의 말은 대열을 이탈했고, 서황이 황급히 그에게로 달려갔
다. 순식간에 머리를 잃어버린 오천의 기마 부대는 급격히 멈춰 설 수
밖에 없었다. 그리고 이것은 여포군에게는 두 번 다시 오기 힘든 절호
의 기회가 되고 말았다.

"하후 장군!!"

"으으으으… 어서… 돌진을……."

하후돈은 엄청난 의지력으로 고통 중에서도 전장의 상황에 생각이
미쳤다. 이대로라면 오천의 기병은 발이 묶이게 된다. 서황도 물론 하
후돈의 의지를 알았다. 이 전투는 절대로 패하면 안 되는 전투인 것이
다.

"예, 걱정 마시고 저에게 맡겨주십시오. 자네는 빨리 의원에게 하후
장군을 모셔 가게! 어서!!"

"옛!!"

서황이 서둘러 사태를 수습했으나 이미 상당한 시간이 흘러 버린 뒤
였다.

"젠장, 서둘러라! 서둘러!!"

"빨리 창병들은 벽을 싸라! 어서 서둘러!!"

정예 중의 정예인 조조군이었지만 이러한 급박한 상황에서는 허둥 댈 수밖에 없었다. 하지만 어쨌든 간신히 대열 비슷한 거라도 만드는 데 성공할 수는 있었다. 이제 아까와 같은 저돌적인 돌격은 불가능할 터였다. 하지만 여포군에는 그 사내가 있었다.

"후우~"

여포가 길게 심호흡했다. 몸은 움직인다. 아직 싸울 수 있다는 건 확 인하지 않았는가. 그는 온몸에 힘을 주었다.

"이제부터 진짜다."

여포는 가만히 화극의 끝을 쳐다보았다.


"아아아!"

조조군의 대형은 다시 무너지기 시작했다. 그러나 그것은 기마 부대 의 돌격에 의한 것이 아니었다. 오직 단 한 사람의 무기에 의한 것일 뿐. 피처럼 붉은 적토마 위에 앉아 있는 여포의 손에 들린 화극은 가차 없이 병사들을 말 그대로 살육하고 있었다. 그의 화극이 한 번 움직일 때마다 어김없이 피보라가 일어났다.

"……."

호흡을 가다듬을 틈도 없었다. 여포는 눈을 가늘게 뜨고 자신에게 날아드는 검을 걷어내고 말을 찔러오는 장창(長槍)을 왼손으로 움켜 잡았다. 한 치의 오차도 용납되지 않는 곳이 바로 전장. 집중력이 극 의(極意)에 오른 여포의 이마에 땀방울이 맺혀 흐른다. 그는 재빨리 장창을 놓고 상대를 향해 돌진한다. 적토마의 돌진. 그의 몸은 장창을 뻗은 병사를 빠르게 스쳐 지나갔다.

"겨우 이건가?"

창광(槍光)이 번뜩이자 그 병사의 몸통이 하반신과 분리된다. 곧 그는 안개가 바람에 흐트러지는 것처럼 맹렬한 선혈(鮮血)을 토해내며 땅에 주저앉았다. 아무리 천하제일명마의 가속력을 얻었다고 하나, 그리고 그가 들고 있는 화극이 천하의 명공(名工)이 만든 작품이라고 하나 일개 철로 만든 물건으로 사람을 동강 낸다는 것은 세상에서 오직 이 남자밖에 하지 못하는 일이리라. 봉선이라고 불리는 이 남자가 아니면……

"대체 뭐 하는 거지?"

날 죽이고 싶은 것 아니었나? 여포의 목소리는 결코 삼만 군사의 함성에 묻히지 않았다. 아니, 그 결코 크지 않은 목소리는 오히려 조조군에게서 절망 어린 신음을 창출(創出)했다.

'필마단기(匹馬單騎)에 압도당하는 군대라……. 미치겠군.'

이 말도 안 되는 기적을 일으킨 장본인은 쓴웃음을 흘리며 새로운 희생양을 찾아 돌진했다. 그가 향하는 곳에 썰물과도 같이 작은 공간이 생긴다. 자기도 모르게 뒤로 물러서는 병사들. 하지만 여포의 화극은 용서가 없었다.

"으악!!"

여포의 화극에 머리가 쪼개진 병사가 비명을 지르며 숨을 거둔다. 경악한 눈으로 그를 바라보는 병사들이 눈에 들어온다. 이 느낌.

"후후."

자신도 모르게 여포는 참을 수 없는 웃음을 터뜨렸다. 삼만이 넘는 병사들의 적의(敵意), 살의(殺意), 증오, 그리고 두려움. 온몸의 핏줄을 자극하며 흥분감이 타고 돈다. 나는 즐기는 건가, 아니면 두려워하는 건가? 이 많은 인간들에게서 미움을 받는다는 것이…….

"나를 죽이고 싶은 건가?"

적토마의 말발굽이 쓰러진 한 병사의 시체를 으깨고 지나갔다. 동시에 창 한 자루가 그의 얼굴을 노리고 날아들었다. 여포는 한 치의 당황함조차 없이 말을 움직여 옆걸음으로 피해낸다. 신기(神技)에 가까운 기마술, 그리고 뺨에 부드럽게 다가오는 미풍(微風)을 느끼며 그의 화극이 움직였다.

파악!

전신에 튀어오는 피보라를 맞으며 여포는 말을 달렸다. 그의 피 묻은 시선에 병사들의 공포에 질린 눈이 보였다. 뭐 하는 거야?

"날 죽이고 싶지 않나? 내 피가 보고 싶지 않나? 덤벼라! 나는 피하지 않겠다!"

말이 끝날 때까지 여포는 꼼짝하지 않는다. 의지. 자신을 죽이러 오라는 강한 의지, 그리고 그 의지가 두려움에 잠들어 있던 병사들의 살의를 불러일으켰을까. 말을 탄 병사 하나가 기합성을 지르며 장검을 꼬나 들고 돌진해 왔다. 좋아.

"하아아앗!!"

온 힘을 토해내듯 뱉는 기합성, 그리고 범상치 않은 칼놀림. 마지막으로 가열 찬 기백. 여포는 솔직히 인정한다. 저 병사는 혼(魂)을 불태운 일격(一撃)을 펼쳐 내고 있다는 것을. 그것은 충분히 아름답다는 것을. 그러나…….

"부족해."

나의 의지에는 말이지. 혼을 다한 일격을 정면에서 받아낸다는 것은 분명 어리석은 짓. 하지만 이 봉선이라 불리는 남자는 기세의 실타래 하나조차 조조군에게 뒤지는 것을 용납할 수 없었다.

"하앗!"

처음으로 여포가 기합성을 토해낸다. 그리고 그에게서 비할 데 없이 빠르고 강렬한 참격(斬擊)이 펼쳐진다. 잔뜩 피가 묻어 붉디붉은 혈광(血光)을 공중에 뿌려대는 그의 화극이 대기에서 피의 숨결을 뱉어낸다. 그 숨결은 병사의 혼이 실린 일격을 그대로 쪼갰다. 냉정하게.

째앵!

병사의 검이 공중에서 반으로 부러짐과 동시에 여포의 화극이 또 한 번 피의 숨결을 일으킨다. 살을 찢고 뼈를 부수고 인간의 몸을 두 동강 내는 숨결을. 순식간에 붉은 안개가 흩뿌려졌다. 그의 화극은 다시금 선명한 붉음으로 물들어 있다.

"사, 사신이다……."

조조군은 겁을 집어먹고 몸을 덜덜 떨었다.

'이건 싸움이 아니야……. 이건 학살이라고…….'


"저거… 진짜 사람 맞아?"

병사들을 수습하려고 애쓰는 악진조차 눈이 휘둥그레졌다. 수많은 전투 경험으로 전쟁터에서 잔뼈가 굵은 그였지만 혼자서 저렇게 많은 사람을 도륙한다는 것은 듣지도 보지도 못한 것이었다. 하지만 지금 그의 눈앞에 일어나는 피의 안개는 냉혹한 현실을 여실히 깨닫게 해주었다. 이 정도 실력은 아니었잖아. 이건 아예 비교조차 안 되는군.

"실력을 감추고 있었나? 광오한 놈."

"악 장군, 피하십시오! 어서요!"

악진 주위의 호위 병사가 다급히 외쳤다. 이제 본진의 우측은 완전히 함몰되었다.

"무슨 말을? 너는 저 기세가 끝까지 갈 거라 생각하느냐? 내가 물러서면 이곳은 끝이다!"

"장군……."

"모두들 무슨 수를 써서라도 막아라! 어떻게든 막아라!"

"이건……."

이신은 마상에서 눈을 가늘게 떴다. 드넓은 전장의 상황을 위에서 한눈에 내려다보면 모를까 평면에서 파악하는 데는 한계가 있다. 게다가 지금 전장의 상황은 상당히 복잡하게 돌아가고 있었다. 한시바삐 승패의 열쇠를 찾아야 한다. 결정적 지점을. 여포의 생각은 분명 괜찮은 생각이었지만 그 작전은 후방에서 공격을 받아 전멸할 가능성이 농후했다. 과연 진정한 노림수가 무엇이지? 혹시?

"설마… 진짜로 중군(中軍)을 돌파할 생각인가?"

만약 진짜 성공한다면 당신이야말로 신(神)이야. 이신은 힘껏 말을 몰았다.

전쟁은 이 세상에 존재하는 단 하나의 지옥이다.

무기와 무기가 맞부딪쳐 소름 끼치는 기음과 파편을 흩날린다. 여기 저기서 터져 나오는 귀곡성과 같은 비명들과 병장기가 토해내는 충돌 소리는 묘하게 어우러진 이미 단조로운 선율일 뿐이다. 말들이 거친 호흡으로 푸르릉거리며 사방에서 희뿌연 검광이 난무한다. 병사들의 갑주는 새빨간 피로 물든 지 이미 오래건만 그들은 끊임없이 새로운 희생양을 찾아 무기를 혼신의 힘을 다해 휘두른다. 목숨이 붙어 있는 동안. 그래야 살아남을 확률이 조금이라도 높아지니까.

피가 잔뜩 묻은 장창으로 적을 도륙하던 기병이 어디선가 날아온 화살에 채 비명조차 지르지 못하고 스러져 가고 눈앞의 적과 힘겹게 목숨을 건 공격을 나누던 병사가 등 뒤에서 날아드는 칼에 그대로 목이 날아간다. 내장과 체액을 드러낸 채 등으로 간신히 기던 병사는 한 가닥 희망마저 기병의 말발굽에 짓밟혀 눈에 생기를 잃어가고 창병에게 말을 찔려 낙마한 병사는 땅에 부딪쳐 목뼈가 부러지거나 원한에 찬 병사들의 창에 고슴도치처럼 온몸이 사정없이 꿰인다.

흉흉한 돌격을 한 여포군이나 돌격을 당하는 조조군이나 모두 서로의 목숨을 걸고 처절한 싸움을 벌이고 있었다. 하지만 조조군의 처절한 저항에도 불구하고 조조군은 밀리는 형세였다. 그것은 화극을 휘두르는 사내를 그 누구도 감히 막을 수 없었기 때문이다.

"으아아앗!!"

창을 세우고 여포를 가로막고 있던 창병 하나가 창을 꼬나 들고 적토마를 향해 돌진해 왔다. 여포는 대수롭지 않은 듯 유연한 동작으로 적토마를 옆으로 움직여 가볍게 창을 피해내고는 화극을 휘둘러 병사의 목을 베었다. 서서히 땅에 몸을 눕히는 그 병사에게는 눈길 한 번 주지도 않고 여포는 계속해서 앞만 보고 말을 몰았다. 그리고 그 뒤를 거침없이 여포의 기병이 따른다.

실로 경이적이다 할 정도로 그들의 돌격은 멈출 줄 몰랐다. 문득 여포의 눈이 무언가를 발견하고 예의 차가운 미소를 띠었다. 그것은 악(樂)이라고 선명하게 새겨진 군기였다.

"후후, 악이라는 장수가 둘이 있을 리가 없지 않은가?"

여포는 다시 한 번 심호흡을 했다.

"좋아, 첫 번째 제물은 바로 악진이다."

그는 거침없이 말을 몰았다.


"으음……."

악진은 여포와 시선을 마주치고는 불편한 신음성을 흘렸다. 나를 죽일 생각인가? 그 소름 끼치도록 차가운 미소는 계속해서 악진의 기저를 흔들어놓았다. 척추 한구석에서 참을 수 없는 작은 떨림이 계속해서 마치 여진(餘震)처럼 일어난다. 사형 선고를 받은 죄수처럼 진정할 수 없이 요동치는 몸에 악진은 입술을 깨물었다.

"올 테면 와봐라!!"

악진은 온 힘을 다해 부르짖으며 검을 빼 들었다. 아직 여포와 그의 사이에는 천 명이 넘는 군사들이 있었다. 이대로 호락호락 자신의 목을 넘겨줄 생각은 없었다.


조조는 본진에서 불안한 눈으로 안절부절못하고 있었다. 큰 소리를 내지른 적도 없건만 이미 입은 바짝바짝 타 들어갔다. 그에게 있어 전쟁터에 있는 단지 찰나의 순간이 그 어떤 고문보다도 더욱 심하게 느껴졌다. 극도의 긴장감과 불안감. 그가 이런 감정을 가져 본 것이 도대체 얼마 만이던가?

내가 간과하고 있었어, 상대가 여포라는 것을.

묘하게 뒤틀렸어, 이 전투는.

"곽가."

"예, 승상."

“여기를 부탁한다.”

“예?”

조조는 말고삐를 움켜잡았다. 뒤에서는 그를 부르는 신하들의 외침이 점점 멀어져 간다. 조조는 말에 매어 있는 그의 첫 번째 명검으로 유명한 의천검을 오른손에 으스러져라 꽉 움켜쥐었다. 그의 오른손은 흥분으로 인해 부들부들 떨린다.

아아… 그래, 그랬었지.

당신이 싸우길 원하는 것은 격검의 달인이라 불리는 조조였나?

소원대로 해주지.

“그대를 죽일 수 있는 사람은 오직 이 조조 맹덕뿐이니까.”


그것을 도대체 뭐라고 표현할 수 있을까? 피의 바다를 건넌다. 여포는 마치 잔잔한 바다를 건너는 배처럼 아무런 장애물과 저항없이 유유히 들판을 질주하고 있는 것 같았다. 그의 화극이 스쳐 가는 곳에는 어김없이 또 하나의 처참하게 아름다운 혈화(血花)가 허공에 수놓아진다. 그리고 그 뒤를 그의 장병들이 폭풍처럼 처절한 기세로 창을 휘두르며 뒤따른다. 끔찍한 살육의 현장에서 그들은 기적과도 같이 장렬하고도 아름다운 기세로 질주한다. 그리고 그 선봉에는 여포가 있다. 이미 온몸은 피에 물들었건만 신기에 이른 무(武)와 마술(馬術)의 조화는 그가 가는 길에 계속해서 피보라와 단말마의 비명이 처절할 정도로 울려 퍼지게 한다.


“악 장군, 제발 피하십시오!”

악진 옆에 서 있던 호위병이 사색이 돼서 외쳤다. 마침내 여포가 지

척에 이르고 만 것이다. 악진의 주위를 호위하는 병사들이 두려운 표
정으로 창칼을 세우고 응전할 준비를 한다.

"그럴 수는 없다."

악진이 씁쓸하게 내뱉었다. 나는 적 앞에서 도망치는 기술 따위는
배운 적이 없다. 차라리 목숨을 건다. 그는 어쩌면 마지막이 될지도 모
를 푸른 하늘을 바라보았다.

후후, 지상은 이리 아비규환인데 하늘은 여전히 푸르군.

안 그런가, 여포? 누가 더 오래 이 푸른 하늘을 볼 수 있을런지…….

"와라!!"

악진은 가슴 깊은 곳에서부터 혼이 담긴 목소리를 토해냈다.

내 혼신(魂身)이 담긴 일격을 받을 수 있겠는가, 여포여?


"재미있군. 후후……."

여포가 즐거운 미소를 지었다. 이 내가 목숨을 노리는 것을 알면서
도 끝까지 저항할 참인가.

"어차피 도망가 봐야 소용없겠지만 말이다."

그래, 조조 이외에 나를 즐겁게 해줄 만한 상대가 또 있는지 지켜봐
주지.

여포의 화극이 움직인다. 그리고 또 목 없는 귀신이 울부짖는다.

"너의 목숨을 거둬주마!"

여포는 허공에 대고 큰 소리를 지르며 악진에게 맹렬히 돌격해 들어
갔다.

"제길……."

악진 주위의 호위병들이 신음성을 내지르며 창칼을 들고 여포에게

돌진한다. 거의 울 듯한 표정으로 온 힘을 다해 창을 휘두른다.

'살아야 해! 꼭 살아야 해! 집에서는 가족들이…….'

하지만 이 사신(死神)은 안타깝게도 그 창을 손쉽게 피해낸다. 그리고 이어서 휘두르는 화극에 허리를 베인 그 병사는 원한에 가득 찬 눈으로 소리조차 지르지 못하고 주검으로 변해 버린다.

"으… 으아아아……!"

동료의 죽음을 본 병사는 공포에 미친 듯 저돌적으로 돌진하며 칼을 휘두른다.

써걱!

하지만 보통 사람의 키만한 적토마에 올라탄 여포의 옷자락도 건드리지 못한 채 화극에 목젖을 베여 차디찬 시체가 되고 만다.

"제, 젠장!"

남은 병사들은 서로 간절한 눈빛을 주고받더니 한꺼번에 창칼을 들고 여포에게 달려들었다.

쩡!

소름 끼치도록 강렬한 파공음이 전장에 울려 퍼진다. 그리고 여포에게 돌진했던 가련한 다섯 명의 병사는 갑옷과 함께 동강이 난 채 그 자리에서 즉사하고 말았다. 여포는 그 자신이 만들어낸 피의 안개에 깊이 취한 듯 묘한 표정을 지었다. 소름 끼치도록 차가운 미소와 함께.

"미안하군. 많이 기다렸나? 후후, 하하하하하!"

"아아, 그래. 당신이 여포로군."

그 붉은 말만 봐도 한눈에 알 수 있겠지만 악진은 떨리는 가슴을 진정시키며 먹이를 노리는 매 같은 눈으로 여포의 전신을 훑었다. 단 한 점의 허점이라도 있다면 바로 검을 휘두를 태세였다. 하지만 상대는

저 인중의 용 여포였다. 악진은 그에게서 조그마한 허점 하나도 찾아
볼 수 없었다.

'과연 여포……'

악진은 오른손에 든 검의 검신을 가볍게 쓰다듬었다. 그와 함께 숱
한 전투에서 생사고락을 같이했던 검, 아내보다도 더 아끼는 그의 보물
이었다.

"악진?"

여포가 마지막으로 확인하듯 물었다.

"음……."

악진의 고개가 천천히 내려갔다. 순간,

쐐액!

고개를 채 들기도 전에 공기를 날카롭게 가르는 소리와 함께 악진의
검이 날아들었다.


"설마……."

여포군의 후방을 향해 신속히 말을 몰면서 이리저리 여포의 의중을
생각해 보던 이신은 문득 한 가지 예리한 감각이 머리를 스치는 것을
느꼈다.

'아아, 그런가……?

애초부터 엄청난 병력의 열세를 갖고 시작한 전투였다. 허를 찌른
기동에 성공했다고 하나 승리의 확률은 거의 없다고 보아도 무방했다.
무엇보다 이쪽의 기병은 아무런 피해 없이 무사하지 않은가. 게다가
아무리 이쪽에 비해 오합지졸이라 하지만 보병 병력 오천을 처음부터
데리고 나오지 않은 것부터 수상한 냄새가 났다. 속전속결. 여포의 눈

에서 보면 이것보다 좋은 작전은 없고 더 이상의 선택은 없었다. 그렇다면 여포의 카드는…….

"승상의 목숨이군."

빙고!

무리를 해서라도 중군에 모든 전투력을 쏟아 부을 생각이었군.

승상은 절대로 몸을 피할 성격이 아니니까.

생각이 정리된 이신은 재빨리 중군 쪽으로 기수를 돌렸다. 이 상태로 여포군의 후방을 공격하면 큰 피해를 줄 수는 있겠지만, 애초에 여포는 그들에게 결사대로서의 임무를 부여한 게 틀림없었다. 목숨을 바쳐 시간을 끄는 결사대. 하후연이 놀란 눈으로 소리쳤다.

"장군, 어찌 대열에서 이탈을 하시오?"

"뒤를 부탁합니다!"

이신은 짧게 대답하며 순식간에 하후연의 시야에서 멀어져 갔다.


카캉!

드디어 최초로 그들 사이에서 금속성이 일었다.

"쳇!"

악진은 방금에서야 처음으로 기습이란 것을 해본 것이었다. 하지만 그 기습은 실패로 돌아갔다. 힘과 속도, 아무것도 나무랄 데가 없는 참격이었음에도 불구하고.

"훗, 할 줄 아는 게 겨우 기습인가? 더 이상 볼 것도 없군."

여포의 화극이 무지개 같은 유려한 곡선을 그리며 악진에게 빠른 속도로 날아들었다. 조조의 상장(上將)은 겨우 이 정도였나?

"타앗!"

하지만 악진은 기합성을 지르며 순간적으로 화극을 흘려 버렸다. 그리고 말을 여포에게 바싹 몰아붙이면서 그 반동력을 빌어 여포의 머리를 향해 힘차게 검을 내려쳤다.

"앗!"

여포는 경악성을 내지르며 간신히 상체를 젖혀서 악진의 공격을 피해냈다. 그의 얼굴에 처음으로 동요하는 빛이 나타났다. 그의 참격을 받아낸 자는 이 전투에서 악진이 처음이었다. 게다가 단순히 받아낸 것이 아니라 그것을 흘려서 바로 반격으로 이어지게 하다니……. 교묘한 적기(適期)와 힘, 그리고 용기가 겸비되지 않으면 불가능한 기술이었다.

"제법이군."

여포가 진심으로 감탄한 투로 말했다. 오랜만이었다, 그의 피를 어느 정도 끓어오르게 하는 상대는.

악진도 놀라기는 마찬가지였다. 이런 완벽한 공격을 피해낼 수 있는 인간이 존재하다니……. 적어도 그가 알기론 없었다.

"간다!"

짧은 기합성과 함께 악진은 연속으로 참격을 뿌렸다. 검속과 검압이 완벽히 겸비된 초일류의 검. 실로 평범한 사람으로서는 반응조차 못할 연속 공격이었다. 하지만 상대는 어디까지나 여포.

카각! 쨍! 쩡!

여포는 집중하여 악진의 검을 다 받아내었다. 애초에 마술에서는 악진이 상대가 안 되고 게다가 기술에서조차 어느 정도 밀리는 듯한 형세였다. 악진으로서는 처음의 기습 공격을 성공시키지 못한 것을 땅을 치고 후회해야 할 판이었다. 여포는 여유를 되찾은 듯 입가에 미소가 어렸다.

"그럼… 이제 내가 가야겠지?"

찌잉!

공기가 찢어지는 듯한 소리와 함께 여포의 참격이 시작되었다. 여포
도 드디어 본실력을 드러내기 시작한 것이다. 하지만 악진도 초일류의
경지에 이른 검객이었다. 처음 몇 번의 공격은 놀랍게도 잘 막아냈지
만 시간이 지날수록 팔에 힘이 빠지기 시작했다.

치익!

"젠장!"

결국 악진은 오른쪽 팔에 가볍지 않은 부상을 입고야 말았다. 게다
가 상처가 아니라도 그의 오른손은 이제 검을 드는 게 고작이었다. 힘
이 실린 참격을 막아내느라 이미 감각이 마비될 정도로 혹사되었던 것
이다.

"역시… 대단해."

여포가 의외라는 눈으로 악진을 쳐다보았다. 자신이 전력을 다한 참
격을 이렇게까지 받아낸다?

"하지만 이제 끝이군."

악진은 피가 날 정도로 입술을 깨물며 왼손으로 검을 바꿔 잡았다.

목숨을 건다……. 그 모습을 보고 여포가 빈정거렸다.

"호오, 좌수검(左手劍)? 이제는 조조의 흉내인가?"

"……."

악진은 아무 말 없이 왼손에 온몸의 힘을 끌어 모았다. 그에게 기회
는 단 한 번밖에 없었다.

"음?"

여포는 강대한 기(氣)를 느끼고 눈을 크게 떴다. 지금 그가 상대하는 악진조차 비교가 안 될 정도의 거대한 기. 역시 그대인가? 그것은 수많은 싸움터를 전전한 사람만이 느낄 수 있는 예리한 감각이었다. 그리고 만약 그의 감각이 사실이라면 이 싸움은 더 이상 끌 시간적 여유가 없었다.

기회!

악진은 여포의 잠깐의 빈틈을 놓치지 않았다. 그의 검이 수평으로 눕혀지며 공기가 웅웅 울릴 정도의 강력한 참격이 뿌려졌다.

"제발……."

그의 검은 여포를 두 동강 내려는 듯 허공을 강하게 양단했다. 황급히 여포는 고개를 숙였다.

칙!

간발의 차이로 악진의 검은 여포의 투구 휘장을 자르고 덧없이 허공을 가르고 지나갔다. 그리고 여포는 그 순간을 기다려 주지 않았다. 여포의 화극이 움직인다. 화극은 아무 저항 없이 악진의 목을 통과하여 검붉은 핏덩이를 뚫고 반대 측으로 나온다. 관통한 것이다. 상대의 목을. 그것도 단지 일격에.

화극이 목에 찔린 순간 악진은 온통 숨이 막히는 감각에 사로잡혔다. 뼛조각이 목에 걸린 것 같은 느낌이었다. 입에서 자신도 알지 못할 무기력한 비명이 흘러나왔다. 넘치는 피가 붉은 실타래처럼 빨갛게 입술을 적시고 땅으로 흘러 떨어졌다.

쨍그랑!

그의 왼손에 들린 검이 바닥에 떨어졌다. 여포가 부드럽게 그의 목에서 화극을 뽑자 두 상처에서 가느다란 선이 되어 피가 끊임없이 솟아 나왔다. 악진은 말 위에서 떨어지면서 자신의 생명을 뺏은 화극을 멍하니 바라보았다. 여포는 뭐라고 중얼거린 후 눈을 감았다.

"훌륭하군… 악진……."

상대가 뭐라고 말을 하는 것은 알았으나 마치 물속에 있는 것처럼 이미 귀는 쓸모가 없어졌다. 그리고 곧 눈앞에 어두워졌다. 사라진 감각. 두 번 다시는 사용 못할 눈과 귀에 대한 향수를 느끼며 악진은 깨달았다. 이것이 죽음이다. 나는 죽어가고 있다. 그러나 손가락은 아직 바닥의 차가운 것을 느끼고 있었다. 마지막으로 그에게 남겨진 감각이 손끝에서 점점 멀어져 간다. 그는 마지막으로 손가락을 힘들게 움직이려고 노력했지만 그때 몸도, 목숨도, 손도 황색의 고깃덩이에 영원히 짓눌려 버렸다.

"악진!!"

때늦은 조조의 울부짖음은 이미 원혼이 되어버린 악진에게는 도달조차 하지 못했다.


그것은 희망의 불꽃이었다. 이글이글 타오르는 사막의 한복판에서 만난 오아시스의 축복. 조조군은 그 축복에 대한 크나큰 희망으로 불타올랐다. 단지 한 사람의 등장으로. 그것도 굉장히 차갑고 나약하게 생긴 한 사내의 등장에 그들은 열광했다.

"승상이다!!"

"승상이 직접 나오셨다!!"

그들은 큰 함성을 지르며 새로운 의지에 불타올랐다. 밀리고 있던 병사들이, 게다가 일방적으로 도륙당하고 있다고 해도 과언이 아닐 정도였던 병사들의 사기가 순식간에 바뀌어 버린 것이다. 여포군이 전장에서 말도 안 되는 돌격으로 기적을 연출했다면 이번엔 한 사나이가 전장의 분위기를 바꾸어 버리는 기적을 연출한 것이다.

"조조 맹덕……."

여포가 멍한 표정으로 중얼거렸다. 기이한 일이 일어났다. 무척이나 신기한 일이. 여포와 조조 주위의 병사들이 상대를 가리지 않고 모두 싸움을 멈춰 버린 것이다. 그 어떤 조짐도 없었다. 다만 그들의 뇌리 속에 한결같이 한 가지 날카로운 예감이 지나간 것이다.

결투.

치열한 전장은 어느새 두 사람의 결투를 재촉하는 결투장으로 변해 버린 듯했다. 그들은 침을 꿀꺽 삼키며 긴장된 표정으로 두 사람의 행동을 주시하였다. 적토마와 어깨를 겨룰 수 있는 몇 안 되는 천하의 명마 절영에 올라탄 조조는 서서히 여포에게 다가갔다. 눈처럼 하얀 말과 햇빛을 받아 은빛 광채를 발하는 갑옷, 그리고 역시 백색무결(白色無缺)한 망토. 그 깨끗하고 정결한 모습은 마치 천신의 사자를 연상케 했다.

그에 비해 한 점의 티도 없는 불타는 진홍색의 적토마와 적군의 피를 너무나 많이 뒤집어써서 검붉은 핏덩어리가 엉겨붙어 아예 붉은색으로 보이는 갑옷, 붉은색의 망토를 착용한 여포는 지옥에서 갓 강림한 사신(死神)의 형상이었다.

적과 백.

너무나도 다른 성격과 다른 신념과 전술을 지닌 두 영웅은 드디어 전장에서 직접 마주쳤다.

"오랜만이군."

의외였다. 아니, 당연하다고 해야 할 것이다. 그것이 바로 조조라는 사내이니까. 여포는 쓰디쓴 웃음을 지었다. 자신은 그가 상장이 죽은 것에 대해 분노라도 할 줄 알았던가. 어리석다.

너무나 평범하고 평온한 인사.

만약 여기저기 널려 있는 병사들의 참혹한 시체들이 없었다면 오랜 친구라도 만난 듯 착각이 들 만할 정도로.

"그렇군."

여포는 고개를 끄덕이며 짧게 대답했다. 막상 할 말이 생각나지 않았다는 게 옳을 것이다. 그는 지금 묘하게 흥분된 기분을 느끼고 있었다. 비록 적이지만 검을 겨룰 수 있는 거의 유일한 상대이다 보니 오히려 기묘한 친밀감이 드는 것일까? '아마 적이 아니었다면 좋은 친구가 될 수 있었을지도.'

여포는 속으로 중얼거렸다.

"번번이 내 앞을 가로막는군."

조조가 한탄하듯 말했다. 아마 여포가 없었다면 그의 세력 확장은 몇 배나 빨라졌을 것이다. 그것에 대한 원망 섞인 탄식일까.

"그런가? 나는 자네가 있어서……."

"……."

"이 세상이 즐겁네만."

여포의 입가에 미소가 맺힌다. 그 말은 무슨 의미지? 조조의 눈이 커졌다. 하지만 아무리 생각해 보아도 그의 사고방식으로는 절대로 여포를 이해 못할 것이 틀림없었다. 자신은 상대방의 앞을 가로막아도 상대방이 자신의 앞을 가로막는 것을 절대 용납하지 않겠노라는 말을 남긴 조맹덕이 아닌가?

'즐겁다고?'

조조의 인상이 약간 찌푸려졌다. 무엇 때문에? 여포를 번번이 좌절시킨 것은 다름 아닌 자신이 아니던가?

"신경 쓰지 말게."

여포는 조조가 자신의 말에 대해 얼굴을 찌푸리며 고심하자 한마디 내뱉는다. 지금 중요한 것은 그게 아니었다. 지금은 평화 시가 아니라 난세였다. 그리고 그들은 난세에서 만난 적일 뿐이다. 난세에서의 적과의 대화의 방법이란 오직 하나, 무력(武力)으로 말하는 것이었다.

"어서 검을 뽑게나."

여포가 왼손으로 조조의 손에 들린 검을 가리켰다. 더 이상 끌 시간은 없었다. 이미 고순과 장료는 목숨을 걸고 서황과 이신의 기마대를 저지하고 있을 것이다. 지금 승리의 방법이란 오직 하나, 그의 앞에 있는 상대의 목숨을 끊는 것이었다.

키이잉!

조조의 왼손에 들린 의천(依天)이 천천히 그 찬란하고도 아름다운 검신(劍身)을 자랑한다. 과연 하늘을 꿰뚫는다는 이름에 걸맞는 천하의 명검이었다. 깨끗한 은색 검광(劍光)이 찬란히 뿜어져 나온다.

"좋은 검이군."

"별로."

여포의 칭찬에 조조가 대수롭지 않게 대꾸한다. 아마 그리 마땅치 않았으리라. 평소 '쇠를 무처럼 베는 검을 얻고 싶다면 차라리 그 시간에 쇠를 무처럼 벨 수 있는 실력을 쌓아라' 라고 말하던 그가 아니던가. 하지만 명검이란 본디 그 주인을 따르게 마련이라는 게 여포의 평소 생각이었다. 만약 검 주인이 조조가 아니라면 저렇게 찬란하고 깨끗한 은색 검광을 발할 수 있을까?

"하지만 그것은 마상용 검이 아니로군. 괜찮겠나?"

여포는 자신의 호적수에 대한 마지막 배려까지 잊지 않았다. 조조의 의천은 마상에서 싸우기는 길이가 너무 짧았다. 게다가 마술(馬術)에서도 자신이 우위지 않은가. 자칫하면 즐거운 싸움이 깨질 것 같은 한줄기 불안한 마음이 든 것일까? 하지만 상대는 조조였다.

"상관없네. 그대가 계속 그러고 있는 건 내가 먼저 가라는 소리인가?"

오히려 조조는 태연한 표정으로 자신이 선공(先攻)을 취하겠다고 까지 말하고 있었다. 여포의 화극은 창(槍)의 한 종류였다. 창은 활을 제외한 그 어떤 병기보다 사정거리가 긴 만큼 선제 공격의 우선권은 언제나 보장하는 무기이다. 그에 비해 검은 간격이 짧은 대신 그 유연함은 창과 비교조차 할 수 없는 무기였다. 사정거리와 유연함. 이것의 차이는 극명하게 대조된다. 오죽하면 검을 든 자가 창을 든 자를 이기려면 세 배의 역량을 지니고 있어야 된다는 말이 나왔겠는가. 그만큼 검은 창을 상대하는 데 있어 불리한 병기였다. 그런데 그대는 이 여포를 상대로 선공(先攻)을 취하겠다고 말하고 있는 건가? 여포는 차가운 미소를 지었다. 역시 자신의 눈앞의 사내는 재미있는 남자였다.

"후후, 그래. 먼저 와보게나."

"음……."

조조의 눈이 갑자기 매섭게 변했다. 순간, 그는 말 배를 걷어차고 순식간에 여포에게 달려들었다. 역시 그림자가 안 보일 정도로 빠르다는 절영(竊影). 하지만 여포는 결코 조조의 움직임을 놓치지 않았다. 그도 재빨리 조조에게로 말을 몰았다. 그들의 말과 말이 스쳐 지나가는 찰나의 순간 그들은 온 힘을 다한 참격을 서로에게 뿌렸다.

쩌어엉!!

그들의 참격이 요란한 소리를 내며 허공에서 부딪쳤다. 말의 가속까지 붙어 평범한 사람이라면 말에서 몸을 제대로 지탱하지 못할 정도의 엄청난 반탄력이 그들에게 전해졌을 테지만 겨우 일합(一合)에 공격을 멈출 만큼 그들은 여유가 없었다. 그들은 그 자세 그대로 서로의 등을 향해 제이격(第二擊)을 날렸다. 하지만 눈으로 보지 않고 하는 공격이니만큼 그들의 공격은 서로 허공을 갈랐다. 그러나 그 다음 동작은 역시 마술(馬術)에 뛰어난 여포가 월등했다. 그는 순식간에 조조 쪽으로 돌아서는 신묘한 마술을 보여주며 화극을 조조의 등을 향해 번개같이 휘둘렀다. 끝이냐, 조조?

카앙!

하지만 어느새 검을 회수한 조조는 보지도 않고 여포의 화극을 막는 신기를 연출했다. 그리고 재빨리 그 반동으로 말 머리를 돌리며 노도와 같이 여포의 가슴을 베어갔다.

‘제법…….’

여포가 감탄을 터뜨리며 상체를 젖혀 조조의 검을 피해냈다. 검을 거두는 순간 자네는 죽는다. 여포는 오른손에 잔뜩 힘을 주었다. 조조가 검을 회수하는 순간 악진의 목을 꿰뚫었던 것처럼 번개 같은 찌르기를 할 셈이었다.

“음?”

하지만 조조는 검을 거두지 않은 채 어깨의 탄력만으로 다시 찌르기를 넣었다. 이 말도 안 되는 공격에 여포는 태어나서 처음으로 몸을 내주고 말았다.

찌잉!

조조의 찌르기는 그대로 여포의 가슴에 적중하며 소름 끼치는 소리를 내었다. 회수한 조조의 검에서 부서진 갑옷의 파편이 묻어 나왔다. 다행히 온 팔을 다 이용한 찌르기가 아니었기에 갑옷이 부서진 것만으로 넘어갔지 그렇지 않았다면 그대로 가슴패기를 뚫려 버릴 뻔한 공격이었다. 아니, 애초에 의천검이 아니었다면 성립될 수 없을 정도의 찌르기였지만.

'말도 안 되는 어깨 같으니…….'

여포는 인상을 찡그리며 재빨리 물러났다.

'기술에서는 나보다 한 수 위란 말인가?'

"역시 자네는 대단하군."

"글쎄… 그대가 약한 것이 아닌가?"

조조가 냉막한 표정으로 검을 한 번 휘둘러 검에 묻은 갑옷의 파편을 떨구어냈다.

"이제… 어쩔 셈인가? 그 갑옷 뒤에 숨는 건 이제 소용없을 텐데?"

"뭐?"

여포가 눈을 부릅떴다. 이 사내, 지금 감히 나한테 빈정대는 건가?

"후후… 하하하!!"

"……."

"하하하! 역시 자네는 재미있어. 감히 이 봉선에게 그런 건방진 말을 지껄이다니……."

여포는 또 한 번 소름 끼치도록 차가운 미소를 지었다.

"이제 진짜로 가볼까?"


"젠장, 죽여도 죽여도 끝이 없군."

고순(高順)이 힘겹게 조조의 기마병을 베고는 탄식하듯 내뱉었다. 이미 그의 갑주는 온통 피에 절어 있었다. 그뿐 아니라 이미 그의 몸은 지칠 대로 지쳐 있었다. 연신 흘러내리는 이마의 땀이 아니라도 그에게 있어 갑주는 더 이상 몸을 보호하는 도구가 아니라 몸을 번거롭게 하는 도구로 전락해 있었다. 하지만 그가 진정으로 걱정하는 것은 그것이 아니었다. 그를 따르는 기병의 수는 현저히 줄어 있었다. 이대로는 얼마 버티지 못할 것이다. 주공을 위해서라도 단지 찰나에 불과한 시간이라도 끌어야 한다.

"우오오오오!!"

도를 꼬나 든 조조의 기병이 무시무시한 기합을 내지르며 고순에게 달려들었다.

"지긋지긋하군."

고순이 중얼거리며 검을 휘둘렀다.

챙!

"윽!"

엄청난 힘이다. 고순은 오른쪽 어깨가 욱신거리는 것을 느꼈다. 사실은 그가 너무나 지쳐 있었기 때문이지만 지금은 그게 문제가 아니었다. 다시 한 번 온 힘을 다한 참격이 그의 어깨를 향해 날아왔다.

채앵!

검과 도가 다시 요란하게 허공에서 충돌했다. 그리고 힘이 빠진 고순의 검이 순간적으로 어깨 아래로 처지면서 조조군 병사의 도가 그대로 그의 어깨를 베어갔다.

"으윽!"

고순은 어깨에서 나는 고통에 저도 모르게 신음을 내질렀다. 만약 그의 검에 부딪쳐 위력이 약해지지 않았다면 지금 그의 오른팔은 땅바닥에 나뒹굴고 있었을 것이다. 그 병사는 득의양양한 웃음을 지었다.

"흥, 천하의 고순도 별거 아니로군."

"치잇! 네 녀석 따위……."

고순은 뜨거운 액체가 어깨를 적시고 있는 느낌을 그대로 전해받았다. 팔이 생각대로 움직여 줄지도 의문이었다. 그래도, 그래도 네놈한테는 당하지 않겠다. 고순은 억지로 팔에 힘을 주었다.

"하하, 마지막 발악을 하는 꼴……."

쐐액!

퍼억!!

그 병사가 빈정거리며 마지막 일격을 넣으려는 순간이었다. 고순의 뒤쪽 방향에서 화살이 비상하는 소리가 들렸다. 그리고 그 은빛 화살은 그대로 병사의 목을 관통했다.

"캐… 액……!"

병사는 죽을 때까지도 자신에게 무슨 일이 일어났는지 모르는 듯 입가에 비웃음을 띤 그대로 말에서 굴러 떨어졌다. 고순은 뒤를 돌아보았다.

"문원……."

그의 입가에 자신도 모르게 미소가 맺혔다. 저 친구, 아직도 살아 있었군. 여포의 오른팔이자 천하의 명궁(名弓).

그것이 바로 저 사내의 호칭이었다. 장료의 손이 다시 활시위를 당겼다. 그것도 빠르게 두 번.

쐐액! 쐐액!

"응?"

연이어 터져 나오는 사자(死者)들의 참혹스런 단말마.

"커억……!"

"아악……!"

고순은 황급히 비명 소리가 난 곳을 쳐다보았다. 그의 등 뒤에 정확히 목에 화살을 꿰뚫려 죽은 두 구의 시체와 주인 없는 말 두 마리가 울부짖고 있었다.

'젠장, 나약해졌나? 방심하다니…….'

고순은 이마에 흘러내리는 땀을 닦았다. 그때 문득, 땀을 닦던 고순의 시선을 끄는 것이 있었다. 바로 시체의 목에 꽂혀 있는 은빛으로 빛나는 화살 세 개.

"자네……?"

고순이 놀라서 중얼거렸다. 저 화살은 금속성 송곳 바늘이 장착된 장료가 무척이나 아끼는 화살이다. 천하의 명궁인 그가 쏜다면 충분히 갑옷도 뚫을 수 있는 아까운 화살을 이렇게 낭비하다니……. 설마? 뒤에서 장료의 처연한 웃음소리가 들려왔다.

"후후, 이제 정확히 일곱 발 남았습니다."

"……."

치열한 전투를 치르느라 어느새 장료의 화살은 단지 일곱 개밖에 남지 않은 것이다. 고순은 그 말을 듣자 마음이 찢어지는 것 같았다. 저 사내는 검을 쓸 줄 몰랐다. 아니, 아예 배우지 못한다는 것이 옳을 것이다. 화살이 떨어지면 그대로 목 없는 원령(怨靈)이 될 것을 생각하니 저 충성밖에 모르는 사내가 너무나 불쌍해 참을 수 없었다.

"미안합니다."

장료가 창백한 얼굴로 중얼거리며 갈대같이 너무나도 가는 나약한 손으로 또 한 번 활을 당겼다.

쐐액!

"으윽!"

털썩!

또 한 명의 기병이 목이 꿰뚫려 눈은 뒤집히고 혀를 빼문 채로 낙마했다. 장료의 너무나도 핏기가 없어 보라색을 띠는 입술이 또 열렸다.

"이제 다섯 발."

쐐액!

"네 발."

쐐액!

그의 입술이 조금씩 움직일 때마다 어김없이 한 명의 조조군 병사가 목을 꿰뚫린 채 참혹한 비명을 지르며 낙마한다. 고순의 눈이 휘둥그레졌다. 그도 장료의 이러한 신기에 가까운 궁술(弓術)은 처음 보는 것이었다. 도저히 인간의 재주로는 볼 수 없었다. 한 발에 정확히 하나의 목숨을, 게다가 하나같이 목만을 정확히 명중시키고 있었다.

"궁신(弓神)이다."

하지만 어떡하랴. 고순의 마음은 더욱 비통해졌다. 이런 재주를 가지고 있으면 뭐 하랴. 도구가 없는 장인이 된 꼴 아닌가? 이 사내에게 화살만 더 있었어도⋯⋯. 어느덧 장료의 화살은 세 발로 줄어 있었다. 그리고 또 한 번 장료의 입술이 조금 움직인다.

"이제 두 발."

쐐액!

"커억!"

또 한 명의 병사가 시체가 되어 말에서 굴러 떨어진다. 하지만 더 이상 장료의 입은 열리지 않았다. 고순이 의아한 눈으로 장료를 쳐다보았다. 장료는 창백한 얼굴로 애써 미소를 지어 보이며 말했다.

"절대 그럴 리 없겠지만……."

"무슨?"

"마지막 한 발은 조조를 위한 것입니다."

"……."

"부디 저승에서 만나지 않기를 바라겠습니다, 고순 장군."

"……."

결국 장료의 눈에 이슬이 맺힌다. 자신은 모르겠지만 고순은 이 전투에서 확실히 죽을 것이다. 생사고락을 같이해 왔던 전우를 사지(死地)로 보내는 마음이 이럴진대 만약 주공이 죽으면……. 장료는 애써 감정을 억누르며 말고삐를 돌렸다.

고순도 마음이 착잡해진 채 그런 장료의 뒷모습을 바라보았다.

제발 살아남으시오.

다각다각!

쐐액!

문득 말을 몰던 장료가 완전히 몸을 튼 채로 등 뒤로 한 발의 화살을 날린다. 사실상 마지막 남은 두 번째 화살.

"아아!!"

고순은 감탄의 신음성을 내질렀다. 신기의 재주로 날린 그 화살은 햇빛을 받아 너무나도 아름답게 은빛 광채를 내고 있었다. 그 화살은 날카로운 소리를 질러대며 비상한다. 볼 것도 없다. 저 사내는 화살을 날리는 것이 아니라 혼(魂)을 담아 날린다. 고순은 어쩌면 마지막이 될지도 모를 궁신의 재주를 눈을 크게 뜨고 감상했다.

퍼억!

"컥!!"

또 하나의 혼이 저승으로 올라간다.

"조조도 저 화살은 절대로 피할 수 없다."

고순은 전장에서의 긴장감마저 잊고 멍하니 중얼거렸다.


어느덧 전장의 하늘에는 서서히 짙은 구름이 끼기 시작했다. 그 구름은 신기하게도 용의 형상을 하고 있었다. 승천하는 흑룡의 형상. 금방이라도 짙은 비를 뿌리며 하늘로 승천할 것 같은 모습이었다. 이신은 하늘을 보고는 놀란 표정으로 중얼거렸다.

"먹구름?"

비가 오려나? 그나저나 용을 닮은 구름이라…….

"눈물을 흩뿌리며 승천하는 흑룡?"

이신은 자신도 제대로 알 수 없는 소리를 중얼거리며 말을 몰았다.


"와아아아!!"

전장의 중앙에서 크나큰 함성이 메아리친다. 결투의 향방이라도 가려졌을까? 병사들이 넓게 벌려 선 공간 사이로 두 남자가 말을 타고 있다. 한 명은 온몸이 완전히 붉은 피에 전 절세의 미남이고 또 한 명은 결벽증이라고 보일 정도로 깨끗한 백색으로만 이루어진 유약하게 보이는 외모를 가진 냉막해 보이는 사내이다. 그런데 방금 그 백의의 사내에게 피가 튀었다. 붉은 피에 오염된 것이다.

조조는 인상을 찌푸리며 이마를 만졌다. 기분 나쁘고 그와는 친숙하지 않은 끈적끈적한 느낌이 예민한 촉각을 통해 그대로 전달되어 왔다.

손을 펴자 붉은 피가 방울져 흘렀다. 피……. 나에게도 피가 있었나?

"후후……."

조조는 쓸쓸한 미소를 지으며 여포를 바라보았다. 그의 방금 전 찌르기에 투구가 날아가 버렸다. 전장 중에 투구를 잃는다는 것은 저승에 발을 반쯤 들여놓았다는 것이나 다름없을 정도로 위험천만한 일이다. 그런데 자신은 방금 그런 투구를 잃어버린 것이다.

"이제 서로 비긴 건가?"

여포가 비릿한 미소를 띠며 말했다. 각각 투구가 날아가고 갑옷이 깨졌다. 이것을 의미하는 말이었다.

"……."

조조는 말없이 끔찍하게 차가운 미소를 지었다. 마치 여포에게 그도 그런 미소를 지을 수 있다는 것을 보여주듯이. 처음으로 당했다. 하지만 기분은 신기할 정도로 그리 나쁘지 않았다. 참을 수 없는 웃음이 터져 나온다. 가슴이 끓어올라 터질 것만 같다. 이런 기분이었나, 그대의 기분은?

"후후, 제법이군."

"그거 칭찬인가? 하하!"

여포가 즐겁게 웃었다. 드디어 이 사내도 가슴이 끓어올랐다. 이제부터는 정말 진검 승부가 될 것이다. 이 엄청난 즐거움은 그가 생전에 전혀 경험해 보지 못한 것이었다. 그래, 좌수검(左手劍) 조조 자네만이 정말로 날 즐겁게 해주는군.

"칭찬이라……. 일단 그렇다고 해두지."

히이잉!

조조가 말 배를 거칠게 걷어차자 말이 비명을 질러대며 쏜살같이 여포에게 달려들기 시작했다.

"훗!"

여포도 역시 미소를 띤 채로 말을 마주 달렸다. 또 똑같은 공격이냐? 이 여포에게 두 번째란 없다는 것을 똑똑히 보여주마. 여포는 화극을 최대한 깊게 잡았다. 아까 선보였던 눈에 보이지도 않을 정도의 빠른 찌르기를 넣을 생각이었다. 빠르게 그들의 거리가 좁혀졌다. 이번에는 자네의 머리다! 여포는 손에 힘을 주었다. 사정거리는 어차피 그가 압도적으로 길다. 문제될 것은 전혀 없었다. 순간 조조의 오른손이 빠르게 움직였다.

따악!

히이이잉!

조조는 오른손에 쥔 의천의 검집을 적토마에게 던져 버렸다. 어차피 여포에게는 검집을 기습적으로 던져도 효과가 없을 거라 보고 숫제 말에게 던져 버린 것이다. 머리에 정통으로 검집을 맞은 적토마가 고통의 비명을 지르며 뒷걸음질을 쳤다.

쌔액!

그리고 말의 힘까지 빌려 속도를 붙인 조조의 참격이 쾌속하게 날아갔다. 여포는 진정되지 않은 말에서 불안정한 자세로 간신히 날아드는 의천을 막아냈다. 만약 그의 마술이 신기의 경지가 아니었다면 막는 것은 불가능했을 것이다.

츠앙!

불꽃이 사방으로 비상했다.

"우웃!"

역시 힘이 제대로 들어가지 못한 탓인지 여포는 손이 찌릿찌릿 저림을 느꼈다. 그 기회를 놓치지 않고 조조의 검이 은빛 광채를 발하며 화려하게 펼쳐졌다. 조조의 검술은 너무나 아름답다. 하지만 그것은 쓸데없는 화려한 기교에서 나오는 것이 아니라 지극히 절제된 낭비가 적은 완벽한 동작에서 나오는 아름다움이었다. 여포는 그 아름다움을 진심으로 느꼈다. 가슴이 불타오를 정도로. 빠르다. 조조는 머리와 가슴에 너무나 빠른 참격을 날렸다. 숨 쉴 틈 없이 몰아치는 두 차례의 공격. 여포는 냉정히 화극의 대로 두 번의 공격을 막아냈다. 그리고 마지막 공격을 막으면서 조조의 검을 창대로 쳐 올리려 했다. 하지만 이미 조조의 검은 회수되어 다시 한 번 여포의 왼쪽 어깨를 찔러갔다. 노도처럼 몰아치는 이 공격을 도저히 막을 수 없음을 느낀 여포는 화극을 마주 조조의 오른쪽 어깨를 향해 찔러갔다. 도저히 검을 거둘 수 없는 상황. 둘 다 한쪽 어깨를 꿰뚫려 버릴 수밖에 없다고 모두들 생각했다. 하지만 순간 믿기 힘든 일이 일어났다.

"음……."

조조가 찌르기의 방향을 어깨의 탄력만으로 완전히 직각으로 틀어 버린 것이다.

차앙!!

또다시 쇠와 쇠가 맞부딪치는 소리가 들렸다. 여포는 너무나 놀랐다. 처음에 보여줬던 기술은 결코 우연이 아니었던 것이다. 믿기 힘들 정도로 탄력있고 유연한 어깨 근육. 이 사내가 신에게 받은 선물이었던 것이다.

"정말이지, 믿기 힘든 어깨로군."

여포가 중얼거리는 새에 또 조조의 검이 허공을 날카롭게 가르며 날아왔다.

"정말 끈질기군."

우측에서 여포군과 치열한 교전을 벌이고 있던 서황이 숨을 몰아쉬며 말했다. 분명히 그들이 우세하게 전황을 이끌고 있었다. 하지만 여포군의 상상외의 너무나 강한 저항은 서황이 혀를 내두르게 하기에 충분했다. 창에 찔려 옆구리가 너덜거리는 병사는 마치 아귀처럼 걸어와 검을 휘두르고 화살을 맞아 낙마해 목뼈가 부러진 병사는 손에 든 병기를 온 힘을 다해 던져 한 조조군 병사의 가슴을 뚫어 버리고는 말에 짓밟혀 죽어간다. 한 팔이 떨어져 고통의 신음을 지르던 한 병사는 적의 검이 베어오자 동시에 남은 팔로 창을 찔러 적을 고슴도치같이 꿰뚫면서 자신도 피투성이가 되어 쓰러진다. 실로 악귀와도 같은 투지였다. 정예 중의 정예라는 조조병도 이 정도는 아니었다.

서황은 뒷골이 아파왔다. 도대체 이 기이할 정도의 높은 사기가 무엇인지 절대 이해가 가지 않았기 때문이다. 패배를 알면서도, 죽을 줄 알면서도 이렇게 용감히 싸울 수 있단 말인가?

"으아앗!!"

서황에게 온통 피에 전 한 여포군 병사가 기합성을 내지르며 돌진해왔다. 서황은 피 칠갑을 한 그의 애병 대부(大斧)를 높이 치켜들었다.

채앵!

검과 도끼가 부딪치며 소름 끼치는 소음이 공중으로 산화한다. 하지만 역시 선천적으로 타고난 엄청난 근력을 지닌 서황인데다가 잘 제련된 도끼의 공격을 받은 병사는 무사하지 못했다. 그 병사의 검은 그만 반으로 부러지고 말았다.

"으으… 젠장……."

병사는 공포에 질린 신음을 토해낸다. 전쟁터에서 무기를 잃는다는 것은 곧 죽음을 의미한다는 것을 알기 때문이리라. 그러나 서황은 무정하게 도끼를 쪼개간다. 전장에서 인(仁) 따위는 없다는 것을 잘 알기 때문이다. 오히려 빨리 죽여주는 것이 예의였다. 하지만……

"뭐, 뭐야?"

병사의 머리를 겨냥해 금방이라도 두 토막 내버릴 듯한 기세로 내려친 서황의 도끼를 막는 것이 있었다. 하지만 그것은 반 토막 난 검이 아니었다. 그것은 바로 병사의 왼손이었다.

파악!

피보라가 일었다.

털썩!

그리고 방금까지 그 병사의 일부였던 왼팔은 바닥에 떨어지며 그 생명을 잃고 말았다. 인간으로서 절대 참을 수 없는 고통일 터. 하지만 그 병사는 입술을 깨물어 신음을 참으면서 남은 오른손으로 반 토막 난 검을 서황의 머리를 향해 휘둘렀다.

치익!

병사의 뜻밖의 행동에 멍해 있던 서황은 그만 그 검을 제대로 피해내지 못하고 얼굴을 얕게 베이고 말았다. 피? 서황의 얼굴 언저리에서 피가 주르륵 흘러나왔다.

"으… 으아아!!"

서황은 분노에 찬 도끼를 그 어느 때보다 흉흉한 기세로 그 병사를 향해 휘둘렀다. 그 병사는 허둥대며 막으려 했지만 부질없는 짓이었다.

퍼억!

가련하게도 수박통 쪼개지듯 그 병사의 머리가 쪼개지며 피와 뇌수가 산산이 튀었다. 서황은 그 피를 고스란히 뒤집어쓴 채 성난 이리같이 으르렁거렸다.

"단 한 놈도 살려두지 않겠다!!"


채앵!

이건 너무 요사스럽다. 쇄도해 오는 조조의 검을 받아내며 여포는 인상을 찌푸렸다. 이건 흡사 색기가 가득한 여인과 밤에 술자리를 벌이는 꼴이 아닌가? 아까부터 조조의 검기(劍氣)가 변했다. 서릿발처럼 날카로운 검기에서 부담스러울 정도로 요사스러운 검기로. 목숨을 건 결투에서 지금 나와 검무(劍舞)라도 추자는 것인가? 여포는 흥취가 적지 않이 깨지는 것을 느꼈다. 혼신의 일격을 주고받는 진검 승부를 원했던 그가 아닌가? 조조의 검이 너무 가볍다. 바람이라도 불라 치면 살랑살랑 춤을 추며 날아갈 것같이 요사스럽게 가볍다. 게다가 너무 화려하다. 부군의 옷감을 짜는 아낙의 바느질처럼 정성 들여 무지개처럼 아름다운 선을 허공에 수놓는다. 갑자기 이게 무슨……?

챙!

"조조!"

온 힘을 다해 조조의 검을 쳐낸 여포가 고함을 질렀다. 하지만 조조는 아무 대꾸 없이 여포에 의해 튕겨져 나간 검을 부드럽게 수습하면서 또 하나의 유려한 곡선을 그린다. 검기의 요사스러운 아름다움과는 정반대로 하나같이 한 번에 목숨을 끊을 수 있는 목만을 향해 검이 춤을 춘다. 여포가 쉽게 공세로 전향하지 못하는 이유가 바로 그것 때문이었다. 하지만 아까와 같은 짜릿함은 느낄 수 없었다. 하나같이 모든 공격이 목숨을 노리고 있긴 하지만 아까처럼 받아내기 힘든 참격은 절대 아니었다. 모두 다 충분히 막아낼 수 있는 공격들이었다.

"으음……."

여포는 신음을 내뱉었다. 조조의 지금 검술은 쓰잘데없는 화려함에 의존해 수비가 약한 자세다. 당장에라도 쳐가고 싶은 것을 꾹 눌러 참은 것만 해도 여포의 인내심은 한계에 닿아 있었다. 뭔가 수상했다. 무엇보다 검술의 달인인 조조가 아닌가? 하지만 그것도 이제 한계였다. 그에게는 더 이상 시간도 없었고 더 이상 조조의 검무를 보아줄 인내심도 없었다. 여포는 화극을 두 손으로 꽉 쥐었다. 일부러 보인 허점이든 아니든 간에 이제는 상관없었다.

채앵!

여포는 온 힘을 다하여 조조의 검을 받아냈다. 그리고 조조의 검이 회수되는 순간 여포의 화극이 번개처럼 바람을 산산이 찢으며 조조의 심장으로 날아들었다.

찌이익!

수비에만 전념하던 여포의 뜻밖의 공격에 조조는 당황한 듯했다. 조조는 황급히 검을 수직으로 세웠다.

촤앙!

조조의 검은 여포의 화극을 막는 데는 성공했지만 갑작스러운 강렬한 충돌에 의해 검이 약간 뒤로 튕겨 나가고 말았다. 그리고 그 순간을 여포 같은 초일류는 놓치지 않았다.

쐐액!

여포는 찌르기를 한 화극을 회수하지 않은 채 그 상태 그대로 어깨의 탄력만을 이용해 두 번째 찌르기를 넣었다. 놀랍게도 그는 조조가 보여주었던 재주를 그대로 되돌려 준 것이다.

"자네만 할 줄 아는 기술은 아니지."

여포가 조조의 심장을 향해 날카로운 찌르기를 하면서 중얼거렸다. 비록 온몸을 쓴 찌르기보다는 위력이 약하지만 조조의 심장을 관통하기에는 충분한 위력이었다. 그리고 그는 절대로 피할 수 없을 터였다.

"재밌군."

'응?'

여포는 눈을 부릅떴다. 조조는 놀랍게도 이런 상황에서 한줄기 냉소를 띠고 있었다. 무슨 의미냐? 이제 여포의 화극은 지척이었다. 조조는 어떻게든 몸을 틀어서 심장을 뚫리는 것만은 막았지만 왼쪽 어깨가 노출되는 것은 피할 수 없었다.

콰악!

드디어 조조는 결투가 시작된 후 처음으로 중상이라 할 만한 상처를 입고 말았다. 여포의 화극이 그의 왼쪽 어깨를 꿰뚫고 들어온 것이다.

"크윽……."

어깻죽지에서 엄청난 고통이 밀려들어 왔지만 조조는 억지로 억눌렀다. 이제는 몸을 희생한 대가를 얻을 차례였다.

"아앗!!"

조조군 병사들에게서 암울한 신음 소리가 터져 나왔다. 좌수검(左手劍)이라고까지 불리는 조조였다. 이대로라면 꼼짝없이 왼쪽 어깨를 뚫리는 수밖에 없어 보였다. 그리고 그것은 조조의 최후를 의미하는 것과 같았다. 하지만 이변이 일어났다.

차앙!

여포의 화극이 어깨를 반쯤 파고들었을 때 쇠끼리 충돌하는 소리가 들렸다. 그리고 화극은 조조의 어깨를 찢으며 위로 튕겨 나갔다.

"응?"

여포는 믿지 못하겠다는 표정으로 조조의 오른손을 바라보았다. 놀랍게도 조조는 오른손으로 여포의 화극을 튕겨낸 것이다. 그리고 오른손에는 기묘할 정도로 매혹적인 푸른빛을 띠는 검 한 자루가 쥐어 있었다.

"이랴!"

조조의 짧은 외침과 함께 그 짧은 거리에서 천하의 명마 절영이 가속했다. 그리고 동시에 조조의 오른손이 발검을 시작했다. 두 영웅의 흑요석 같은 눈동자가 순간 서로를 마주 보며 순식간에 스쳐 지나간다. 그리고,

키잉!

붉은색 번개가 번쩍인다. 그리고 곧 이어 피보라가 불어온다.

털썩!

매혹적인 청색의 검집이 땅에 떨어지는 소리와 동시에 여포의 왼팔이 깨끗하게 절단되며 허공에서 붉은 안개를 창조했다. 차마 인간으로서는 참을 수 없는 고통이었겠지만 기이할 정도로 고통에 찬 신음 소리는 없었다. 구경하는 병사들조차 너무나 깨끗하고 아름답기조차 한 발검술에 깊이 취한 채 고요함을 연출했다. 기묘한 정적 속에서 피를 머금어 요염하기까지 한 핏빛의 장검이 그 자태를 드러냈다.

"청홍(靑紅)인가?"

여포의 입이 조조가 창조한 기묘한 정적을 깨었다. 조조의 두 번째 명검 청홍검.

"그렇게들 부르더군."

어지럽다. 여포는 아찔한 현기증이 일어나는 것을 느꼈다. 잘려진 왼팔에서 피와 함께 끊임없이 생명의 정기를 앗아가는 것 같다. 치명상이었다. 빨리 치료를 하지 않으면 목숨을 잃을 수도 있는. 엄청난 고통은 그 대가일 뿐이다. 하지만 여포는 단 하나의 자그마한 신음조차도 지르지 않았다. 조조의 눈도 일말의 경탄을 담고 있었다.

"마음에 안 들어……."

여포가 흐릿한 눈으로 조조를 바라보며 중얼거렸다. 피를 너무 많이 흘렸나?

"마음에 안 들어. 정말로 마음에 안 들어……."

"……."

"오른손잡이였군."

조조는 그저 말없이 오른손에 든 청홍검을 만지작거렸다. 여포는 가슴 안쪽으로부터 무언가 뜨거운 것이 솟구치는 것을 느꼈다. 그동안 그가 기대해 왔던 엄청난 희열. 숫제 몸이 뒤틀려 버릴 것 같은 느낌. 여포는 냉소를 지었다.

"그동안 나를 잘도 놀려먹었군. 그 대가를 받아야겠지?"

"그 몸으로 말인가?"

번쩍.

후두두둑!

하늘이 두 쪽으로 갈라졌다. 그리고 어두운 먹구름은 드디어 울부짖으며 눈물을 흘린다. 비가 내리는 것이다.

콰르르르릉!

요란한 천둥 소리가 순간 숨 막힐 듯한 결투의 긴장감을 깨뜨렸다. 여포는 싱긋 웃음을 지었다.

“아아, 그래. 비가 오는군.”

“……..”

“내 미치도록 뜨겁게 달아오르는 피를 차갑게 식혀줄 비가 말이네.”

여포는 도발적인 눈으로 조조를 노려보며 화극을 다시 들었다. 이제 그에게는 시간이란 것이 거의 없었다.

그렇다면…….

“간다!”

여포는 말 배를 걷어찼다. 마치 유성과도 같이 쏜살같이 적토마가 나아간다. 그리고 조조도 마주쳐 말을 달려가며 참격을 날렸다.

카아아앙!

쇠를 긁는 거북한 소리가 빗속을 뚫고 울려 퍼졌다.

“역시…….”

여포는 더 이상의 공격은 하지 않은 채 말고삐를 돌려 조조를 바라보았다. 조조는 여전히 냉막한 표정으로 그런 그를 바라보고 있을 뿐이다.

“이런 공격은 자네에게 통하지 않겠지?”

“그 말은?”

“이번에는 내 비기(秘技)를 보여주겠네. 어떤가?”

“…….”

조조는 비릿한 미소를 띠었다.

“후후, 비기라……. 상관없겠지.”

“…….”

“나에게 통하는 기술 따위는 없으니까.”

여포가 재미있다는 듯이 웃었다. 역시 이 남자, 광오하군.

"더 이상 말은 필요없겠군. 이번에는 진짜로 가겠네."

여포의 눈이 그 어느 때보다 진지해졌다. 끊임없이 쏟아지는 빗물 사이를 뚫고 먹이를 노리는 맹수의 눈처럼 조조를 노려보고 있었다. 조조도 뒤지지 않고 예의 여포의 손을 주시하고 있었다. 여포가 서서히 적토마를 몰았다. 천천히 그들의 거리가 좁혀진다.

"으음……."

조조는 지금 어찌 판단해야 할지 조금 혼란스러웠다. 자신에게 유리한 간격으로 만들기 위해 말을 마주 몰아야 하나? 하지만 비기가 무언지 모르는 지금 무턱대고 적의 사정거리 내로 움직였다가 무슨 일이 벌어질지 몰랐다. 어쨌든 적은 자신보다 사정거리가 길었다. 조조가 잠시 머뭇거리는 새에 어느덧 그는 여포의 사정권 안으로 천천히 들어가기 시작했다.

'무슨 기술이냐?'

조조는 심호흡을 하며 청홍을 힘껏 잡았다. 이 검이면 무슨 기술이든지 모두 받아낼 수 있다. 순간 여포의 화극이 아무런 전조도 없이 날아왔다.

"이런!"

조조는 평소 예리한 눈으로 공격 방향을 판단하는 품(品)이었지만 이번에는 본능적인 감으로 검을 휘둘렀다. 오른쪽 어깨!

카캉!

귓청을 찢을 듯이 울려 퍼지는 작렬음. 그리고 다시 한 번 검에 의해 튕겨진 화극은 더욱 빠른 속도로 조조에게 쇄도했다.

"이건?!"

조조는 경악성을 내질렀다. 놀랍게도 화극은 두 개로 나눠졌다. 주술에 의한 환영처럼.

"저, 저게 뭐야?!"

목숨을 건 결투를 지켜보던 병사들이 경악에 찬 비명을 질러댔다. 방금까지 하나이던 화극이 두 개로 보이다니.

"젠장!!"

조조는 신음을 내지르며 오른손에 든 청홍을 휘둘렀다. 순간 핏빛의 청홍의 검신이 붉은빛의 섬광이 되면서 역시 두 개로 나눠졌다.

"우우우!!"

병사들이 경악의 탄성을 지른다. 이건… 말도 안 돼…….

차아아아앙!!

붉은 불꽃과 빗방울이 동시에 튀었다. 그리고 여포의 검은 다시 두 개로 나눠지며 조조에게 날카롭게 날아들었다.

"끝까지……."

조조는 입술을 깨물었다. 이 기술은 주술에 의한 환영 따위가 아니었다. 온몸의 체력을 남김없이 사용하여 검속을 무섭도록 증가시키는 기술이었다. 너무나도 빠른 검속에 잔상이 남기 때문에 인간의 눈에는 검이 나누어지는 것같이 보인다. 그리고 자신도 물론 이 기술을 구사할 수 있었다. 하지만 체력이 고갈되는 것만은 그도 어쩔 수 없었다. 조조의 검이 흐릿하게 흔들리더니 다시 두 개의 붉은 무지개를 이루었다. 빗속에서 은빛과 붉은빛의 섬광이 지켜보는 병사들의 눈을 마비시키며 찬란히 허공으로 산화한다.

챙! 차앙!

귓청이 찢어질 듯이 울리는 격렬한 파공음이 아니었다면 마치 환상 속에 들어온 것이라고 착각했을지도 모른다. 은빛과 붉은빛이 무지개

같이 미묘하고 아름다운 조화를 이루면서 허공에 잔상을 남기기 때문이다. 한쪽 팔이 끊어진 채로 피를 끊임없이 흘려대며 지옥에서 방금 올라온 야차 같은 흉흉한 기세로 화극을 휘두르는 여포의 표정은 그 어느 때보다 진지했다.

반면 그 검을 받는 조조는 곤혹스러운 표정이었다. 이미 이십 합도 넘게 구사할 수 있는 최고의 속도로 검격을 뽑아내고 있었다. 단련에 단련을 거듭한 무쇠 같은 육체라도 인간의 한계란 엄연히 존재했다. 더 이상은 위험했다. 또 날아드는 두 줄기의 은빛 섬광. 조조도 마주 청홍검을 휘두르는 수밖에는 없었다.

땅!

쇠끼리 부딪치는 충돌음과 함께 빗속에서도 불꽃이 튀었다. 여포의 화극이 회수되는 찰나의 순간에 조조가 차갑게 내뱉었다.

"자멸할 생각이군!"

이대로라면 그들의 오른쪽 어깨는 망가져 버릴 것이다. 하지만 여포는 왼팔이 없었다. 그렇다면 승부는 불을 보듯 뻔한 일이 아닌가?

"글쎄."

여포는 여전히 냉정 침착하게 기계와 같이 변함없이 참격을 뽑아낼 뿐이었다. 무슨 속셈이라도 있는 건가? 조조는 차가운 눈으로 여포를 노려보았다. 손으로는 최고의 검속을 뽑아내면서.

까앙!

또 한 번 충돌이 일어났다. 그리고 또 한 번 회수된 화극이 날아올 찰나였다.

"하앗!"

순간 여포가 갑자기 기합성을 내질렀다. 그리고 화극은 아까보다도 더욱 빠른 속도로 조조에게 날아들었다. 그것을 판단한 것은 조조의 눈이 아니었다. 조조의 놀라울 정도로 날카로운 감각이 그에게 참격의 속도를 느끼게 하고 있었다. 눈에 잘 비치지도 않을 정도로 빠른 속도의 참격. 그것은 마치 은빛의 실같이 조조에게 다가왔다. 하지만 그 가늘다가는 공격이 얼마나 위험한 것인지 조조는 잘 알고 있었다. 등골에 소름이 돋는다.

채앵!

간신히 막아내기는 했지만 조조는 손이 찌릿찌릿 저리는 것을 느꼈다. 그의 눈은 가득 놀람을 담고 있었다. 저건…….

"이번 공격, 괜찮았나? 후후."

여포가 잠시 숨을 돌리며 차갑게 웃었다. 비웃는 듯한 기분 나쁜 미소. 조조는 말없이 인상을 찌푸렸다. 이건 보통의 공격이 아니었다. 그는 날카로운 눈으로 여포의 잘려진 왼팔을 노려보았다. 이미 여포는 한계에 도달해 있었다. 조금만 더 버티면……. 조조의 생각이 채 끝나기도 전에 다시 여포의 화극이 허공을 은색 섬광으로 덮으면서 거대한 파도처럼 몰려들었다. 조조는 호흡을 가다듬고 다시 방어에 전념하기 시작했다.

챙! 채앵! 챙!

'으음…….'

조조는 이를 악물었다. 분명히 이번의 공격은 처음의 그것보다 더욱 빨랐다. 그는 어깨가 심하게 뻐근해 오는 것을 느꼈다. 허공에서 참격의 잔상이 어지럽게 흩날린다. 무모할 정도로 체력을 소모한 공격이었다. 그에 따른 체력적 소모와 신체의 혹사는 자신이라 해도 감당하기 어려우리라. 하물며 왼팔이 잘린 여포야……. 하지만 조조의 예상과는

달리 여포의 공격은 흐르는 물처럼 끊임없이 계속되었다. 화극과 검이
부딪치면서 솟아나는 불꽃과 쇠와 쇠가 충돌하면서 나는 날카로운 중
첩음이 계속해서 지리하게 반복되었다. 형세는 호각. 그들은 끊임없이
참격을 교환하고 있었다. 하지만 실상 조조는 서서히 어깨가 고통에
찬 신음을 지르는 것을 느끼고 있었다. 조금씩 눈에 확연히 드러날 정
도는 아니지만 분명히 조금씩 조조의 검이 뒤틀리기 시작했다. 아주
조금씩 오른쪽으로 틀어지고 있었다.

'인간이 아니로군.'

조조는 속이 철렁했다. 도저히 여포의 참격은 멈출 기미가 보이지
않았다. 오죽하면 조조의 머리 속에 자신이 자른 왼팔 때문에 몸이 가
벼워져서 그런 것은 아닐까 하는 어이없는 생각마저 들 정도였다. 게
다가 원망스럽게도 그의 비기는 마상에서는 쓰지 못하는 것이었다. 마
술에 능숙하지 않은 그로서는 도저히 온몸을 사용하여 그 기술을 펼칠
수 없었다.

"빌어먹을 이민족."

조조가 화극을 받아내며 낮게 내뱉은 순간이었다. 주변의 공기마저
도 압도하던 참격의 폭풍이 순식간에 멈췄다. 귀를 찢을 듯이 자극하
던 파공음도 무기가 부딪치던 불꽃도 마치 환상인 것처럼 오직 들리는
것은 빗방울 소리뿐이었다. 조조는 여포의 참격을 무수하게 받아내어
찌릿하게 저리는 팔을 추스르며 여포 쪽으로 고개를 들었다. 순간 그
의 눈이 커졌다. 거대한 말의 그림자가 자신을 덮고 있었다. 아니, 여
포의 적토마가 허공으로 날아올랐다는 것이 옳은 표현일 것이다. 여포
의 화극은 오만하게 하늘을 향해 그 위용을 자랑하듯 치켜져 있었다.
그리고 그것이 내려오는 순간,

“말도 안 돼……..”

번쩍!

마치 주술과 같이 그와 여포 사이에 찬란하게 빛나는 번개가 번쩍였다. 그리고,

우르쾅쾅쾅!!

곧 이어 온 세상을 요동질 치는 커다란 천둥 소리가 들려온다. 동시에 여포의 입이 열렸다.

“비마일섬(飛馬一閃)!!”

순간 공간을 쪼개놓을 듯한 맹렬한 일격이 매서운 폭풍우처럼 빗방울을 양단하며 그에게 날아들었다.

“오오!!”

귓속으로 병사들의 신음 어린 감탄성이 환상처럼 들려온다. 온 세상을 모두 태워 버릴 듯이 빛나는 벼락과 함께 새빨간 적토마를 타고 하늘로 날아오른 여포의 모습은 한 폭의 정물화 같았다. 적어도 조조의 눈에는.

번개가 갈라진다. 빗줄기가 갈라진다. 피에 잔뜩 젖은 화극이 무한한 하늘을 붉은 도면(圖面)으로 나눈다. 천천히 천천히 숨 막힐 듯한 정적인 구도가 무너진다. 깨진다. 조조의 청홍(靑紅)이 고개를 쳐든다. 부딪친다. 귀라도 먹은 것인가? 병사들은 자신들의 귀를 의심한다. 응당 쇠붙이와 쇠붙이끼리 부딪치는 요란한 충돌음이 일어야 하거늘 오직 말의 울음소리만이 요란하다.

히이이잉……!

천신의 사자(使者)와도 같이 순백인 절영의 강인한 네 다리가 모두 꺾였다. 이 명마 중의 명마는 땅에 완전히 주저앉았다. 다리라도 심하

게 마비된 듯 끊임없이 푸드득거리며 온몸을 부들부들 떤다. 그리고 그 위에 적토마에 앉아 냉소를 머금은 여포가 조조를 내려다보고 있었다. 조조는 여전히 속내를 짐작할 수 없을 만치 냉막한 표정이었지만 오른쪽 팔에 눈에 확연히 드러날 정도의 떨림이 일고 있었다.

'오른팔… 완전히 가버렸군. 게다가……'

쩌저적!

매혹적인 붉은 검신을 자랑하던 청홍검이 가뭄이 든 땅바닥처럼 갈라지기 시작했다. 이 천하의 명검이자 조조의 두 번째 명검은 다시는 쓰지 못할 만큼 심각한 금이 가버린 것이다.

"미안하지만 의천(依天)을 집을 시간을 줄 수는 없네."

여포가 어지러운 듯 인상을 찌푸렸다. 기(氣)로 잠시 신경을 마비시키긴 했지만 출혈까지 막을 수는 없다. 이제 정말로 시간이 별로 없었다.

"상관없겠지."

조조가 천천히 땅에 두 발을 딛고 섰다. 절영은 아무래도 다리가 부러진 것 같았다. 최악의 상황. 말을 탄 상대 앞에서, 그것도 최고의 기마술을 자랑하는 여포 앞에서 말을 잃었다는 것은 두 다리가 끊어진 것과 다름 아니었다.

"마지막 남길 말 같은 것이라도 있나?"

여포가 차가운 미소를 띤 채 빈정거렸다. 하지만 조조는 전혀 동요하지 않고 천천히 눈을 감았다. 죽을 준비라도 하는 것일까? 조조의 붉은 입술이 조용히 열렸다.

"…간다."

"뭐?"

조조가 천천히 청홍을 왼손으로 바꿔 쥐었다. 여포는 등에 소름이 끼치는 것을 느꼈다. 조조의 검기가 돌변했다. 폭풍우 같은 기세로. 이 상황에서 선공(先攻)을 취할 생각이냐? 여포는 강렬한 흥분감에 피가 끓어오르는 것을 느꼈다.

타악!

지면을 밟는 소리가 여포의 귀에 울려 퍼졌다. 동시에 조조가 빠르게 여포에게 달려들었다. 놀랍도록 빠른 속도. 여포는 엉겁결에 화극을 수직으로 휘둘렀다.

쐐액!

공기를 날카롭게 가르며 화극이 무서운 기세로 조조의 머리를 향해 떨어졌다. 순간 조조의 왼손이 치켜 올려졌다.

끼기기긱!

소름 끼치는 파열음과 함께 청홍의 붉은 검신이 반 토막으로 부러졌다. 하지만 그것에 취해 있을 시간은 없었다. 어느새 조조가 지척에 다가와 있었다.

'반쪽짜리로……'

"건방지군!"

"흥!"

조조가 코웃음을 치며 두 다리로 대지를 박차고 도약했다. 마치 먹이를 향해 숫구치는 범과 같은 동작이었다. 눈 깜짝할 사이에 열 자 이상의 거리를 날아간 조조의 부러진 청홍의 칼날이 여포의 머리를 향해 강하게 하강하고 있었다. 비록 부러진 검이라고는 하지만 맞으면 즉사할 정도의 위력을 가진 공격이었다. 여포는 몸을 왼쪽으로 틀어 공격을 피하고 바로 조조의 가슴을 향해 강한 찌르기를 넣었다. 공중에서는 제아무리 재주가 좋은 사람이라 할지라도 몸을 제대로 가누기란 불가능한 일. 그러나 순간 조조의 몸이 거짓말처럼 뒤로 젖혀졌다. 그리고 여포의 화극이 쏜살같이 빈 허공을 가르고 지나감과 거의 동시에 조조는 다시 땅을 밟고 날아올랐다. 여포의 목을 목표로 청홍의 반쪽짜리 붉은 검신이 빗속을 가르며 날아들었다.

채앵!

하지만 조조의 검은 어느새 화극을 회수한 여포의 창대에 막혀 버렸다.

"이럇!"

여포가 기합성을 내지르며 조조를 향해 말을 몰았다. 성인 남자의 키는 될 것 같아 보이는, 괴물이라고 불려도 족할 적토마가 눈을 부릅뜨며 흉흉한 기세로 조조에게 돌진했다. 이미 전장에서 적토마의 발굽에 짓밟혀 생을 달리한 병사만도 부지기수. 하지만 조조는 그 명단에 자신의 이름을 추가할 생각이 전혀 없었다. 조조는 재빨리 몸을 옆으로 날렸다.

두두두두!

요란한 지축음 소리와 함께 적토마가 섬광과도 같은 속도로 지나갔다. 어느새 조조와 여포의 거리는 상당히 떨어지게 되었다. 병사들의 벽에 충돌할 거리쯤 되자 여포가 유연한 동작으로 말고삐를 돌렸다. 마치 날개가 달린 수레처럼 적토마는 자연스러운 동작으로 흙바닥에 커다란 원을 그리며 멈춰 섰다.

"이제 정말 끝이로군. 후후… 하하하하……!"

여포가 여유로운 웃음을 터뜨렸다. 말도 없이 인간의 두 다리로 가속력이 붙은 말 위의 공격을 피한다는 것은 거의 불가능에 가까웠다.

더군나 그 여포와 적토마의 혼연일체의 마상 참격임에야. 여포는 이 호적수와의 결투의 마지막 여운이라도 즐기듯 잔뜩 도취된 표정으로 웃음을 터뜨렸다.

"……."

조조는 말없이 인상을 찌푸렸다. 그는 자신의 오른손을 힐끔 쳐다보았다. 여전히 작은 경련이 그치지 않고 있었다.

'좋지 않아. 이건 정말 좋지 않아.'

왼팔을 잘랐을 때 완전히 끝냈다고 생각했다. 하지만 이 인간의 세계에 강림한 피의 야차는 말도 안 되는 공격으로 결국 자신을 궁지로 몰아붙였다.

"죽는다는 것, 어떤 기분일까?"

조조가 거칠어진 호흡을 진정시키며 여러 가지 감정이 섞인 표정으로 그렇게 중얼거렸다. 그는 알 수 없는 감정이 어린 눈으로 앞을 바라보았다. 그의 앞길을 거칠게 가로막은 외팔이 피의 야차는 선혈이 낭자한 몸으로 차가운 미소를 짓고 있었다.

"내 몸에 상처를 낸 것은 자네가 처음이야."

"내 검을 부러뜨린 것도 그대가 처음이야."

"하하하! 좋아좋아, 이제 결판을 내야겠지."

여포가 호탕하게 웃어 젖히며 말고삐를 움켜잡았다.

"간다!!"

피할 수 있을까? 조조는 천천히 반 토막 난 청홍검을 들어 올렸다. 무수한 전쟁터에서 수많은 사선을 넘나든 그였지만 이런 위기를 맞아본 것은 처음이었다. 일 대 일 결투에서는 그 누구에게도 절대 지지 않는다는 오만이 이 상황을 부르고 만 것이다.

히이이잉!

여포가 말 배를 걷어찼다. 적토마가 높게 울부짖었다. 한줄기 돌풍과도 같이 돌진할 채비를 끝마친 것이다. 목표는 단 한 점. 그 목표는 최악의 상황에서도 꺼지지 않는 기세로 토막 난 검을 든 채 눈을 매섭게 치켜뜨고 있었다.

'최악의 상황이라……. 나도 다름 아니지 않은가?

여포는 피가 흐르는 왼팔을 슬쩍 보며 서늘한 미소를 지었다. 동시에 쏜살같이 신형을 움직였다.


"도대체 뭘 그리 서두르시오? 그 조조가 정말로 위험에 처했을 것 같소?"

"흐음, 글쎄… 너무 늦었을 수도 있고 말이지."

장비는 이해할 수 없다는 눈으로 앞서 말을 달리고 있는 유비를 바라보았다. 전황을 살피던 유비는 후군은 버려두고 전장의 중심으로 급히 말을 달린 것이다. 장비는 그런 유비를 마지못해 따라가고 있었다.

"지금 조조가 죽으면 조금 곤란하거든."

"젠장, 조조 놈이 위험에 처할 일은 하늘이 두 쪽 나도 없을 테니까 걱정일랑 접어두시오."

"미안하지만 내 눈은 너 같지 않거든."

유비는 기묘한 웃음을 머금었다. 역시 여포와 조조. 자신조차도 전황을 읽는 게 늦어졌다. 하지만……

"조조군에 바보만 있는 것은 아니겠지. 이럇! 빨리 구경하러 가자고, 익덕아! 하하하!"

모든 병사들이 무언가에 홀린 듯 여포의 차라리 아름답기조차 한 돌진을 바라보고 있었다. 피에 전 여포와 타오르는 불꽃 같은 적토마의 돌진은 잔뜩 성난 붉은색 폭풍 같았다. 금방이라도 앞을 가로막은 조조의 인육 따위는 갈기갈기 찢어버릴 것 같은 흉흉한 기세였다.

'와라.'

조조는 입술을 꼭 깨물었다. 꽉 깨문 그의 입술에서 피가 흘러나오고 있었지만 조조는 그것을 느끼지 못했다. 그의 신경은 단 하나, 여포에게 집중되어 있었다. 찰나의 흐트러짐도 용납될 수 없다. 여섯, 다섯, 넷…… . 마음속으로 숫자를 세며 거리를 가늠하던 조조의 눈이 크게 떠졌다. 아니?

"멈춰!!"

돌연 병사의 벽이 허물어지면서 한 인영이 조조의 앞을 가로막았다. 온통 수염투성이에 흑의를 입은 거한. 사내는 넉 자 일곱 촌은 되어 보이는 기형적인 장검을 높이 치켜들고 있었다. 조조의 입이 빠르게 열렸다.

"중강!"

"승상, 소생이 있는 한 아무도 승상을 해하지 못하리이다!"

허저는 결의에 찬 눈빛으로 돌진하는 여포를 노려보았다. 절대로 이 앞은 지나가지 못한다. 설령 내가 죽는 한이 있어도.

"봉선, 오너라!!"

허저가 야수와 같이 포효하며 장검을 힘껏 움켜쥐었다.

"음?"

말을 달리던 여포의 눈이 조금 동요했다. 마지막에 방해자라니.

"그래, 그랬군. 맹덕에게는 분명 괜찮은 호위 무사가 한 명 있었지.

후후, 이거 재미있군."

여포의 입가에 한줄기 냉소가 맺혔다. 하지만 겨우 너 따위가 이 봉선의 혼신의 일격을 막을 수 있겠나?

"어디 나를 막아봐라!"

"어딜!! 하아앗!!"

말을 타지 않은 허저에게 여포를 저지할 유일한 방법은 적토마를 베어버리는 것이었다. 허저는 기합성과 함께 장검을 적토마의 목을 겨냥해 휘둘렀다. 그야말로 온 힘을 다한 폭풍과도 같은 참격이 빗속을 가르고 날카롭게 펼쳐졌다.

"어떠냐?"

허저의 성공을 자신한 외침.

"이건 됐다!"

멀리서 들려오는 유비의 목소리.

"흥!"

파앗!

여포의 차가운 코웃음 소리와 함께 적토마가 땅을 박차고 하늘로 날아올랐다. 조조의 눈에 다시는 생각하기 싫은 아까의 광경이 다시 펼쳐졌다.

"아앗!!"

"말도 안 돼!!"

경악성과 함께 허저의 검이 간발지차로 허망하게 허공을 베었다.

아아, 그랬었지.

조조의 눈에 붉은 망토를 휘날리며 위용스런 모습으로 하늘로 솟구치는 여포가 들어왔다. 여포는 예의 차가운 미소를 지은 오만한 표정으로 그를 바라보고 있었다.

상대는…….

거대한 적토마의 그림자가 주변을 덮는다.

번쩍!

번개가 치면서 여포의 모습이 확연하게 드러났다. 온통 피로 뒤덮인 망토, 갑옷, 화극. 그 이름과 함께 전장을 지배하는 전설이 되어버린 사내가 직접 살의를 뿜고 있었다. 바로 자신을 향해서.

인룡… 여포…….

"인룡 여포… 내가 졌다……!!"

조조는 마지막 숨을 토해내듯 이 현세에서 마지막으로 대면한 최고의 호적수에게 부르짖었다.

쐐애액!!

빗줄기와 바람조차 베어버리는 단 하나의 낭비조차 없는 깨끗한 참격. 조조는 눈을 크게 뜨고 자신의 목을 향해 다가오는 화극을 감상 어린 표정으로 바라보았다. 그래, 내가 졌군.

"승상!!"

"조맹덕!!"

누군가의 외침인지도 모를 비명 소리가 마지막으로 청각을 자극한다.

"……."

끝이다, 조조.

쐐애애액!!

콰악!!

"뭐?"

몸 근처에서 울려 퍼지는 섬뜩한 소리. 여포는 믿을 수 없다는 표정으로 자신의 복부를 바라보았다. 날카로운 은빛 화살이 복부에 깊게 박혀 있었다. 동시에 여포의 공격이 조금 흐트러졌다. 여포의 화극은 그만 목 근처의 허공을 가르고 말았다.

히이이잉!

그리고 믿을 수 없게도 여포는 형편없이 낙마를 하고 말았다.

"이건… 화살?"

조조는 놀란 표정으로 낙마한 여포를 바라보았다.

"크헉!!"

여포는 간신히 몸을 일으켰지만 울컥 선혈을 쏟아내었다.

'안 돼… 안 돼……. 여기서… 죽을 수는 없어.'

여포는 흐릿한 정신으로 화극을 들어 올렸다. 이미 그에게 주위는 보이지 않았다.

'조조 맹덕…….'

죽여야 해. 오직 조조에 대한 맹렬한 살의만이 그의 눈이 되어주고 있었다.

푸욱!

옆구리에 또 한 번 참기 힘든 고통이 전해온다. 화살이 옆구리에 박힌 것이다. 그의 허리에서 선혈이 마치 폭포수처럼 흘러나왔다. 잘려진 왼팔, 복부와 옆구리를 관통한 화살. 이미 금방이라도 쓰러져 죽어도 이상하지 않을 상처였다. 하지만 여포는 쓰러지지 않았다. 그는 자신도 의식하지 못할 정도로 천천히 조조를 향해 걸어가고 있었다. 그의 꺼져 가는 정신은 오직 조조를 죽인다는 강렬한 일념 하나로 간신히 움직이고 있었다.

‘어서… 어서……’

여포의 눈에 조조의 목이 들어왔다. 저기다. 저기가 목표다. 평상시라면 찰나의 시간에 간단하게 베어버릴 목표물을 향한 그의 발걸음은 너무나 무거웠다.

퍽!

또 한 발의 화살이 그의 오른쪽 다리를 관통했지만 여포는 그것을 의식할 수 없었다. 오직 마지막 일격을 가하기 위해 천천히 화극을 들어 올릴 뿐이었다.

‘후우… 후우… 마지막은 좀 곱게 죽어줄 수 없었나… 조조……?’

여포가 처연한 미소를 지으며 마지막 남은 오른손에 힘을 주었다.

쒜애액!

여포의 화극이 그 어느 때보다 아름답고 유려한 곡선을 그렸다. 하지만 그 공격 속도는 너무나도 더뎠다.

퍼퍽!

왼쪽 다리를 겨냥한 화살이 그대로 여포를 관통함과 동시에 여포의 화극이 조조의 목을 베어갔다.

치익!

‘젠장… 이대로……’

자신의 공격이 실패했음을 느낌과 동시에 여포는 땅바닥에 무릎을 꿇었다. 마치 마지막 일격으로 온몸의 힘이 모두 빠져나간 느낌이었다. 그는 앞으로 쓰러지는 몸을 간신히 두 손으로 지탱했다.

“역시… 내가 졌다……”

점점 흐릿해지는 세상의 윤곽에서 누군가의 목소리가 들려왔다.

‘아아, 자네의 칭찬 따위는 소용없어.’

여포는 마지막으로 힘을 쥐어짜 내 말하려 했지만 목소리가 되어 나오지 않았다.

이렇게 죽는 건가?

여기서……?

내가……?

이 무신 여포가……?

"후후… 후하하하……!"

여포가 피를 쿨럭거리면서 미약한 웃음소리를 내질렀다. 전쟁터에서 죽는 것이야말로 나에게 어울리는 최후가 아닌가?

"……."

여포는 온 힘을 다해 간신히 몸을 일으켰다.

'마지막은 자네 손으로 끝내줘.'

조조는 눈빛으로 여포의 심정을 읽을 수 있었다. 아니, 그에게는 그렇게 들렸다. 조조는 천천히 고개를 끄덕였다.

그의 청홍검이 파공음을 내며 번뜩였다.

촤아아악!!

그동안 전장에서 수많은 피보라를 뿌렸던 장본인은 이번에는 자신이 직접 피의 안개를 피워 올렸다. 동시에 그의 몸이 천천히 뒤로 쓰러졌다. 그것은 전장에서 뿌려진 그 어떤 피보다도 끔찍할 정도로 아름다운 피보라였다.

"……."

어느새 병사들의 아우성이 거짓말처럼 멈췄다. 용의 혼이 승천한 전장에서는 오직 무거운 침묵만이 감돌 뿐.

# 파국(破國)

쨍그랑!

"……."

거울이 깨지는 소리가 요란하게 울려 퍼졌다. 손거울을 들고 있던 여인은 창백한 안색으로 심호흡을 한 번 했다. 그녀는 실로 절세가인(絶世佳人)이라는 칭호가 아깝지 않은 외모를 가지고 있었다. 피부는 따사로운 햇살의 숨결을 머금은 듯 희고 부드러웠으며 흑단같이 땋아 올린 머리카락은 누에고치에서 방금 뽑아낸 생사(生絲)처럼 매끈했다. 밤하늘을 연상시키는 검은 눈동자는 무척이나 청순하고 티없이 붉은 입술은 달콤해 보였다. 하지만 천상의 선녀를 연상시키는 희디흰 백의 밖으로 나온 그녀의 가냘픈 손은 심하게 떨리고 있었다.

"거울이……."

거울이 깨진다는 것이 무엇을 의미하는지 모르는 바 아니었다. 그 장료 공이 직접 선물해 준 거울이었다.

"거울은 꽤나 재미있는 물건입니다. 소중하게 아끼는 거울을 깨뜨리면 그 주인이 목숨을 잃는다고 하지요. 후후, 물론 미신입니다만……."

단순히 미신이라고 믿기에는 지금의 상황은 너무나 절망적이었다.
'하필 이런 때에…….'
초선의 아름다운 아미가 조금 찡그려졌다. 그녀에겐 살아갈 곳이 있었고 사랑하는 사람도 있었다. 더 이상 바랄 것이 아무것도 없었다. 그런데…….
"천지신명(天地神明)이시여, 소녀는……."
그녀가 떨리는 소리로 말을 이었다.
"…상공(相公)을 죽이시려거든 차라리… 차라리 소녀의 목숨을 드리겠사옵니다. 그러니 제발 상공만은… 상공… 만… 은……."
끝에 가서 결국 감정이 복받쳐 오름을 참지 못하고 초선은 흐느꼈다.

*　　　　*　　　　*

"쳇, 끈질긴 자식들."
서황이 온몸에 피 칠을 한 채로 투덜거렸다. 이제 전장에는 점점 여포군의 시체가 늘고 있었다. 아무리 강병이라고 하지만 애초에 수적 열세는 어쩔 수 없는 것이었다.
"크아아악!!"

단말마의 비명과 함께 또 한 명의 여포군이 창에 고슴도치처럼 가슴을 꿰뚫린 채 낙마했다. 그 병사는 말발굽에 짓밟혀 시체조차 온전치 못했다.

"대열을 유지하라!!"

후성이 필사적으로 소리쳤다. 백병전이 되면 불리한 것은 이쪽이었다. 최대한 시간을 끌어야 한다. 조조 놈이 죽을 때까지. 지금 그들이 믿고 있는 것은 단 하나. 무신(武神)의 칭호를 가진 그들의 주공이었다.

"그렇게 죽어라, 바보 놈들아!"

하후연이 입가에 차가운 미소를 띠며 중얼거렸다. 좋아, 모든 공은 이제 다 이 하후연의 것이다. 흥! 이신, 바보같이 대열을 이탈하다니……

파샥!

하후연이 활시위를 놓자 화살이 바람을 뚫고 날아가 여포군 병사의 머리를 박살 냈다. 과연 궁의 달인이라는 칭호를 가진 장수다운 솜씨였다.

"무식하게 몸을 맞대고 싸우지는 않는다. 창보다 살상력이 높은 것이 바로 이 활이다."

하후연이 비웃음을 지으며 활에 또 하나의 화살을 장전했다.

"도대체 주공은 왜 소식이 없소?"

위속이 잔뜩 상기된 얼굴로 소리쳤다. 애초에 승산없는 싸움이었어. 농성, 농성을 했으면……

"……"

고순은 침통한 표정으로 묵묵히 검을 들어 적을 베어 나가기만 할 뿐이었다. 그의 투구는 언제 날아갔는지 피가 잔뜩 묻은 얼굴이 그를 더욱 흉악스럽게 했다. 하지만 실상 그는 무척이나 녹초가 되어 있었다. 똑같은 동작의 반복. 막고 베고 찌르고.

쐐애액!

채앵!

그의 검격이 점점 막히고 있었다. 처음과 달리 현저하게 느려진 위력에 병사 하나 살육하기도 쉽지 않았다.

"젠장!!"

거친 호흡과 함께 고순이 온 힘을 다해 다시 한 번 조조군 병사에게 참격을 내려쳤다.

챙강!

검이 부러지는 소리가 들리자 그 병사의 얼굴이 공포로 일그러졌다. 전장에서 무기를 잃는 것은 바로 목숨을 잃는 것.

"히이익! 으아아아!!"

그 병사는 고순의 연이은 공격이 펼쳐지기도 전에 뒤도 안 돌아보고 도망쳤다.

'사, 살아야 해. 여기서 개죽음당할 수는……'

퍼억!!

하지만 어디선가 날아온 화살에 그 병사는 구슬픈 비명 소리와 함께 혼을 잃고 말았다. 그의 마지막 표정에는 믿을 수 없다는 듯 원통함이 가득 서려 있었다. 그가 맞은 화살은 조조군에서 날아왔기 때문이다.

"병신 새끼! 도망가는 놈은 이 하후연이 다 죽인다!!"

하후연이 격앙된 표정으로 소리쳤다. 감히 용맹한 조조군의 명성을 더럽히는 놈은 내가 가만두지 않아!

"지, 지독한 놈."

위속이 떨리는 목소리로 중얼거렸다. 자신의 병사도 참혹하게 죽이
는데 적장의 목숨 따위를 신경 써주기 바랄 수가 없었다.

"고 장군, 이, 이러다… 큰일 나겠소!"

"닥쳐라!!"

고순이 잔뜩 흥분한 듯 흉흉한 기세로 소리쳤다.

"아군의 사기를 꺾으면 내가 먼저 당신을 베겠다!!"

"으으……."

바보 자식, 네놈은 목숨이 아깝지도 않단 말이냐? 위속은 속이 끓어
올랐다. 아군은 점점 줄어들고 있고, 도망갈 길은 없고, 실로 진퇴양난
의 상황이 아닌가? 방법이 없어, 방법이……. 항복. 위속은 자신이 생
각한 단어를 마지막 이성의 끈으로 애써 지워 버리려 노력했다.


"이제 전쟁은 끝이군요."

허저가 여포의 시체를 여러 가지 감정이 담긴 눈으로 바라보며 말했
다. 이미 주위의 여포군 병사들은 대부분이 전의를 잃고 무기를 땅에
던져 버린 상태였다. 항복의 뜻이었다.

"음……."

조조는 왼쪽 어깨의 상처를 매만지며 눈을 감았다. 여포의 마지막
모습이 아른거렸다. 당신의 실수는 나와 같은 시대에 태어났다는 거
야. 평소라면 그런 광오한 말을 여포의 시체에 대고 충분히 지껄였을
조조였다.

'하지만 내게 그런 자격 따위는 없다.'

"응?"

돌연 허저가 의아한 표정을 지었다. 그의 눈에 마치 전장에 유람이

라도 나온 듯 갑옷도 걸치지 않고 청의를 입은 한 남자가 말을 타고 이리로 달려오는 것이 들어왔다.

"뭐지? 항복의 사신인가?"

병사들도 그를 저지할 생각은 하지 않고 그저 넋을 놓고 바라보기만 할 뿐이었다. 무엇보다 무장도 안 한 단 한 명이서 무엇을 할 수 있겠느냐는 생각이었다.

"음?"

갑자기 조용해진 전장의 분위기를 느끼고 조조가 눈을 떴다. 곧 그는 겁없이 불속에 뛰어드는 부나방같이 자신을 향해 달려오는 한 남자를 발견할 수 있었다. 시력이 특히 좋은 조조에게만은 그의 기이할 정도로 창백한 안색과 눈가에 맺힌 이슬이 보였다. 그리고 말에 매달린 활도. 응? 분명히 본 적이 있는 사내다. 누구였더라? 조조의 머리가 빠르게 회전하기 시작했다. 그리고 곧 그의 머리에서 답이 도출되었을 때 그 남자가 빠르게 활에 활시위를 먹였다.

"장료……."

조조의 입에서 신음과 같이 한 남자의 이름이 흘러나왔다. 중원 최고의 명궁(名弓) 장료.


나의 주공이 죽었다. 주공이 죽었다. 나의 주공이 죽었다. 주공이 죽었다. 나의 주공이 죽었다. 주공이 죽었다.

장료의 정신 상태는 정상이 아니었다. 그는 미친 사람처럼 끊임없이 지껄였다. 그의 새파래진 입술은 언제인지 모르게 찢겨져 턱으로 피가 흐르고 있었다. 무의식적으로 깨물었으리라. 하지만 고통 따위는 없었다. 그의 온 신경은 조조에게 가 있었다. 주공의 목을 친 저승 사자. 그

러나 마음은 찢어질 것같이 쓰려왔다. 크나큰 충격에 의한 영향으로
머리가 어질어질하고 눈물이 나왔다.

나의 주공……

내가 존경하는 분…….

그리고,

"나의 사랑……."

장료는 한 번도 밖으로 뱉어내지 못하고 마음에만 꼭꼭 담아놨던 숨
겨진 그의 진심을 조용히 속삭이듯 말했다. 마치 옆에 여포가 듣고 있
기라도 하는 듯이. 진심을 고백도 못했는데 가시면… 그렇게 가시면
어떡합니까, 나의 주공이여!

"사랑합니다… 주공."

장료가 마지막으로 부드럽게 허공에 대고 중얼거렸다. 그리고 그의
표정이 갑자기 차갑게 얼어붙었다. 아까의 애련한 감정의 표상은 모두
깨끗이 지워졌다.

"당신의 복수는 제가 확실히 해드리겠습니다."

장료가 폐부를 얼려 버릴 것 같은 차디찬 말투로 말했다. 스스로에
게 다짐하듯이. 그의 초점없이 흐릿한 눈에 확실히 조조의 모습이 들
어왔다. 그가 천천히 날카로운 금속성 송곳 바늘이 장착된 은빛의 화
살을 활시위에 걸었다.

끼이이익!

그리고 또 한 번 그의 가녀린 손이 각 층으로 된 활을 당기기 시작했
다. 그에게는 마지막 남은 화살. 그리고 이 화살은 절대로 빗나가지 않
을 것이다. 지금까지 그래 왔던 것처럼.

두두두두!

"으음……."

나를 죽이러 왔나? 말이 대지를 박차고 질주하는 모습을 보며 조조가 작은 신음성을 흘렸다. 방심했다. 이미 장료의 활에는 화살이 걸려져 있었다. 저걸 피하는 것은 여포의 화극만큼이나 어려울 것은 자명한 일이었다. 조조는 눈을 가늘게 뜨고 장료를 똑바로 바라보았다.

"당신은 피할 수 없어, 왼쪽이든 오른쪽이든!"

장료가 단호하게 내뱉고는 예지력을 썼다. 금방 그의 손이 환하게 빛나기 시작했다. 하지만 그 빛은 그 어느 때보다 슬픔이 깔린 회색 빛깔에 가까워 보였다. 하루에 두 번 쓰면 혼절할 정도로 고통스러운 힘.

"으아아아아아악!!"

장료가 고통의 신음을 내질렀다. 이 쓸모없는 몸뚱이 같으니라고.

이번이 마지막이다. 죽어도 좋아…….

그러니 한 번만 더 버텨줘. 제발……. 조조의 숨통을 끊을 수 있도록.

목표는 조조의 갑옷 밖으로 드러난 목. 예상 지점… 예상 지점……. 왼쪽이냐 오른쪽이냐…….

장료는 흐릿한 눈을 최대한 치켜뜨고 조조를 바라보았다.

"아니!!"

순간의 망설임. 그의 예지력에 비치는 조조는 왼쪽으로도 오른쪽으로도 피하지 않았다. 놀랍게도 조조는 그 자리에 그대로 서 있었다. 모든 것을 포기한 시선? 아니다. 그의 시선은 장료를 향하고 있지 않았다. 그보다 더 멀리. 그리고 장료의 망설임은 그에게 되돌릴 수 없는 뼈아픈 결과를 가져왔다.

쐐애애액!

등 뒤에서 서늘한 바람 소리가 들려왔다. 화살이다! 장료가 직감적으로 그것을 느꼈을 때 이미 화살은 갑옷을 입지 않은 장료의 가슴을 관통하고 있었다.

콰악!

장료의 청의가 순식간에 피로 물들었다. 그리고 참을 수 없는 고통이 해일처럼 밀려오기 시작했다.

"컥! 쿨럭!!"

폐를 관통당했는지 그의 입에서 말 대신 기침과 함께 핏조각이 분수처럼 쏟아져 나왔다. 장료는 그제야 정신이 퍼뜩 들었다.

히이이잉!

균형을 잃고 낙마하면서도 장료의 눈은 조조를 향하고 있었다. 그리고는 공중에서 온 힘을 다해 활시위를 놓았다.

털썩!

장료가 땅에 힘없이 추락함과 동시에 은빛 화살이 또 한 번 비상했다. 마지막 혼을 담은 장료의 화살은 그 어느 때보다 서늘하고 흉흉한 기세로 상대방의 목숨을 가져가기 위해 허공을 가르며 날아갔다.

쐐애애애액!

눈 깜박할 사이에 화살은 조조에게 도달했다.

"이런!!"

이신이 다급하게 소리를 질렀다. 이럴 수가? 분명히 심장을 노렸는데……. 지금 조조가 죽으면 모든 게 헛수고였다.

콰아악!

손쓸 틈 없이 화살은 조조의 몸에 박혀 버렸다.

"…실수했군."

　조조가 오른쪽 어깨에 박힌 화살을 멍하니 바라보며 중얼거렸다. 장료의 마지막 화살은 목표를 빗나가고 만 것이다.

　"여길 쐈어야지, 명궁이여."

　그가 천천히 손가락으로 목을 가리켰다. 하하! 그가 웃었다. 하하하하! 그는 자꾸 웃었다. 비웃음은 아니었다. 무섭다. 이토록 무서운 남자들이 아닌가. 여포, 장료, 이신. 옳구나. 두 사람은 죽었구나.

　"이신……."

　조조가 돌연 미친 듯이 웃던 웃음을 멈추고 음산하게 중얼거렸다.

　"괜찮으십니까, 승상?"

　이신이 온통 피투성이가 된 조조의 양쪽 어깨를 바라보며 의례적인 말투로 물었다. 평범한 사람이었다면 지독한 고통에 몇 번이나 혼절했을 상처였지만 조조의 차가운 눈빛은 변함이 없었다.

　"…왜 내 명령을 어겼나?"

　하지만 돌아오는 조조의 반응은 싸늘하기 그지없었다. 예상외의 반응에 이신은 당황하지 않을 수 없었다. 나는 당신의 목숨을 구해주지 않았나?

　"여포의 의도를 짐작했기 때문입니다."

　자연 이신에게서 나오는 소리도 날카로워졌다.

　"그대는 좌익의 장이다!! 지금 무슨 짓거리를 한 줄 아나?!"

　불같이 화를 내는 조조의 심중을 이신은 전혀 짐작할 수가 없었다. 그저 의아한 눈으로 조조를 바라볼 뿐이었다.

　"무슨 짓거리라면… 승상의 목숨을 구한 것밖에 없지 않습니까?"

　"틀려!!"

　조조가 크게 소리치며 반 토막 난 청홍검을 이신에게 집어 던졌다.

"무슨!!"

파샥!

이신이 놀라 황급히 왼팔을 들어 청홍을 막아냈지만 팔뚝에 예리하게 베인 상처가 나는 것은 피할 수가 없었다. 왼팔의 상처가 벌어지며 끊임없이 피를 토해냈다. 이신은 그제야 상황을 어느 정도 짐작할 수 있었다. 그는 조조의 언제나처럼 거부감을 주는 냉막한 표정을 바라보지 않았다. 금방이라도 벼락을 토해낼 것같이 요동치는 그의 눈. 그의 눈은 은은한 살의를 담고 있었다. 아니, 정말로 살의일까? 이신의 표정이 낮게 가라앉았다.

"……."

"승상, 이게 무슨 짓입니까!"

이신보다 더욱 놀란 것은 옆에 서 있던 허저였다. 그는 눈을 크게 뜨고 조조를 말렸다.

"아아, 그래요. 잘못했군요."

"……."

"승상조차 이렇게 직접 교전하다가 상처를 입으셨는데 저같이 미천한 몸이 상처 하나 없다니 이게 얼마나 큰 죄입니까?"

"좌장군!!"

허저의 호통 소리를 무시하고 이신은 말에 매달아놓은 검 중 작은 검을 꺼내 들었다.

"승상께서 원하시는 게 이것입니까?"

이신이 소검(小劍)을 자신의 목을 향해 겨눴다. 그는 태연한 척 여유 있는 미소까지 지어 보였다. 하지만 그는 금방이라도 심장이 터져 나갈 것 같은 긴장감에 싸여 있었다. 조조의 눈에 감도는 것은 분명 안개에 끼인 것 같은 살의였다. 한없이 확대되는 공포의 그물 속에 사로잡힌 인간의 원초적 살의. 그리고 놀랍게도 그 두려움을 조조는 이신에게서 느끼고 있는 것이다. 아니, 여포에게서 이신으로 옮겨갔다고 하는 게 옳을 듯싶었다.

“……”

조조는 아무런 표정 변화도 없이 입을 열지 않았다. 하지만 조조의 뇌리에는 폭풍우가 치고 있었다. 갈등한다. 원래 그를 죽일 마음까지는 없었다. 그저 책망 몇 마디 하려고 했을 뿐이다. 그런데 지금 그의 행동은 역설의 색이고 곧 죽음의 모습이었다. 스스로 무덤을 파려 하다니. 무슨 생각이지?

“……”

이신은 이신 나름대로 심각한 고민을 하고 있었다. 저것이 자신의 목숨을 구한 상장(上將)에게 보일 눈빛과 행동인가? 정상적인 방법으로는 이 미친 남자에게 저항할 수 없다는 것쯤은 이미 예전에 깨달았다. 저 남자가 죄라고 단정 지으면 그것은 죄였다. 무슨 변명을 하든지 빠져나올 수 없는 것이다. 내가 호락호락 당할 것 같은가?

“승상… 좌장군……”

오직 허저만 곁에서 안절부절못하고 있었다. 그의 머리로는 지금 상황이 왜 벌어졌는지조차 짐작도 할 수 없었다. 그저 이런 험악한 분위기가 연출되어서는 안 될 상황이라는 것만 알 뿐이었다.

“…뭐지?”

“……”

뭐가 뭐란 말인가? 간신히 입을 열어 한다는 말이 두루뭉술하게 손에 닿지 않는 뜬구름 같은 말이라니……. 이신은 눈을 가늘게 뜨고 조조의 눈을 바라보았다. 여기서 입을 잘못 열면 어쩌면 침묵보다 더욱 안 좋은 결과를 초래할지 모른다. 하지만 이신은 기 싸움에서 밀리고 싶은 생각은 없었다.

"충(忠)입니다."

겨우 답변을 생각해 내 입을 열었지만 조조는 눈도 깜박이지 않고 말했다.

"미쳤군."

"……."

물론 무슨 소리인지 이신은 알지 못했다. 도대체 뭐가 미쳤다는 것인가? 하지만 그는 이 이상한 대화를 그칠 생각은 없었다. 무엇보다 저런 소리를 듣고 입을 닫는다는 것은 그의 자존심이 허락하지 않았다.

"아름답지요."

어디 한번 당신도 고민 좀 해봐라. 이신은 입에 걸리는 아무 말이나 뱉어냈다. 이왕 어긋난 대화였다. 자신만 골머리를 썩일 이유가 없지 않은가? 하지만 이신의 예상은 완전히 빗나갔다.

"아니, 어리석지."

"……."

조조는 서슴없이 대답했다. 이신은 점점 머리가 아파왔다. 지금 이 대화, 진행되고 있는 것인가?

"하하, 역시 조 공(曹公)답군."

궁지에 빠진 이신을 구한 밧줄은 어느새인가 다가온 유비였다. 그는 여느 때와 같이 능글맞은 웃음을 입가에 띠고 있었다.

"유 공(劉公)은 뭐요?"

조조가 물었다.

"이쪽은 의(義)라오."

"엉뚱하군."

"하하하, 맞소. 엉뚱하지."

유비가 뭐가 즐거운지 박장대소했다.

"조 공은 뭐요?"

웃음을 멈춘 유비가 물었다. 그의 눈빛에는 알 수 없는 날이 서 있었다.

"이쪽은 애(愛)요."

"낭만적이군."

유비가 알 수 없는 미소를 지었다.

"낭만이라…… 글쎄……."

석상같이 굳어 있던 조조의 표정이 처음으로 변했다. 얼핏 푸른빛이 그의 감은 눈가에 스친다. 분명 눈을 감았지만 조조는 태양을 볼 수 있었다. 그것은 소용돌이처럼 휘몰아쳤다. 그리고 그것은 커다랗고 환하게 폭발했다. 그의 마음에서. 유비와 이신인가? 재미있군 그래.

"이 유 모(劉某)는 책하지 않으시오?"

유비가 싱글싱글 거리며 말했다.

"아, 공(公)이야 포기했으니까."

"핫핫핫!"

유비는 뭐가 그렇게 즐거운지 웃음을 터뜨렸다.

이신의 눈썹이 조금 꿈틀했다. 이곳에 정상인 사람은 나밖에 없는 건가? 아니, 있군. 그가 멀뚱멀뚱한 눈으로 그들을 쳐다보고 있는 허저와 장비를 보며 생각했다.

"이 공(李公)은 참 대단하시오. 그 여포와 장료를 연이어……."

“예?”

이신이 유비의 말을 끊으며 놀라서 소리쳤다. 장료?

“방금 장료라고……?”

“아, 뭐가 잘못됐소?”

아아, 그래. 무척이나 잘못됐지. 합비전의 영웅이 지금 내 활에?

“…미치겠군.”

“엥?”

이신은 나지막하게 허공에 내뱉고는 그대로 말에 올라탔다. 유비는 자신이 무슨 말실수를 했나 하는 생각이 들었다.

“제 잘못은 제가 만회하겠습니다.”

“…….”

히이이잉!!

말이 높게 울부짖었다. 그리고 장료에게 쏜살같이 질주했다.

“조 공(曹公), 이 유 모가 뭐 잘못했소?”

“…어차피 떠날 사람이오.”

언젠가도 조조는 저렇게 말했었다. 어차피 떠날 사람이오. 그가 동탁을 보며 유비에게 중얼거렸다. 그리고 그 남자는 떠났다. 저승으로.

“아아, 그렇소?”

유비는 웃지 않았다. 하지만 속으로 참을 수 없는 광소를 터뜨렸다. 좋다. 저 두 사람, 조금씩 틀어지기 시작했군.


“살 수 있소?”

이신은 대뜸 그렇게 물었다. 화살의 상처도 상처였지만 이토록 병약한 몸이라니. 이게 조조군에서 둘째가라면 서러운 맹장 장료란 말인가? 창백하기 그지없는 그의 안색은 분을 짙게 바른 여인 같았고, 뼈다귀가 앙상하게 드러나는 가녀린 팔목은 도대체 이 사람이 활을 어떻게 당겼나 하는 의심까지 들게 했다.

"위험한 고비는 넘겼습니다. 정말이지, 희한하군요."

"뭐가 말이오?"

"이분 심장이 오른쪽에 있습니다."

"뭐?"

역위(逆位)인가? 백만 분의 일의 확률로 있다는 그 특이 체질. 이신은 한숨을 토해냈다. 그래서 살았군. 하늘의 도우심인가?

"의원 생활 삼십 년이지만 실로 이런 환자는 처음입니다."

노안의 의원이 계속해서 신기하다는 눈으로 장료를 바라보며 말했다.

"그런가……?"

이신은 장료의 목 한 옆에 드러난 핏줄이 발딱이는 것을 가만히 바라보았다. 그래, 확실히 살아 있군. 그는 맥없이 두 눈을 감은 채 미약한 호흡을 유지하고 있었다. 왜 그랬을까? 왜 난 심장을 노렸을까? 결과적으로 그것 때문에 살아나기는 했지만 이신은 마음이 무거웠다. 사람을 죽인다는 죄책감의 벽이 점점 무너져 내리는 것 같아서 두렵다. 이렇게나, 이렇게나……. 그의 가는 손가락으로 눌러도 멈출 것같이 위태롭고 불안한 핏줄의 박동일진대.

"…미안합니다."

이신이 작게 속삭였다. 용서받기를 원하지는 않는다. 그쪽도 모시는 주공이 있듯이 이쪽도 주공이 있지 않은가? 하지만 왠지 사과의 말을 하지 않으면 그의 핏줄의 박동이 금방이라도 멈춰 버릴 것 같았다. 그래서…….

"좌장군!"

의원이 놀란 눈으로 이신을 바라보았다. 그가 평소 상상해 왔던 상승장군(常勝將軍:적과 싸울 때마다 늘 이기는 장군)의 냉철하고 차가운 이미지가 아니었다. 이토록 나약하고 슬프게 보이다니. 의원의 눈에 그는 금방이라도 깨어질 것 같은 거울같이 위태로워 보였다. 이게 승상의 세 번째 명검? 왜, 왜 이런 사람이 전쟁을 그렇게도 잘하는 거지?

"아……."

이신이 가느다란 신음성을 흘렸다. 어느새 장료가 그를 보고 있다. 그 눈은 그가 일생에서 보아온 눈 중 가장 슬퍼 보였다. 어째서?

"……."

그가 벌떡 일어났다. 그제야 눈치 챈 의원이 경악한 표정으로 장료를 바라보았다.

휘청.

장료의 몸이 크게 기울어졌다. 이신이 채 손을 쓸 틈도 없이 장료는 그를 향해 쓰러져 왔다. 이신은 엉겁결에 팔을 벌려 그를 품에 안고 말았다. 땀과 피에 흠뻑 젖은 장료의 끈적거리는 몸이 여과없이 느껴졌다.

"아……!"

이번에는 장료 쪽에서 신음이 나왔다. 어깨가 넓고 키가 큰 남자다. 누구지? 장료는 고개를 들어 그를 자세히 바라보려 했다.

"쿨럭!"

그때 기침 소리와 함께 장료의 입에서 핏줄기가 뿜어져 나왔다. 순식간에 이신의 얼굴은 피의 강이 되어버렸다.

"아, 죄송합니다."

장료가 힘겹게 말했다. 기분이 나쁠 것이다. 이토록 큰 실례를…….

"괜찮습니다."

그가 웃었다. 핏자국이 잔뜩 얼룩진 그 웃음을 차마 마주 볼 수 없어서 장료는 눈을 내리깔았다. 그는 그만 당혹해 버렸다. 그 상황에서 웃을 수 있다니…….

"…의원이십니까?"

장료가 입을 조금 달싹거렸다. 사실은 원망스럽다. 울고 싶다. 주공은 죽었는데 자신만 살다니. 하지만 이런 곳에서 눈물을 보일 수는 없다.

"좌장군."

굳이 대답을 들을 필요가 없었다. 의원이 중얼거리는 말을 들은 장료의 눈에 순식간에 증오의 파도가 친다. 당신이… 당신이…….

"…잔인하군요. 이토록 욕을 보이다니."

결국 장료는 눈에 눈물을 머금었다. 왜 우는 거지? 장료는 숨 쉬는 법을 잊어버린 사람처럼 입술까지 새파래진 채로 눈물을 흘리고 있었다.

"……."

그 모습이 너무나 가여워서 이신은 그만 조심스레 그의 등을 쓸어주었다. 너무나 마른 등이다. 마치 물기를 뺀 나뭇가지를 쓰다듬는 기분이었다. 이게 정말 장료?

"…왜 죽게 내버려 두지 않았죠?"

그가 눈물이 얼룩진 얼굴로 말했다.

"그건 당신이……."

장료라서……. 이신은 말을 삼켰다. 그런 이유를 납득할 리가 없지 않은가?

"하아… 하아… 고상한 조조의 세 번째 명검은 아녀자는 해하지 않는가 보죠? 이 위선자!"

그가 허리를 곧추세우고 온 힘을 다해 소리쳤다. 뭐? 이신은 하늘이 무너지는 듯한 충격에 휩싸였다.

"뭐라고? 뭐라고 했나?"

잘못 들은 거겠지. 이신은 몸의 떨림을 애써 진정시켰다.

"왜… 정곡을 찔려서 놀랐나요? 백성들에게 그렇게까지 환심을 사고 싶은 건가요?"

장료가 거친 숨으로 어깨를 들썩이며 말했다. 얼굴로 몰렸던 피가 한꺼번에 아래로 쏟아져 내린 것처럼 이제 그의 얼굴은 창백했다. 하지만 눈만은 무섭게 타오르고 있었다. 그리고 목소리가, 흉하게 꺽꺽이던 그의 마른 목소리가 놀랍게도 여인의 그것으로 변해 있었다.

"이런… 이런… 말도 안 되는… 말도 안 돼……."

이신은 넋이 나간 표정으로 중얼거렸다. 장료가 여자? 그의 몸은 흥분으로 인해 심하게 떨렸다. 특히 원래 수전증을 가지고 있던 그의 손은 폭풍 속의 낙엽처럼 미친 듯이 흔들렸다.

"좌장군……."

의원은 무척이나 놀란 눈이었다. 정녕 저 여인의 말이 사실이란 말인가? 아니, 설령 사실이라고 해도 저렇게 놀랄 필요는 없지 않은가? 그런데 왜?

"아……?"

장료도 상당히 그의 반응이 의외인 듯했다. 저건 흡사 귀신이라도 본 듯한 반응이 아닌가?

"그대가……"

이신이 떨리는 목소리로 입을 열었다.

"그대가… 정녕 장료 문원입니까?"

"……."

장료는 충격으로 인해 푸르게 질린 이신의 얼굴을 보았다. 뜻밖이다. 이토록 쉽게 동요하는 사람이라고는……

"맞아요."

짧은 그녀의 대답에 이신은 혼란스런 표정을 지었다.

"과연… 과연… 여자… 여자……?"

그는 무언가를 끊임없이 중얼거리며 장료의 등을 쓰다듬던 손을 천천히 그녀의 가슴에 가져갔다. 두려움과 떨림이 겹친 손이 장료를 와락 놀라게 했다. 상처가 난 왼쪽 가슴에 이질적인 느낌과 함께 찡하는 아픔이 왔다.

"다, 당신……"

그녀의 검붉게 타는 입술은 한마디 말조차 제대로 만들어내지 못했다. 중원에 이름이 난 명사가 이런 노골적인 희롱이라니……. 장료의 눈에 다시 눈물이 고였다.

"아!"

장료의 눈물을 본 이신은 왈칵 정신이 들었다. 지금 자신이 무슨 짓을……

"오해… 오해입니다."

이신이 황급히 손을 떼며 말했다. 그의 가슴은 온통 덜그럭거렸다. 목구멍을 콱 막아버리는 뜨거움이 온몸을 덮는다. 그 느낌은 분명 여인의 가슴이다.

"…좌장군, 소인은 그만 나가보겠습니다."

'쯧쯧쯧.'

의원이 속으로 혀를 차며 말했다. 알고 보니 당신도 어쩔 수 없는 남자로군. 여인 보기를 돌같이 한다면서……. 헛소문인 게야. 의원은 대답조차 듣지 않고 무례하게 방을 나섰다.

쾅!

문을 밀어 닫는 소리가 이신의 가슴을 뜨겁게 질렀다.

"이, 이건……."

"……."

이신의 낯빛은 온몸의 피가 몰린 것처럼 붉어졌다. 오해야. 완전한 오해라고.

"차라리… 절 죽여요."

장료는 무거운 입술을 간신히 열어 속삭였다. 그녀의 눈이 이신의 허리에 걸린 소검에 머문다.

"……."

젠장, 젠장. 이신은 머리가 꽉 막히는 기분을 느꼈다. 도대체 어떻게 이야기해야 저 미치도록 슬픈 눈을 이해시킬 수 있을지.

"소생은 이신이라고 합니다. 저는……."

"알아요. 그 잘난 이름, 잘 듣고 있었으니까."

"……."

꼬였다. 지독히도 꼬였다. 이신은 피 묻은 이마를 감싸 쥐었다. 말재주가 없는 것이 이렇게 서러울 때가 없다.

"어서… 절 죽여주세요."

“소저…….”

장료의 눈은 깊은 허무함이 감돌고 있었다. 그건 분명 이 세상에 아무 미련이 없는 사람의 눈이었다. 가엾다. 너무 가엾다. 이신은 그녀의 눈을 쳐다보는 것조차 괴로울 지경이었다.

“당신이… 못하겠다면…….”

“뭐…….”

아차! 뼈와 피부밖에는 없는 것 같은 앙상한 손. 그 손은 너무나도 빠르게 움직였다. 눈 깜짝할 사이에 그녀의 손은 이신의 허리춤에서 소검을 뽑아 들어 파란 핏줄까지 그대로 드러나 보이는 스스로의 창백한 목을 향했다.

“안 돼!!”

이신이 다급히 소리치며 그녀를 저지하려 했다.

콰악!

이신의 손이 그녀의 칼을 막았다. 붉다. 거짓말처럼 새빨갛다. 그의 새하얀 백의에 붉은 꽃들이 피어난다.

“아아…….”

챙강!

그제야 사태를 파악한 장료는 놀란 눈으로 소검을 떨어뜨렸다. 피가 철철 흘러내려 그녀와 그의 옷을 적신다. 맨손으로 칼을……. 그녀의 눈꺼풀이 심하게 흔들렸다.

“왜… 왜……?”

나를 살렸죠? 그녀는 떨리는 시선으로 이신을 바라보았다.

“…용서하시지요. 저는 그저… 천하에 무명이 진동하는 여 공(呂公)의 부장이 이토록 아리따운 낭랑이라는 사실을 오늘 처음 알고 놀랐을 뿐입니다. 희롱할 뜻은 없었습니다."

그의 목소리에 진지한 열기가 풍긴다. 그리고 이신의 말. 아리땁다
는 그 말이 그녀의 정신을 멍하게 만들었다. 그녀의 눈물로 얼룩진 얼
굴이 텅 비어 있다. 한번도… 아무도… 그런 말은 하지 않았어…….
아름답다고?

"아리… 땁다고요?"

"예."

"…제가요?"

"예."

불현듯 장료의 입가에 잔잔한 미소가 떠오른다. 하지만 그녀의 깜박
이는 눈에 고여 있던 눈물이 주르륵 흘러내린다. 차갑고도 따뜻한 눈
물이다. 하고 싶은 말이 눈물처럼 가슴에 고여 오른다. 그에게도… 그
에게도 그런 말을 들을 수 있었다면……. 그가 가버리기 전에…….

"그분께서도… 그리 생각하셨을까요?"

그분? 이신은 그녀의 젖은 눈을 보면서 가슴이 찢어지는 것 같았다.
그랬던가? 나의 말은 가슴에 담아두고 침묵하기에는 너무 짙고도 깊
은, 누군가에게 기어이 전해져야 할 그런 말이었던가? 알 것 같다. 이
신은 천천히 고개를 끄덕였다.

"물론입니다. 사내의 속은 사내가 아는 법입니다."

그게 누구든 상관없었다. 저토록 한 여인의 가슴에 응어리를 쌓게
만들 정도라니. 가엾게도. 그는 입가에 우울한 미소를 띠었다.

"아……."

붉은 피에 온통 젖은 채 짓는 한줄기 미소. 장료의 흐릿한 눈에 한
사람의 모습이 겹쳐 보인다. 그녀의 목줄기에 가느다란 핏줄이 돋아나

발딱이고 있다. 주공…… . 그녀는 두 손을 꼭 맞잡았다. 숨이 차다. 그가 다시 웃었다. 그녀는 참지 못하고 그에게 달려들었다.

"주공…… ."

"…… ."

이신은 당혹했다. 그의 품에 안긴 여인은 다시금 하염없이 눈물을 흘리고 있었다. 그녀의 여위고 가는 등은 흐느낌을 따라 작게 들썩거렸다. 이신은 그녀의 등을 쓰다듬고 싶은 참을 수 없는 욕망을 느꼈다. 어느새 그는 자꾸만 그녀의 등을 쓸고 있다.

"주공…… ."

"…… ."

"왜 저를 버리고 먼저 떠나셨나요…… ."

그녀가 흐느끼며 띄엄띄엄 말했다. 여포인가? 이신은 가만히 눈을 감았다.

'그는 내가… 죽였어, 내가.'

그가 조심스레 손을 빼서 그녀의 볼을 쓰다듬는다. 차갑다. 너무나 차갑다. 그녀가 천천히 말을 이었다.

"…하고 싶은 말이 있었어요."

"…해보게."

그의 입에서 저절로 말이 나온다. 듣고 싶다. 아니, 이미 알고 있다. 하지만…… .

"사랑합니다… 주공…… ."

"…… ."

내가 죽였어!! 여포는 내가 죽였다고, 내가!! 이신은 피를 토하는 심정으로 소리치고 싶었다. 하지만 이신은 무척이나 슬픈 눈으로 장료를 꼭 껴안아줄 뿐이었다.


　이신이 핏자국이 말끔히 닦인 얼굴로 장료를 보고 있다. 날카롭게 조금 휜 콧날과 얇은 입술, 뾰족한 턱이 꽤나 여리고 신경질적인 인상을 주는 얼굴이다. 장료의 피부는 너무나 창백해서 흐르는 진땀조차도 하얗게 보일 지경이었다. 그래도 지금은 진정이 되어 눈을 감은 채 벽을 향해 옆으로 누워 있었다. 두 다리를 곧게 편 모습이었지만 그녀의 모습은 너무나 작았다. 이신은 그 작은 모습이 안쓰러워 다시 한 번 그녀의 차가운 뺨에 손을 갖다 대었다.
　"……."
　어쩐단 말이냐? 도대체 이 기구한 여인을. 이신이 멍한 눈으로 장료를 내려다보았다. 그리고 이 여인의 운명을 이렇게 만든 것은 바로 그인 것을. 뒤바뀌었다. 완전히 뒤바뀌었다. 그래서 그는 더욱 슬펐다. 항상 잃기만 했던 처지에서 다른 사람에게 영향을 줄 수 있는 위치가 되어버렸다는 것이 아직도 잘 실감이 나지 않았다.
　"……."
　연인을 잃었을 때의 자신의 처지가 불현듯 생각난다. 그리고 장료에게서 자신의 옛 모습이 거울처럼 비춰 보인다. 그렇게 원망했던 그들. 지금은 자신이 그들과 같은 역할을 하고 만 것이다.


　"당신과 만난 것, 후회하지 않아."


　그의 옛 연인 진애의 마지막 말이 가시가 되어 심장을 찌른다. 그때 그녀의 눈에 맺혔던 뜻 모를 눈물이 되살아나 그의 눈에 맺힌다.

"진애······."

이신의 눈에 맺힌 축축한 물기가 한 방울 떨어졌다. 그는 조용히 속삭이며 천으로 장료의 창백한 이마에 맺힌 식은땀을 훔쳐 내기 시작했다. 떨리는 손이라 그런 쉬운 동작도 간단히 되지 않는다. 이신은 결국 천을 바닥에 떨어뜨리고 말았다.

"두 번은 죽이지 않아."

이신이 어두운 얼굴로 간신히 소리를 끌어내 중얼거렸다. 그가 고개를 숙여 장료의 이마에 입을 갖다 댄다. 그리고는 혀로 그녀의 이마를 핥기 시작했다. 그의 민감한 혀에 짜릿하고 아련한 감각이 어린다. 부드럽고 정성 들여 그녀의 이마를 핥는다.

"······."

이신은 숨이 막히는 느낌이 들었다. 얼핏 그녀의 눈꺼풀이 떠진 것이다. 최악의 타이밍인가? 그는 눈도 깜빡이지 않고 장료를 바라보았다.

"······."

의외로 그녀는 별 반응이 없었다. 그저 알 수 없는 감정이 어린 시선으로 이신을 바라볼 뿐. 이신의 얼굴이 그녀에게서 들린다. 그는 얼핏 눈길을 피한다. 이신은 그녀의 시선을 볼에 느꼈지만 올려다보지는 않았다. 물기가 짙게 스몄을 자신의 눈을 그 시선에 노출시키기가 섬칫했다.

"…왜 울죠?"

보았구나. 그녀의 건조하고 억양없는 말을 듣는 이신의 꼭 쥔 손에 땀이 차고 있다.

"…저도 잘 모르겠습니다."

이신은 대답을 회피한다. 불쌍해서, 그녀의 처지가 너무나 가엾어서 울었다고 말할 수는 없지 않은가. 이토록 감정의 흔들림을 느끼는 것은 실로 오랜만이다.

"……."

장료는 그 여리고 앙상한 손가락을 들어 살며시 그의 뺨에 갖다 대었다.

"아……!"

차가운 감촉을 느낀 이신은 당혹한 눈으로 장료를 바라보았다. 땀투성이 얼굴이 그를 가엾다는 눈길로 보고 있다.

"이 공(李公) 같은 사람도… 그런 눈을 가지고 있군요."

좀 더 냉혹한 인간인 줄 알았어. 장료가 눈꺼풀의 그늘에 가려 더욱 창백해 보이는 얼굴로 말했다.

"…책하지 않으십니까?"

"저를 탐하려고 마음을 먹었다면……."

"……."

"그런 눈은 하지 않았을 거예요."

이신의 얼굴이 조금 상기되었다. 믿는 건가, 당신의 사랑하는 주공을 죽인 남자를? 가슴이 쓰리다. 이 여인은 왜 이다지도 사람의 마음을 아프게 한단 말인가? 차라리 화를 냈으면…… 화를 냈으면…….

"사람을 함부로 믿는 것은……."

이신이 말끝을 흐렸다. 도대체 어쩔 작정인가? 믿어달라고, 제발 믿어달라고 애원해야 할 쪽은 이쪽이 아닌가?

"특히 저 같은 남자는……."

그가 마른침을 꿀꺽 삼킨다. 나, 무슨 말을 한 거지?

“…어차피 믿을 사람도 남지 않았어요.”

“…….”

그의 오른쪽 눈 밑의 피부가 떨렸다. 그녀의 손가락이 동요한다.

“게다가… 이 공은 저를 살렸는걸요.”

새빨간 피를 흘리면서. 그녀의 시선이 붉게 물든 천에 싸인 이신의 왼손에 머문다.

“그건…….”

“하지만.”

“…….”

“저는 죽을 거예요.”

우르릉거리며 하늘이 무너져 내릴 듯한 세찬 빗발이 이신의 뇌리에 쏟아졌다. 죽는다? 죽는다고?

“왜… 입니까?”

입을 떼기가 힘들다. 금방이라도 눈앞에서 사라져 버릴 것만 같아 시선조차 맞추기가 두렵다.

“저승에서라도 그분을 모시고 싶습니다.”

그녀의 말은 조용하지만 의지가 담겨 있었다.

“틀렸어요!!”

이신이 갑자기 격하게 소리쳤다. 그는 비 맞은 개처럼 몸을 와들와들 떨어댄다.

“…….”

장료가 의문 어린 눈으로 그를 바라보았다. 갑자기.

“진흙탕 위에 몸을 누이고 풀뿌리와 이끼로 연명할지라도 이승이 저승보다는 나은 법입니다.”

“이 공?”

“죽은 정인(情人)이 제게 죽어가면서 남긴 말입니다. 분명… 분명…
여 공도 소저의 죽음을 바라지 않을 것입니다.”

“하지만 주공은…….”

이신이 갑자기 그녀의 손을 꽉 쥐었다. 가녀리고 축축한 손이다. 그
녀의 우물 같은 눈이 물결처럼 흔들린다.

“살아야… 살아야 복수를 할 수 있지 않습니까?”

“무슨……?”

“당신의 원수…….”

나…….

나…….

나… 를…….

“승상과 저를… 죽여야 하지 않겠습니까?”

번쩍.

이신의 머리에 벼락이 친다.

“그래야 여 공의 원한을 풀어줄 수 있지 않겠습니까?”

“당신…….”

장료가 숨을 죽였다. 무엇이, 불길한 무엇인가가 느껴진다. 미쳤어.
이 남자, 미쳤어. 주공을 쏘아 죽인 것은 당신이잖아. 나를 살리기 위
해 스스로 죽겠다고?

“…각오는 되었습니다.”

그가 한 손으로 윗옷의 매듭을 푼다. 곧 커다란 흉터가 있는 탄탄한
그의 상체가 그녀의 눈앞에 펼쳐졌다.

“…….”

이신이 말없이 소검을 끌러 그녀의 손에 쥐어준다. 그리고는 가만히 눈을 감았다. 자신의 급소를 여실히 드러낸 채로 그는 그렇게 앉아 있었다.

"……."

장료의 눈이 다시 크게 흔들린다. 그녀는 머뭇머뭇거리며 소검을 빼어 들었다. 그리고는 천천히 소검을 그의 심장을 향해 겨눈다.

"……."

천천히, 천천히 검은 그의 심장을 향해 다가가다가 멈춘다. 검이 바람에라도 흔들리는 것처럼 떨린다. 여기서 멈추고 싶지는 않다. 아니, 멈추고 싶다고 해서 그럴 수 있는 일이 아닐지도 모른다. 여기서 멈추기에는 사랑하는 주공을 잃은 상심이 너무나도 컸다.

"…각오하세요."

장료는 떨리는 목소리로 간신히 입을 열어 속삭였다.

"후우~"

호흡이 그 어느 때보다 무겁다. 예지력. 예지력을 써볼까? 그녀는 마음속에 커져 가는 욕구를 애써 억눌렀다. 아니, 저 남자는 온통 어두워서 아무것도 보이지 않을 것 같았다.

쇄액!

마음의 결심을 한 듯 그녀는 두 눈을 감고 소검을 이신의 심장을 향해 찔러갔다.

푸욱!

"……."

찔렀다. 장료는 손에 전해오는 섬뜩한 느낌과 함께 소검을 뽑아 바닥에 내동댕이쳐 버렸다. 눈을 뜰 용기가 나지 않는다. 죽었을까?

"저런……."

하지만 그 남자의 목소리가 들려온다. 장료는 신음을 지르며 눈을 떴다. 가슴이, 가슴이 피투성이다. 붉은 몸뚱이가 위태롭게 꿈틀댄다.

"사람의……."

아프다. 이신은 바로 말을 잇지 못했다. 온몸의 피가 벌어진 상처로 모조리 뿜어져 나가는 기분이다. 마치 쇠꼬챙이로 가슴을 온통 헤집어 놓은 것같이 고통스러웠다. 죽을 만큼, 혹은 미쳐 버릴 것같이. 하지만 이신은 신음성을 억지로 억눌렀다. 이런 고통이었구나. 진애도, 여포도……. 죽는다는 건 이런 고통 속에서…….

"……."

이신은 억지로 웃음을 띠었다. 하지만 그것은 그의 생각이었을 뿐이다. 실상 그의 안색은 독한 고통으로 인해 검은 구름이 짙게 끼어 있었다. 땀이 비 오듯 쏟아지고 뺨이 절로 진동한다.

장료는 그만 시선을 돌려 버린다. 바닥을 모르도록 깊어진 어두운 눈이 가슴을 쓰라리게 한다.

"…생명력이란 의외로 끈질겨서 이렇게 얕게 찌르시면 죽지 않습니다."

이신의 목소리가 미세하게 떨린다. 하지만 그는 이미 그것조차도 인식 못할 정도로 고통의 바다에 빠져 있었다. 오직 장료만이 그것을 인식하고 눈이 흔들린다.

"……."

얕게 찔렀다고? 아니. 소검은 손잡이까지 그의 넓은 가슴을 난도질했다. 비록 심장이 비껴갔다고 해도 죽기에는 충분한 상처다.

"이 공……."

그녀는 간신히 이신의 눈과 마주친다. 그의 눈은 그녀의 생각과는 달리 원망의 감정은 담겨 있지 않았다. 오히려 모든 것을 이해한다는 눈이다.

"…제가 잘못했군요. 당연히 활을 쥐어드렸어야 했는데……."

"왜……?"

왜 그런 말을 하는 거죠? 그의 억지웃음을 보는 장료의 시선이 떨린다. 복수. 이런 게 복수야? 하나도 기쁘지도, 아무런 쾌락도 없었다. 아니, 오히려 가슴 밑바닥에서부터 고통스런 감정이 뜨겁게 올라온다.

"…다시 한 번 부탁드립니다."

그가 짧게, 하지만 간신히 말했다. 심한 출혈은 고통보다는 차라리 마약에 가까웠다. 피가 빠져나갈 때 온몸이 붕 뜨는 기분이다. 흐릿한 세상의 윤곽과 함께 정신이 몽롱해지며 그저 편히 쉬고 싶었다. 편히…….

"……."

장료는 입술을 앙다물었다. 그녀의 파릿한 입술에서 주르륵 선혈이 방울져 떨어져 내린다. 그의 눈은 점점 생기를 잃고 있다. 그녀는 뜨거워진 가슴을 차갑게 가라앉혔다. 이럴 때는 빨리 보내주는 게 예의일 터. 장료는 피가 낭자하게 맺혀 있는 소검을 떨리는 손으로 다시 들었다.

"이번에는… 꼭……."

하지만 그녀는 갈등한다. 아까의 섬뜩한 느낌이 생각나 온몸에 소름이 돋았다. 꼭 찌를 필요가 있을까? 가만 놔둬도 저 사람은…….

챙그랑!

결국 그녀의 손에서 소검은 다시 떨어져 바닥을 뒹군다.

"윽……."

이신은 익숙한 쇳소리를 들으며 정신을 조금 차렸다. 아니, 그저 눈을 떴다고 보는 게 옳을 듯싶었다. 온몸의 고통이 온통 가슴 복판으로 모이고 있었다. 따뜻한 것을 그 가슴에 품어 안고 싶다. 그렇지 않으면 견딜 수 없을 것만 같다. 하지만 진애는 너무 멀리 있었다. 그의 손이 닿지 않는 곳. 영원히. 그러나 그 여인, 그 여인은 어떻게 되었을까? 장료를 떠올리며 이신은 온 정신을 다하여 그녀를 보려고 애썼다. 흐릿하지만 그녀의 모습을 확인한 이신은 안도했다. 그리고…….

"아아……?"

이신은 그녀의 품에 안긴다. 이유는 그도 몰랐다. 그저 알 수 없는 욕구가 치솟았을 뿐이다.

장료는 선혈로 가득 찬 그의 가슴이 안기는 것을 멍한 눈으로 내려보았다.

"살아… 있군요……."

그가 숨이 찬 목소리로 말했다.

"예?"

"살아… 있어서 정말… 다행이에요……."

그래, 이번에는 죽지 않았어. 이신이 생긋 웃는다. 아름답다. 장료의 눈가에 물기가 맺힌다. 그래, 그랬지. 나를 살리기 위해 복수를…….

"산다는 건… 참 좋은 거지요?"

이신이 가슴을 움켜쥐고 쓰러졌다. 장료의 안타까운 손길 밑에서 그의 몸이 바닥을 구른다.

이 공, 죽지 말아요. 제발.

장료의 눈에서 혈루(血淚)가 흘렀다.

# 생(生)과 사(死)

또 하나의 전화(戰火)가 지나갔다. 민초(民草)들의 가슴에는 또 하나의 기다란 상흔이 깊게 자리잡았다. 남편을 잃은 아내, 하나밖에 없는 아들을 잃은 부모, 아버지를 잃은 자식. 그것들은 이 난세에 이제는 그저 스쳐 지나가는 흔한 일일 뿐이다. 하지만 그들은 또 울부짖는다. 이제는 잊혀질 영혼들에 대한 마지막 위로다. 산산이 부서진 꽃잎처럼 바람을 타고 승천하겠지. 하늘로, 하늘로…….

시체가 있었다.

아군의 시체는 거두지만 적군의 시체까지는 거두지 않는다. 그들은 그들이 흘린 피와 함께 평원에 방치된다. 그들은 생전에 쓰던 병기보다도 못한 존재인 것이다. 병기는 남김없이 거두어가므로. 땅이 붉다. 너무 붉어서 슬프다. 오직 까마귀들만 깍깍거리며 하늘을 배회할 뿐이다. 전쟁은 끝인 것이다. 하지만 또 다른 시작이다.

조(曹)가의 깃발을 들고서 치열한 전쟁에서 살아남은 조조의 병사들이 하비성에 입성했다. 백성들은 모두들 그들의 입성을 열광했다. 물론 진정으로 기뻐하는 것은 아니다. 연기다. 살아남기 위해 연기를 하는 것이다. 약탈. 아무리 기강이 잘 잡혀 있는 군대라 할지라도 약탈이 없을 수는 없다. 그들은 승리자이므로. 그리고 또한 음탕한 정복자이므로. 약탈을 몹시나 두려워한 사람들은 서둘러 짐을 챙기느라 허둥댄다. 그들은 뜨거운 햇볕을 받으며 남으로 남으로 이동한다. 금세 사람들의 물결이 거리를 메운다.
햇볕이 뜨겁다. 괴로울 정도다. 자연히 갑옷을 걸친 병사들도 신경질이 났다. 땀과 피가 섞여서 온몸을 끈적인다. 냄새에 미친 파리 떼가 이리저리 어지럽게 날아든다. 젠장. 지휘관에게 들리지 않게 병사들은 투덜댄다. 승리해서 기쁘다. 하지만 그것은 살아남았기 때문일 뿐 다른 의미는 없다. 황제에 대한 충성심? 그것은 말 그대로 헛소리에 불과하다. 그들이 조조를, 이신을 그나마 좋아하는 것은 그들을 따르면 생존 확률이 높아지기 때문이다. 생(生). 그 한마디면 끝이다. 다른 사람들의 고통 따위는 알 바 아니다. 스스로의 몸 하나 건사하기도 힘든 세상인 것이다.

"아이쿠!!"
비명을 지르며 노인이 나동그라진다. 세월의 흐름을 짐작케 해주는 흰머리와 온통 때투성이인 검붉은 옷이 그의 처지를 얘기해 준다. 병사 둘이 음탕한 비웃음을 지으면서 노인을 바라보았다.

"이봐, 노인네, 얼마 남지 않은 삶, 건사하고 싶으면 나서지 않는 게 좋아."

"으으……."

암묵적인 약탈의 현장이다. 사위는 거짓말처럼 조용하다. 모두들 숨을 죽이고 상황을 지켜본다. 대부분 동정 어린 눈으로 노인을 쳐다본다. 하지만 나서지는 않는다. 목숨은 누구에게나 공평하다. 개중에는 이 상황을 즐기는 자들도 있다. 저들이 노인을 내친 이유, 그건 특별히 돈이 많거나 해서 그런 것은 아니다. 아름다운 여인이 부들부들 떨며 노인의 뒤에 서 있다. 파리해진 안색과 입술이 보기 안쓰럽다. 병사들이 노리는 것은 바로 그 여자였다. 재물과 여자. 빠질 수 없는 약탈의 대상이 아닌가?

"아버님……."

거의 울먹이는 목소리로 여인이 말했다. 그녀는 구원을 요청하는 눈으로 주위를 둘러보았지만 모두들 모르는 척 헛기침만 할 뿐이다. 하지만 호수처럼 멈춰 움직이지 않는다. 재미있는 구경거리라는 거겠지. 싸늘한 벽에 의지해 머리칼을 핏기없는 얼굴에 늘어뜨린 깡마른 청년이 앉아 있었다. 매서운 바람 한줄기가 불어와 그의 검은 머리칼과 흑의(黑衣)의 옷자락을 날리자 마치 검은 날개가 펄럭거리는 것 같다. 고아한 달빛과 적막한 어둠의 분위기를 동시에 풍기는 청년이다. 그의 흑요석 같은 눈은 무심하고 차가웠다. 마치 옛 그림에 나오는 저승 사자와 같은 눈이다.

"제발… 제발… 살려주시오. 제발……."

힘으로는 절대 상대가 되지 않을 걸 깨달았는지 노인은 땅에 머리를 대고 빌었다.

“······.”

병사 중의 한 명이 가래침을 뱉었다.

“누가 죽인다고 했나? 우린 그저 저 처자를 즐겁게 해주려고 그러는 거라고.”

“제발… 부탁이오······.”

가래침을 뱉은 병사가 인상을 찌푸리며 다가왔다.

“이러니 꼭 우리가 나쁜 놈 같잖아!”

퍼억!

“아악!”

병사의 발길질에 노인은 자지러지는 비명을 지르며 땅에 뒹굴었다.

“아버지!!”

결국 여인은 눈물을 흘리며 노인을 감싸 안았다. 긴장으로 인해 온몸이 사시나무처럼 떨린다.

‘왜… 왜······?’

그녀는 원망 어린 시선으로 병사들을 노려보았다.

“어허, 그년 참 표독하구먼.”

뒤에 서 있던 얼굴에 흉터가 있는 병사가 헛웃음을 흘렸다.

뚜두두둑!

건조한 뼈마디가 부딪치는 소리가 요란하다. 병사는 굳어진 몸이라도 풀 듯이 손가락을 꺾었다.

“뭐, 이런 년일수록 재미가 있는 것 아니겠어?”

그의 입가에 잔인한 미소가 맺힌다. 아마도 전쟁에 상당히 이골이 난 병사인 것같이 보였다. 처음 해보는 약탈은 아닌 것 같았으니까.

“아아······!”

　병사의 미소를 보며 여인은 뒤로 한 발짝 물러섰다. 하지만 도망갈 곳은 없다.

　'이대로… 이대로… 범해지는 거야……?'

　그녀의 온 얼굴에 절망이 깃든다.

　"호호호."

　노인을 발로 찬 병사가 음흉한 웃음을 흘리며 여인에게 다가가려고 할 때였다. 벽에 기대어 있던 흑의의 청년이 어느샌가 여인의 앞을 가로막았다.

　"생인가, 사(死)인가?"

　기분 나쁠 정도로 탁하게 쉰 목소리였다. 청년은 무심한 차가운 눈으로 그렇게 물었다.

　"뭐야, 이 자식은?"

　그리 힘을 쓸 것같이 보이지도 않았고 지니고 있는 병기도 없다. 보아하니 한때의 객기로 목숨을 버리려는 부나방 같은 놈이 아닌가? 묘한 분위기가 신경 쓰였지만 그것은 그리 오래가지 않았다.

　"아!"

　여인이 짧은 신음 소리를 흘렸다. 이 남자, 도움을 주려는 거야?

　"고맙습니다… 고맙습니다……."

　노인이 감격에 겨운 눈으로 말했다. 하지만 돌아오는 반응은 싸늘했다.

　"고마워할 것 없어. 당신 딸년의 몸으로 보상받을 테니까."

　"예?"

　"순결을 가져가겠다고."

　돌연 병사가 너털웃음을 터뜨린다.

“크하하! 이거 완전 머저리 아니야! 지금 네가 저년을 먹겠다는 거냐?”

“대답이나 해라. 생인가, 사인가?”

“정말 머리가 돈 놈이군. 이런 놈한테는 그저 매가 약이지!”

쐐액!

병사가 들고 있던 창대를 청년을 향해 휘둘렀다. 개 패듯이 두르려 팰 생각이었다.

“대답은 들었군.”

청년이 짧게 중얼거리며 빠르게 병사의 몸을 향해 뛰어들었다.

“아니?!”

너무나 빠른 청년의 대응에 병사는 신음성을 내질렀다. 눈 깜짝할 사이에 청년은 병사의 눈앞에 도달했다. 그리고 그의 오른손이 춤을 춘다. 마치 무용수들이 손을 직각으로 꺾어 추는 춤같이 그가 손가락을 끝을 빳빳이 긴장시켜 병사의 목에 세운다. 그리고 정지(停止).

“크아아악!!”

갑자기 병사가 외마디 비명을 지르며 고개를 묻는다. 그의 커다랗게 뜬 눈은 뒤집혀져 있었고 입에서 침이 줄줄 흘러나온다.

“사(死).”

다시 한 번 탁하게 쉬어 빠진 목소리가 중얼거렸다. 쭉 뻗은 두 팔 사이로 혼이 떠난 시체가 아슬아슬하게 땅에 떨어졌다. 그 장면은 위태롭고 긴장되었지만 또한 화려하다. 순식간에 청년이 풍긴 어둠의 적막에 모든 이들은 숨을 죽인다. 저승 사자, 흑의청년의 춤을 보며 사람들은 그렇게 생각했다. 생과 사의 경계에 서서 정염(情炎)의 춤을 추는 저승 사자.

"무, 무슨 주술을 부렸냐?"

얼굴에 흉터가 있는 병사가 놀라서 소리쳤다. 그의 얼굴은 도저히 믿기 힘든 상황에 대한 긴장으로 인해 경직되어 있었다.

"그저 사혈(死穴)을 찍었을 뿐."

"뭐?"

청년의 손가락 사이에 자그마한 검은 바늘이 모습을 드러냈다.

"바, 바늘?"

어이가 없다. 모두들 고개를 절레절레 저었다. 중원 전체에서도 바늘을 병기로 쓴다는 말은 들어보지 못했다. 그야말로 지나가는 개가 웃을 일이 아닌가?

"제, 젠장, 네 녀석은 누구냐?"

병사가 허리에서 녹슨 철검을 빼어 들면서 본능적으로 외쳤다. 청년의 목소리가 차갑게 가라앉는다.

"제갈량(諸葛亮)."

제갈량의 눈이 가늘어졌다. 너무 귀찮군. 저항할 생각인가? 뭐, 그래, 어차피 이 세상은…….

"죽고 싶을 때 죽는 게 행복한 거야."

제갈량이 천천히 한 걸음을 내딛는다. 그의 몸 동작은 단 한 번의 망설임도 없이 너무나 자연스러웠다. 자유롭게 흐르는 강물의 흐름같이.

"헛소리를!!"

병사는 기세 좋게 소리쳤지만 그의 몸은 작게 떨리고 있었다. 그는 이 떨림이 분노인지 두려움 때문인지조차 가늠하기 힘들었다. 하지만 이 까만 옷과 까만 머리의 음산한 청년이 한 걸음을 내디딜 때마다 그의 감정은 확실해져 갔다. 참을 수 없는 두려움.

“타앗!”

그러나 그도 싸움에는 이골이 난 병사였다. 바늘과 검. 누가 보아도 승부는 뻔했다. 길이와 위력. 모두 비교조차 되지 않았다. 간격을 벌어가며 싸우면 충분히 승산이 있다고 생각한 병사는 기합성과 함께 선공을 했다.

“…….”

제갈량이 갑자기 우뚝 멈추어 섰다. 검의 소음이 낮 공기를 날카롭게 찢으며 날아오고 있었지만 그는 그저 지그시 검을 응시할 뿐이었다.

“정신이 나갔나?”

병사가 어이없다는 듯이 소리쳤다. 제갈량이 돌연 음산하게 휘파람을 불었다. 그리고는 특유의 탁한 목소리로 조용히 속삭이듯 말했다.

“…저를 안으세요.”

제갈량의 무심한 눈이 가슴이 저릴 정도로 유혹적인 눈빛으로 변했다. 그의 입술은 매혹적인 미소를 가득 머금고 있었다.

“무슨……?”

헛소리를. 병사는 말을 다 내뱉지 못하고 두근거리는 가슴과 함께 전율했다. 그는 오감이 예민해지고 피가 부글부글 끓어올라 저 까마귀처럼 검은 머리칼을 가진 사내를 부둥켜안고 싶은 참을 수 없는 욕구를 느꼈다. 아, 안 돼! 마지막 한줄기의 이성이 그를 저지하고 있었지만 곧 잔인하게 끊어지고 말았다. 그는 검을 든 자세 그대로 제갈량을 부둥켜안았다.

“사(死).”

푸욱!

목 왼쪽에서 살점이 갈기갈기 찢어지는 것 같은 극심한 고통이 몰려온다. 하지만 병사는 심지어 이런 상황에서조차 그의 목에 살며시 와 닿는 그의 차가운 손길에, 입가에서 살며시 내뱉는 숨결에, 몸에서 풍기는 달콤한 매화 향기에 미친 듯이 흥분했다. 병사의 얼굴은 흥분으로 인해 붉게 달아올라 있었고 입가에는 한줄기 미소까지 걸려 있었다. 그러나 그건 그저 찰나일 뿐 그의 의식은 급속도로 멀어져 갔다.

쿠웅!

제갈량이 가만히 뒤로 물러서자 병사는 땅으로 곤두박질쳤다. 그는 평소의 무심한 눈으로 돌아가 있었다.

"아아……!"

여인의 떨리는 신음 소리가 들려온다. 순식간에 장정 두 명이 생을 달리했다. 저 깡마른 사내에게. 악귀야, 저 남자.

"보답은… 받아야겠지."

제갈량이 천천히 돌아섰다. 그리고는 땅에 주저앉아 떨고 있는 여인에게 천천히 다가갔다. 그녀는 그의 무심한 시선에 사로잡혀 꿈쩍할 수 없었다. 피가 뜨겁게 달아오르고 호흡이 빨라진다. 말을 하든 몸을 움직이든 뭔가를 해서 이 괴로운 긴장감을 깨야 할 것 같은 충동이 희미하게 솟아올랐지만 목이 메말랐는지 소리는 나오지 않고 몸도 움직일 수 없었다.

그것은 비단 그녀만의 일이 아니었다. 모두들 긴장으로 인해 침을 꿀걱 삼킨 채 그들을 바라보고 있었다.

"나, 나리……."

노인이 애처로운 눈빛으로 빌어보았지만 돌아오는 것은 냉정한 발길질뿐이었다.

퍼억!

“어이쿠!”

격타음과 신음성이 함께 울리며 노인은 땅바닥에 나뒹굴었다.

“아… 아아……!”

여인은 절망적인 공포에 빠져들었다. 이대로 휩쓸려선 안 된다는 생각이 들었지만 그것은 오직 마음뿐이다. 몸은 단 한 치도 꿈쩍할 수 없었다.

제갈량이 느리지만 확실한 걸음으로 여인에게 다가간다. 여인이 몸을 떤다. 어느새 제갈량의 차가운 손이 그녀의 어깨에 가 닿았던 것이다. 여인은 그의 눈, 놀랍도록 무심한 시선만을 응시한다. 몸이…….

“…….”

제갈량의 손이 주르륵 미끄러져 내려가 그녀의 가냘픈 손목을 움켜쥐었다. 그리고 고개를 숙여 여인의 입술을 짓뭉개듯 눌러댄다. 여인이 놀란 숨을 몰아쉬며 벗어나려고 했지만 몸은 꿈쩍도 하지 않았다. 그녀의 뺨을 타고 눈물이 흘렀다. 잠시 동안 그녀의 붉은 입술을 유린한 제갈량은 여인을 갓난아기처럼 가뿐하게 안아 올렸다.

“멈춰!”

돌연 그의 뒤에서 차가운 냉기가 어린 목소리가 들려왔다. 그 목소리가 말을 이었다.

“재미있는 사술(邪術)을 쓰는군.”

“…….”

“이 하비성에서 감히 조조군 병사를 두 명이나 사살하고 부녀자 겁탈에 납치라니, 정말 간이 부은 친구로군. 무사할 줄 알았나?”

제갈량은 뒤도 돌아보지 않고 대답했다.

“장난치지 마, 사원(士元).”

"응? 장난이 아닌데?"

목소리의 주인공은 가히 절세(絶世)의 미남자라는 칭호가 아깝지 않은 남자였다. 굵고 짙은 눈썹, 까만 조약돌처럼 빛나는 눈동자와 기다란 속눈썹, 우미(優美)한 곡선을 그리는 콧날, 가볍게 다문 분홍빛 입술은 난초처럼 우아한 미소를 머금고 있었고, 깨끗하고 매끄러운 피부는 가벼운 입김이 닿는 것만으로도 스르르 흘러내릴 것처럼 청초해 보였다. 그의 미모만큼이나 시선을 끄는 것은 왼손에 가볍게 쥔 새까만 흑칠선(黑漆扇)이었다. 전체적으로 부드러운 인상과 냉정함과 무거움이 담긴 흑칠선은 어둡고 장중한 화음 같은 묘한 조화를 이루었다.

"그 아리따운 처자를 내려놓는 게 어떤가?"

방통(龐統)이 말을 이었다. 그의 목소리는 처음과는 달리 달콤하고 감상적인 선율을 연주했다. 실로 듣기만 해도 기분이 상쾌해지는 느낌이 들 정도의 목소리였다. 사람들은 넋을 잃고 이 미남자를 바라보았다. 깊이 취할 정도로 아름답다.

"당신이 상관할 일이 아니야."

파르스름하고 메마른 입술에서 지옥에서 올라온 것 같은 음산하고 탁한 목소리가 울려 퍼진다. 사람들은 저도 모르게 인상을 찌푸렸다. 너무나도 대조적인 사내들이 아닌가? 그들은 이미 제갈량이 여인을 구해주었다는 사실 따위는 까맣게 잊고 있었다.

"후후. 공명, 화풀이는 그만 하지."

방통의 입가에 촉촉하고 맑은 웃음이 맺혔다. 그 미소를 본 여인네들은 혼이라도 빼앗긴 것처럼 얼굴을 붉혔다. 가슴을 진탕 칠 정도로 저속적인 유혹의 미소가 아니라 가슴이 절로 설레게 만드는 정갈한 미소가 아닌가? 하지만 한 사람만은 그렇게 생각하지 않는 것 같았다. 제갈량이 미간을 좁혔다.

"정말 귀찮게 하는군."

그는 여인을 안은 채로 뒤도 한 번 돌아보지 않고 성문 쪽으로 미친 듯이 내달렸다.

"…자네야말로 귀찮게 하는군 그래."

들리지도 않을 말을 중얼거리며 방통은 흑칠선을 접고 재빨리 그를 뒤쫓았다. 정말로 미친 듯이 빠른 속도로군.

방통은 거리 이곳저곳에 서 있는 사람들을 피해 가며 달리고 또 달렸다. 그는 얼마 안 가 성문에 도달했지만 제갈량의 모습은 벌써 온데간데없었다.

"술래잡기는 취향이 아닌데……."

방통은 백의에 묻은 먼지를 털었다. 사실 그리 다급해야 필요는 없었다. 이 사악한 사기꾼은 분명 멀리 못 갔을 테니까. 그는 천천히 발걸음을 옮겼다.


"하아… 하아……!"

여인은 놀란 눈으로 제갈량을 바라보았다. 그가 갑자기 길바닥에 주저앉아 버렸기 때문이다. 하얗게 뜬 구름 밑에 붉은 먼나무, 회백색의 가지로 뒤덮인 동백나무, 흑갈색의 수피가 아름다운 산벚나무 등이 조화를 이루며 서 있다. 그리고 그곳에서 제갈량은 두 손으로 왼쪽 가슴을 움켜쥔 채로 거친 호흡을 몰아쉬고 있었다. 하얗게 질린 안색과 파르스름한 입술이 그의 고통을 여실히 말해 주고 있었다.

'도망갈까?'

지금이라면 어쩌면 가능할 것 같았다. 저승 사자 같던 남자는 지금 벼락이라도 맞은 듯 몸을 떨고 있지 않은가? 하지만 발걸음은 쉽사리 떨어지지 않았다. 그래도 자신을 구해준 남자가 아닌가? 게다가 애초에 그녀는 그리 독한 여자가 아니었다. 결국 그녀는 조심스럽게 그에게 다가가 입을 열었다.

"…괜찮아요?"

"……."

제갈량은 본능적으로 여인의 목소리 쪽으로 시선을 향했지만 검붉고 우중충한 빛 이외엔 아무것도 보이지 않았다. 심장이 찌그러질 정도로 숨이 콱 막혔고 가슴이 금방이라도 펑 터질 것만 같았다. 젠장, 왜……?

"저기……."

여인은 어쩔 줄 몰라 했다. 이게 아까 그 사람과 동일 인물? 이 남자가 이리도 고통스러운 표정을 지을 수 있을지는 정말 상상도 못했다.

"하아… 으윽……!"

그녀는 허수아비처럼 서 있을 수밖에 없는 자기 자신에게 화가 났다. 고통에 신음하는 사람을 앞에 두고도 아무 일도 못하는 자신의 무능력함에.

"걱정 마세요. 가만 놔두면 괜찮아집니다."

뒤에서 들려온 목소리에 깜짝 놀란 그녀가 고개를 돌렸다가 두 눈을 휘둥그렇게 떴다. 아까 방통의 얼굴을 보지 못한 그녀였기에 지금 마치 몽유병 환자 같은 멍한 얼굴을 짓고 있었다. 정말이지, 아름다운 사람이다.

"이 친구는 심장에 깊이 병이 박혔거든요."

방통의 눈에 처음으로 슬픔의 그림자가 어렸다. 그 모습은 본 여인은 당장이라도 눈물이 왈칵 쏟아질 것만 같았다. 그녀는 황급히 고개를 숙였다. 가슴이 심하게 두근댄다. 떨쳐 버리려고 해도 도저히 떨칠 수 없는 얼굴이었다. 결국 그녀는 참지 못하고 다시 자신의 눈동자 속에 그의 얼굴을 담았다.

"아……!"

여인은 붉어진 얼굴로 재빨리 두 눈을 감았다. 방통의 깨끗한 눈망울과 정통으로 마주쳤기 때문이다. 그의 입가에 맺힌 잔잔한 미소가 뇌리에서 지워지지 않는다.

"소저 명자(名字)가?"

"아… 황월영이에요."

그녀가 떨리는 목소리로 대답했다.

"아, 황 소저셨군요. 아리따운 미모만큼이나 아름다운 이름이십니다."

"……."

월영의 얼굴이 새빨개졌다. 아름답다는 말을 처음 들은 것이 아니었지만 이 남자에게 들으니 가슴이 터질 것만 같았다.

"…거기까지, 여자 사냥꾼."

제갈량이 어느샌가 차갑도록 무심한 눈으로 돌아가 탁한 목소리로 쏘아붙였다. 대기를 채우는 것은 온통 햇빛뿐이다. 모든 것을 하얗게 질식시키는 듯한 기세의 햇빛은 금방이라도 토악질이 나오게 할 정도로 괴로웠지만 검은 옷을 입은 사내를 보는 순간 그러한 기분은 싹 가셨다. 그가 섬뜩할 정도로 차가운 기운을 내뿜는 것은 저 미남자가 그의 속을 건드렸기 때문일까? 월영은 관찰하는 듯한 눈으로 그들을 바라보았다.

"여자 사냥꾼이라……. 별로 기분 나쁜 소리는 아니로군."

촤라락!

방통의 왼손이 흑칠선을 펼치고는 바람을 일으키기 시작했다. 흐흐. 그의 입은 그렇게 웃고 있었다.

"어서 가지."

제갈량은 그저 고개를 숙였다. 나무의 창백한 그늘이 그의 이마에 아름아름 그려진다.

"나 혼자 가지 않아. 저 소저랑 같이 가겠네."

"사원, 나는 대가 없이는 절대 움직이지 않는다."

"자네는 언제나 그런 식이야."

방통이 가볍게 웃으며 말을 이었다.

"삶도 죽음도 똑같이 내놓은 일이라는 거지. 그래서 자네는 타인의 삶도 죽음도 신경 쓰지 않아. 그렇게 고고하게 살아가다가는 도태된다 고, 공명."

"하릴없는 몽상가 따위의 설교는 듣고 싶지 않군."

쿡. 그가 또다시 웃음을 터뜨렸다.

"여자 사냥꾼에서 이제는 몽상가인가? 후후, 자네가 보기에는 확실 히 내가 몽상가겠군. 자네의 머리로는 나를 이해 못하거든."

"글이나 읽을 줄 안다고 잘난 척하는 건가?"

제갈량의 말에 가시가 돋는다. 방통은 눈을 가늘게 뜨고 헛웃음을 흘렸다.

"허허, 확실히 글을 안다는 것은 자랑이 아닌가? 이 난세에는 자네 같은 사람도 확실히 필요하지만 나 같은 사람은 더욱 필요하다."

"…끝까지."

"가령 여 공(呂公)에게 자네가 있었다고 생각해 보게. 흑일유상류(黑日柔想流)의 전승자인 자네가 검을 든다면 혼자서 천 명은 죽이지 않겠나?"

"천 명은 과장이다."

"아아, 대충 넘어가자고. 그래, 한 백 명을 혼자서 도륙한다고 해보세. 그래 봤자 여공이 진다는 사실은 변하지 않아."

"……."

방통의 눈이 햇살 아래 선 묘비처럼 하얗게 빛났다.

"하지만 내가 여공에게 있었으면……."

"……."

"천하를 잡았다."

"…미쳐 버렸나?"

제갈량의 말에 방통은 일부러 웃는 표시가 확 나게 또 하하 하며 웃었다.

"뭐, 어찌 되든……."

방통이 천천히 제갈량의 앞으로 다가갔다. 그의 눈은 묘한 열의를 담고 있었다. 방통의 뒷덜미와 이마에 땀이 송송 맺혔다.

"이번에는 죽이지 않는 게 좋아."

경고라도 하듯이 무거운 말투로 방통이 중얼거렸다. 그의 입가에 웃음이 씻은 듯이 사라졌다. 도저히 아까 연신 웃음을 터뜨리던 남자와 동일 인물이라고 보기 힘들 정도로. 제갈량의 눈이 미미하게 흔들렸다.

"무슨 소리지?"

"살인도 골라서 해라, 이 변태 새끼. 아무 죄 없는 여자를 검으로 난도질하고 즐기는 짓거리를 내가 모를 줄 알았나!?”

방통이 더없이 싸늘한 눈매로 차갑게 내뱉었다. 그의 차가운 숨결이 제갈량의 얼굴을 자극한다.

“……”

고요하다. 순식간에 주위가 싸늘하게 얼어붙었다. 너무 고요해서 귀뚜라미가 발뒤꿈치를 들고 살금살금 걸어도 그 날개가 진동하는 소리가 들릴 것 같았다. 방통의 목소리는 나지막하고 작았지만 월영은 한마디도 남김없이 똑똑히 들을 수 있었다. 그녀의 얼굴이 너무하다 싶을 정도로 파랗게 질렸다. 참을 수 없는 두려움이 왈칵 솟으며 몸이 부들부들 떨렸다. 죽음. 아직 어린 그녀에게는 익숙지 않은 단어였다.

“…잘못했나? 나는 저년의 목숨을 구했다. 그걸 내가 갈가리 태워버린다고 한들 무슨 상관이지?”

제갈량의 탁한 목소리가 높아졌다. 그의 몸에서 나오는 눅신한 신열에 머리가 참을 수 없게 아파온다. 방통은 인상을 찌푸렸다.

“정말 인간 쓰레기 같은 사고방식이군. 무신(武神)도 울고 간다는 자네의 검술, 왜 자네 같은 사람 따위가 그런 재능을 얻었는지 모르겠군.”

“무슨 뜻이지?”

“말 그대로. 힘없는 아녀자나 학살하면서 즐기는 자네 같은 인간에게는 식칼 하나면 충분해. 돼지 목의 진주인 셈이지.”

“……”

너무나도 신랄한 방통의 독설에 제갈량의 무심한 표정이 깨졌다. 눈썹이 꿈틀거린다. 동시에 제갈량의 몸이 움직인다.

퍼억!

제갈량의 발에 복부를 맞은 방통이 중심을 잃고 바닥에 쾅 주저앉고 말았다.

"후후, 갈수록 가관이구먼 그래. 불쌍한 사람."

"…막을 수도 없는 주제에 지껄이지 마라."

그의 발과 무릎이 방통을 마구 후려친다. 입을 굳게 다물고 무기력한 상대를 때리고 또 때렸다.

눈에서 불똥이 뛰어오르고 코피가 흘러나와 숨 쉬기가 거북해지고 명치가 답답하다. 육체적 고통이 방통을 온통 뒤엎는다. 하지만 그의 눈은 정말로 이상하리만치 침착한 눈이었다. 그의 잘생긴 얼굴은 순식간에 이곳저곳이 상처투성이가 되었다.

월영은 그 모습을 보고 낮게 비명을 질렀다. 저렇게 무자비하게 저항하지 않는 사람에게 폭력을 휘두르다니. 금방이라도 그녀에게 검을 빼 들고 달려들 것 같은 느낌에 두려움이 몰려왔다.

"하아… 하아……!"

평소보다 흥분해서인지 제갈량은 온통 상처투성이가 된 방통을 내려다보며 가쁜 숨을 골랐다. 방통이 피 범벅이 된 입가에 비릿한 미소를 띠었다.

"이제 후련하고 즐거운가? 사람에게 고통을 안겨주고, 피가 튀게 하고, 고통의 신음을 지르게 하면 자네는 기쁘지? 안 그런가?"

"닥쳐!"

"벌써 흥분하지 않았나? 안 그러면 호흡이 왜 거칠어졌지? 응? 참을 수 없는 쾌감에 온몸이 떨리지? 가슴이 두근두근 터져 버릴 것 같지 않나?"

"닥치라고 했어!"

봉추. 방통 사원. 수경선생 사마휘가 늘상 말하던 천의(天意)를 아는 남자. 슬머시 소름 끼치도록 잘생긴 외모에 남자다운 시원시원한 성격. 하지만 마음에는 들지 않는다. 이름있는 좋은 호족 가문의 후광으로 원없이 글공부를 해봤겠지. 끼니를 굶은 적도 없을 테고 검은 더 더욱 안 잡아봤겠지. 당신 같은 사람이 난세를 이해할 수 있을까?

"바보."

결국 제갈량은 참지 못하고 다소 우스꽝스러운 말을 내뱉고 말았다. 방통의 눈이 커졌다.

"뭐?"

"내가 변태면 당신은 바보야."

제갈량이 표정 하나 변하지 않은 채 중얼거렸다. 하지만 방통은 적잖이 당황했다.

"어째서인가?"

"변태한테 맞고 있으니 바보가 아닌가?"

"허허……."

방통이 헛기침을 하며 표정 관리를 하는 동안 제갈량은 여인에게는 아무 미련도 없는 사람처럼 등을 돌렸다. 다급한 쪽은 방통이었다.

"자네, 갑자기 어디 가나?"

"재미가 없어졌어. 당신하고 대화하는 것도, 저 여자를 죽이는 것도."

"……."

이런. 방통은 속으로 신음성을 흘렸다. 이렇게 되면 기껏 아침부터 공명을 미행한 보람이 없지 않은가? 역시 종잡을 수 없는 남자다. 방통은 계획을 바꾸기로 하였다.

"잠깐! 잠깐만!"

방통이 다급히 공명을 불러 세웠다.

"또 뭐야?"

제갈량이 귀찮다는 듯한 말투로 뒤도 돌아보지 않고 대답했다.

"재미있는 일이라면 있어."

"……."

방통이 정색하며 말하자 공명이 슬며시 고개를 돌렸다. 그의 눈은 여전히 그 어떤 욕망도, 희열도, 분노도, 슬픔도, 아니, 그 어떤 감정도 일체 비치지 않는 유리처럼 매끄러운 눈빛이었다.

방통은 속으로 쾌재의 웃음을 지었다. 저 눈에 감정이 깃들게 하는 것은 태산을 들어 올리는 것만큼이나 어려운 일이다. 분명 보통 일로는 어림도 없을 터. 그럴수록 저 사내를 동요하게 했을 때 기쁨은 더욱 커진다. 게다가 지금 방통에게는 자신이 있었다.

"일단 이 소저 좀 혼절시키는 게 어떤가?"

방통이 눈웃음을 지으며 말했다.

"……."

헛소리를 할 남자는 아니지. 제갈량은 묵묵히 고개를 끄덕이며 월영에게 다가갔다.

"무, 무슨 짓을……?"

월영이 잔뜩 겁먹은 표정으로 말을 더듬었다. 드디어 나를 죽이는 거야?

"걱정 마시길. 잠시 혼절시킬 뿐입니다."

방통이 부드럽게 월영을 진정시켰다. 방통의 말이 채 끝나기도 전에 제갈량의 검은 바늘이 움직였다.

"으윽……."

한줄기 가느다란 비명과 함께 월영은 그대로 정신을 놓고 말았다. 제갈량에게 현기혈(玄機穴)을 점혈당한 것이다. 제갈량이 혼절한 월영을 땅바닥에 눕히며 말했다.

"별거 아니면 당신을 죽일지도 몰라."

"후후."

제갈량의 말이 절대로 허언이 아님은 알고 있었지만 방통은 나오는 웃음을 참을 수 없었다. 그 넘치는 살의의 한 조각마저도 아껴야 살 수 있을걸, 공명? 후후후…….

"걱정하지 말라고."

"용건이나 얘기해 봐."

제갈량이 특유의 탁한 어조로 다그치자 방통이 싱긋 웃어가며 대답했다.

"내기야, 내기. 자네와 나의 내기 말이야."

"무슨?"

"자네의 그 잘난 검술이 위인지 아니면 나의 지모(智謀)가 위인지 겨루는 걸세."

"……."

제갈량의 눈썹이 조금 꿈틀거렸다. 내기?

"그런 방법이 있나?"

"물론."

방통이 심호흡을 한 번 하고 말을 이었다.

"조 공(曹公) 암살(暗殺)."

“…조 공이라니?”

“내가 조 공이라고 부를 사람이 하나밖에 더 있나. 한 승상. 조조 맹덕 말이네. 바로 그 조조를 누가 먼저 암살하는지 겨루는 내기란 말이네.”

“……”

제갈량의 눈이 크게 흔들린다. 이게 어찌 된 영문인가? 바로 그 중원(中原) 제일검(第一劍)이자 승상인 조조 맹덕을 암살한다고? 의심스러운 눈초리가 방통에게 쏟아졌지만 그는 그저 기묘한 웃음을 지을 뿐이었다.

“헛소리.”

“절대 헛소리가 아니야. 내가 하비에 온 이유, 그것은 바로 조 공 암살이 전부다. 나에게는 필살의 비책이 있거든. 후후.”

“……”

묘하게 자신감이 넘치는 눈이다. 필살의 비책? 정말 저 백면서생에게 그런 게 있기나 할까? 의천검이 스치기만 해도 몸이 두 동강 날 것 같은 저런 비리비리한 몸으로?

“…진심인가?”

“하하, 천하의 와룡이 겁이라도 나나 보지? 겁이 나면 빠져도 좋아. 삼 일 안에 조공은 반드시 내 손에 죽을 테니까.”

“겁 따위 낼 리가 없지 않은가?”

됐다. 걸려들었다! 방통은 속으로 득의만면한 미소를 지었다.

“좋아. 암, 그래야 공명답지. 내기의 승부는 먼저 조 공을 암살하는 쪽이 승리하는 것으로 한다. 만약 둘 다 실패하면 무승부가 되겠지. 뭐, 그럴 일은 절대 없겠지만. 후후후.”

“……”

뭐냐, 저 이상할 정도의 자신감은? 제갈량이 눈썹을 일그러뜨렸다.

“만약 내가 지면 자네에게 내 목숨을 맡기겠다. 자네는?”

“검을 꺾지.”

목숨보다 소중한 검을 말인가? 후후. 방통이 제갈량의 안색을 살피며 나지막하게 말했다.

“그럼 결정된 건가?”

“맘대로 해라.”

제갈량이 눈을 지그시 감으며 말했다.

“겁나면 지금이라도 빠지는 게 좋아.”

“……”

‘으드득.’

방통이 한 번 더 불을 지르자 공명은 입술을 지그시 깨물었다. 그의 입가에서 한줄기 선혈이 붉은 실타래처럼 흘러내렸다.

“내일 밤에 조조는 반드시 죽는다. 우참(雨斬)이 있는 한 아무도 나를 막을 수 없어.”

“……”

우참? 방통이 눈을 가늘게 떴다.

“그리고 바로 당신을 죽이겠다. 목이나 씻고 기다려라.”

제갈량의 눈에서 살의가 아른거린다.

‘이런, 오랜만에 보는데, 그런 눈은? 달아올랐군, 달아올랐어.’

“이것을 가져가는 게 좋을 거야.”

방통이 말아놓은 종이 한 장을 제갈량에게 던졌다.

“뭐지?”

"하비성 내의 지도야. 내가 직접 그렸어."

"필요없어."

"응?"

제갈량은 아무런 대꾸 없이 방통에게서 성큼성큼 멀어진다. 방통이 그의 등에 대고 크게 소리쳤다.

"부디 심장 발작 조심하게!"

"……."

폭염을 내뿜는 햇빛이 그 어느 때보다 반갑게 느껴진다. 방통은 입 안 가득 즐거운 미소를 머금었다. 아아, 이틀 후 뜨는 해는, 정말이지, 최고겠어. 최고 말이지.

"후후… 하하하핫!"

그가 제갈량에게 건네려던 말아놓은 종이를 펼쳤다.


〈공명(孔明) 사망(死亡). 맹덕(孟德) 사망(死亡).〉


종이 안에는 검은색 여덟 글자가 커다랗게 쓰여 있었다. 방통은 잔뜩 도취된 눈으로 그 글자를 바라보았다.

"모든 게 다 내 손바닥 안이지. 이 사원의 손 말이야!"

공명, 맹덕. 미안하지만 같이 죽어줘야겠어. 그것이 천의거든. 하늘의 뜻 말이야. 후후후.


*　　　　*　　　　*


어둠. 막막한 어둠 속에서 새파란 벼락이 친다. 몸이 열병에라도 걸린 것처럼 온통 뜨겁게 달아오른다. 고통과 쾌감이 어지러이 교차한다.

"하악!"

외마디 신음과 함께 이신은 눈을 떴다. 너무나 익숙한 꿈. 저주의 푸른 벼락. 왜 또 갑자기……. 이신은 땀에 잔뜩 젖은 이마를 감싸 쥐며 정신을 차리려 애썼다.

"윽……."

가슴이 찢어지듯이 아파온다. 그제야 정신이 퍼뜩 난다. 그래, 장료……. 이신은 흐릿한 눈에 힘을 주고 주위를 보려 애썼다. 서서히 초점이 돌아오면서 방 안의 모습이 은은하게 보인다. 무척이나 어둡다. 미약하게 빛나는 촛불이 아니었다면 꿈인지 현실인지조차 헷갈렸을 것이다.

"아, 일어나셨군요?"

분명히 의원의 시중을 들던 아이일 것이다. 시동(侍童)은 다소 당황한 표정으로 입을 열었다.

"장 소저는?"

이신의 입에서 대뜸 장료의 안위에 대한 말이 튀어나온다. 너무나도 파리한 안색의 병약한 여인. 두 번 죽이지는 않아. 절대로.

"아, 그분이라면 오늘 아침에 떠나셨습니다."

"뭐라고?"

이신이 눈이 부릅떴다. 그 몸으로 도대체 어딜 간단 말인가? 그의 마음에 불안의 안개가 스멀스멀 피어오른다.

"그분이 이 공(李公)께 깨어나면 전해달라고 하시길… 분명히 주공의 곁으로 가겠습니다라고… 하셨던 것 같은데……."

"이런!!"

죽을 작정이야! 이런 멍청한 여인이여, 그렇게 도망갈 기회가 많았는데. 여기 있는 사람들이 그대가 장료인지 어떻게 안단 말인가? 그렇게까지 여포가 소중한가? 이신의 눈에 아련한 감정이 깊이 서린다.

"당장 내 말을 가져와!"

이신이 피로와 상처로 잔뜩 지친 몸을 일으키며 소리쳤다. 시동이 이신의 기세에 잔뜩 겁먹은 표정으로 말했다.

"그, 그분이 이 공의 말을 가져가셨습니다."

"점점… 난감하군."

이신이 어두운 표정으로 고개를 가로저었다. 말이 문제가 아니다. 그런 것쯤 얼마든지 서둘러 구할 수 있다. 혹시 진애궁(珍愛弓)을?

"장 소저가 내 활도 가져갔나?"

"예, 아마도 말에 활이 걸려져 있었죠?"

젠장. 그건 괴물 활이다. 비거리가 삼백 미터나 된다고. 그걸 장료가 쏜다면 상상만으로도 끔찍한 살인 무기가 될 것임은 자명했다. 그리고 그녀가 활을 가져갈 이유라면 하나밖에 없으리라. 승상의 죽음.

"당장 말을 가져와! 서둘러!"

이신이 인상을 찌푸리며 시동을 다그쳤다. 어서 하비로 가야 해. 시간이 없다.

*　　　*　　　*

까악! 깍! 까욱!

까마귀 떼가 마치 검은 구름처럼 달을 가린다. 희미한 그믐달의 달

빛은 흐느끼며 지상에조차 도달하지 못한다. 온통 시체 썩는 냄새가
가득하다. 삼 일이나 지난 하비의 전쟁터. 생의 마지막에 느끼는 참을
수 없는 고통의 감각과 함께 혼을 잊어버린 시체들이 땅바닥에 이리저
리 뒹굴러 다닌다. 시체에서 발산되는 그 독기 때문에 살아 있는 생물
은 감히 근접조차 못하는 지옥화의 한 장면. 오직 시체를 파먹는 까마
귀들만 요란하다.

까악! 깍!

"……."

그 지옥화의 중심에 살아 있는 사람이 있다면 그 사람은 분명 평범
한 인간은 아닐 것이다. 시체가 내뿜는 고통스러운 독기와 이미 동화
되었다는 것이니까. 흑의를 입은 핏기가 없는 얼굴의 깡마른 사내다.
그의 흑요석 같은 눈은 감정이 없는 사람처럼 무척이나 차가웠다. 그
는 저승 사자와도 같은 분위기를 짙게 흘린다. 까마귀들이 그의 곁에
서 반가운 듯이 검은 날개를 퍼득거리며 깍깍 울어댄다. 흉조(凶鳥)인
까마귀의 환영을 받는 남자. 그는 오른손에 모양새라고는 별 볼일 없
는 검고 투박하기만 한 검을 들고 있다. 길이는 석 자 정도 될까? 검을
바라보는 그의 눈에 갑자기 숨 막힐 듯한 살의가 피어오른다.

"천하무적(天下無敵)."

사내는 몹시나 광오한 말을 탁한 목소리로 내뱉는다. 세상에 대적할
만한 상대가 없다. 이토록 오만한 말도 사내의 입에서 나오니 묘한 설
득력을 갖는다.

가가각!

천천히 사내는 허리에 찬 검집에 검을 집어넣는다. 어느새 사내의
눈에서 살의는 지운 듯이 사라져 있었다.

"…이번 살행(殺行)은 재미있을까?"

까악! 까욱! 깍! 깍!

까마귀의 울음소리를 뒤로하고 사내는 천천히 발걸음을 옮긴다.

그리고 그 방향은 분명히 하비성 쪽이었다.


파아악!

대기가 찢어진다. 잠시 후에 피보라가 자욱하게 피어오른다.

"끄아악!"

사람의 비명 소리로 짐작되는 괴성이 하비성 내의 어둠의 정적을 깨

뜨렸다.

"……"

제갈량의 눈에서 살의가 불타오른다. 눈이 스치기만 해도 오금이 저

릴 정도로 무서운 살의다. 그의 흑의는 어느새 사람들의 선혈로 인해

검붉게 변해 있었다. 몇 명이나 죽였을까? 그가 지닌 투박한 검은 온통

피투성이다. 그의 발 아래 경동맥이 끊긴 병사의 시체가 참혹하게 누

워 있다. 제갈량이 천천히 입을 열었다.

"…너무 큰데?"

하비성은 중원 전체에서도 유명한 거성이었다. 도시 전체를 둘러싸

고 있는 외성(外城)은 말할 것도 없고 태수가 업무를 보는 관청을 둘러

싼 내성(內城)조차 이렇게 큰 줄은 몰랐다. 성곽은 높이만 해도 열다섯

자(약 4.5미터)는 족히 되어 보였고, 동서남북의 문마다 망루(望樓)가 세

워져 있었다. 제갈량은 차가운 눈으로 성벽을 훑었다. 뛰어넘을 수는

없겠군.

"정면 돌파."

여기서 머뭇거릴 틈이 없다. 외성을 돌파할 때 일으킨 소란으로 하비성 안은 난리가 났을 것이다. 그의 귓속으로 병사들의 요란한 발걸음 소리와 함성 소리가 들려온다. 제갈량은 내성의 서문을 정면으로 바라보며 천천히 검을 수직으로 들어 올렸다. 그리고는 눈을 감고 검무를 추기 시작했다.

"미친."

서문의 망루에서 망을 보고 있던 호위병 장표는 제갈량을 보며 코웃음을 쳤다. 혼자서 하비성에서 난동을 부리다니 제정신이 아님이 분명했다. 그의 눈에 횃불을 든 채로 맹렬히 달려오고 있는 병사들이 보였다. 이제 곧 병사들에게 도륙당하겠지. 그는 입을 쩍 벌려 하품을 했다.

"……."

제갈량은 완전히 무아지경에 빠진 듯 보였다. 그의 춤은 점점 격렬해졌고 위태롭게 보였다. 다리가 휘청휘청 흔들린다.

"저기다!!"

누군가가 크게 외쳤다. 그와 함께 병사들이 우르르 몰려들었다. 모두들 험악한 표정이다. 전쟁이 끝난 지 얼마 됐다고 이런 귀찮은 일이 일어나다니. 그들은 그 녀석의 뼈라도 갈아 마시고 싶은 심정이었다.

"…검이 달아올랐군."

제갈량이 작게 중얼거렸다. 그의 검무가 멈췄다. 그리고 그의 몸에서 갑작스럽게 주변을 차갑게 냉각시키는 기운이 피어올랐다. 마치 얼음과도 같이. 그가 천천히 눈을 떴다. 그의 눈에서 숨을 쉬기도 어려울 정도의 살의가 불타고 있다. 그의 파리한 입술이 다시 열렸다.

"우참(雨斬)."

탁탁탁!

제갈량은 서문을 향해 폭풍처럼 돌진하기 시작했다.

"정말 미친 게로군."

장표와 병사들은 정말로 어이가 없었다. 미치지 않고서야 성문을 향해 검을 휘두르겠는가? 그들은 그저 재미있는 광경을 보는 듯이 아무도 저지하지 않았다.

피잉!

허공을 가르는 선율이 날카롭고 가늘게 울려 퍼졌다. 마치 섬광과도 같은 속도다.

콰악! 우드득!

하지만 그 검격이 몰고 온 여파는 실로 엄청났다. 요란한 소리와 함께 굳건해 보이던 구리 문이 우그러지며 그대로 허공을 날았다.

콰콰콰쾅!

구리 문이 땅바닥에 나동그라지는 소리가 천둥 소리처럼 요란하다.

"……."

병사들은 그대로 석상처럼 굳어져 할 말을 잃었다. 모두들 넋을 잃은 표정으로 부서진 문과 흑의의 남자를 번갈아 바라보고 있었다. 어쩌면 오늘 밤의 소동은 보통 일이 아닐지도 모른다는 생각이 그들의 뇌리를 스친다.

"이, 인간이 아니야."

누군가가 간신히 경악한 표정으로 중얼거렸다. 구리 문을 철검으로 박살을 내버리다니……. 그 인간 같지 않은 인간이 서서히 살의에 깃든 눈을 그들에게 돌린다. 덜덜덜 다리가 떨리고 이가 딱딱 부딪친다.

"으아아악!! 사람 살려!!"

한 병사가 외마디 비명을 지르며 도망치는 것이 도화선에 불이라도 붙였는지 모든 병사들이 병기를 내동댕이치고 달아나기 시작했다. 순식간에 이곳에는 망루에 있는 장표만 홀로 남아버렸다.

"으으……."

하지만 그도 무사하지 못했다.

쉬익! 쉭!

바람 소리가 하비성의 하늘을 가른다.

퍼억!

어디선가 날아온 화살이 장표의 머리를 날려 버렸다. 순식간에 주인을 잃어버린 몸뚱이는 피 범벅이 된 채 서서히 바닥으로 추락한다.

"미행은 이제 질렸나 보군."

제갈량이 무심한 눈으로 중얼거린다. 어느새 그의 눈앞에 무척이나 창백한 안색의 여인이 서 있었다. 제갈량의 눈이 조금 흔들린다.

"계집이었나?"

"……."

장료가 멍한 눈으로 스치듯 제갈량의 시선과 마주친다. 이 남자, 주공과 같은 부류인가?

"뭐… 상관없겠지."

탁.

검집에 검을 집어넣는 그의 손이 작게 흔들린다. 벌써부터 비검(秘劍)이라……. 무리했나?

"만신창이로군."

그녀가 막 성 안으로 들어서려는 제갈량의 등을 바라보며 말했다. 저 남자, 다리가 떨려.

"당신이야말로. 곧 죽을 사람이 무리하는군."

제갈량이 탁한 목소리로 대수롭지 않게 말하며 어둠 속으로 사라진다. 그의 입가에 걸린 희미한 미소는 장료에게는 보이지 않았다. 똑같이 목숨을 내놓은 미친 사람들끼리의 동질감일까?

"심검(心劍)인가……?"

장료가 작게 중얼거렸다. 주공에게 들은 적이 있다. '검은 마음이다. 검을 마음과 완전히 동화시키면 베지 못할 것이 없다'라고. 심검을 쓰는 죽음의 기운을 짙게 풍기는 남자라……. 무슨 볼일일까?

"후우~"

작게 한숨을 내뱉으며 장료도 천천히 성안으로 발걸음을 옮겼다.


조르르.

하후돈은 조심스럽게 조조의 술잔에 술을 따랐다. 그의 친우는 전쟁이 끝났지만 상당히 심기가 불편해 보였다. 역시 악진을 이번 전투에서 잃었기 때문일까? 하후돈은 나름대로 이유를 추측했고 평소의 조조라면 그것은 거의 틀리지 않을 답이었다.

"다친 곳은 괜찮나?"

하후돈이 멍하니 달을 바라보고 있는 조조를 바라보며 입을 열었다.

"아아, 뭐, 이까짓 것. 여포는 한 팔로도 나를 이겼지 않나."

"……."

조조는 독한 술을 단숨에 비워 버렸다.

"좌장군이 삼 일 전부터 안 보이는군."

하후돈은 애써 화제를 돌렸다. 기억하기 싫을 테지. 결투에서 첫 패배였을 테니까.

“모욕을 받았다고 생각하겠지.”

“…무슨 일이 있었나?”

하후돈은 내심 궁금해 하던 참이었다. 비밀 임무라도 내린 것일까? 아니면…….

“아, 별거 아니네. 나의 목숨을 살려준 데 대한 답례를 했어.”

“뭐?”

달빛 아래 조조의 얼굴이 그 어느 때보다 파리하게 보였다. 하후돈은 고개를 갸웃했다. 일생일대의 대적 여포를 죽였는데도 저렇게 의기소침해 있다니 전혀 맹덕답지 않다.

“그나저나 꽤나 무료하군.”

“…….”

쨍그랑!

조조가 돌연 술잔을 바닥에 던져 깨버렸다. 그의 입가에 특유의 차가운 미소가 그려진다. 하후돈은 눈살을 찌푸렸다. 분명히 무슨 일이 있군.

“맹덕.”

“청홍을 부러뜨렸어. 그런 남자가 또 있을까? 내가 혼을 불태우며 싸울 상대가 말이야.”

“맹덕! 가라앉혀라!”

하후돈이 정색을 하고 소리쳤다.

“자네는 더 이상 검객이 아니야. 불패(不敗)의 검객이라 불리던 조조는 십 년 전에 죽었다. 차라리 잘됐어. 제일(第一)이라는 칭호 따위, 죽은 여포나 저승 선물로 가져가라지.”

“후후, 글쎄.”

조조가 씁쓸하게 대꾸했다.

"원양 자네 말이 옳다는 것은 알아. 하지만 가끔은 객기(客氣)를 부리는 것도 괜찮겠지."

"그건 필부의 만용이다. 도대체 검 한 자루로 할 수 있는 일이 얼마나 된다고 생각하는 건가?"

"아주 많이."

피식. 조조가 작게 웃음을 터뜨렸다.

"검은 마음이야. 마음이 가는 길을 산이 막겠는가, 강이 막겠는가?"

"엉터리다."

하후돈이 말도 안 된다는 듯이 대꾸했지만 조조는 단정적이다 못해 더할 나위 없는 명확한 사실을 굳이 떠들 필요가 없다는 듯한 말투로 입을 열었다.

"바람도 비도 벨 수 있어. 내 검은 말이야."

"……"

어이없군. 하후돈은 말문을 잃었다. 눈에 보이지도 않는 바람과 가늘디가는 빗방울을 무슨 재주로 벤단 말인가?

"…그런데 왜 여포에게 진 건가?"

"아아, 그쪽은 번개도 벨 수 있더군."

"허허, 그것참 대단하군."

하후돈이 비꼬듯이 말하고는 술병을 들어 꿀꺽꿀꺽 목으로 넘겼다. 별로 농(弄)을 주고받을 기분은 아닌데. 순식간에 분위기가 묘하게 변해 버렸다. 애초에 별말이 없던 조조에 이어 하후돈마저도 입을 다물어 버렸기 때문이다. 방 안에는 하후돈이 쉴 새 없이 술을 목구멍으로 넘기는 소리만이 홀로 들려온다.

드르륵.

이 묘한 정적의 구도를 깬 것은 문 소리였다. 문 소리와 함께 수염투성이 거구의 사내가 모습을 드러냈다.

"승상, 침입자가 있는 모양입니다."

침입자가 있음을 알리면서도 사내의 목소리는 떨리지 않고 안정감이 있었다. 그것은 방 안의 두 사람도 마찬가지였다. 하후돈은 사내는 신경조차 쓰지 않고 여전히 술을 마시고 있었다. 답을 한 것은 조조 쪽이었다.

"알릴 정도의 일인가 보지, 중강?"

"그럴 리가. 그저 혹여나 바깥의 소란이 승상의 침수(寢睡)에 방해가 될까 봐. 부디 마음 놓고 침수에 드시기를."

허저가 대수롭지 않게 말했다.

"음, 믿겠다, 중강."

조조의 눈이 허저의 왼손에 잠시 머문다. 넉 자 일곱 촌이나 되는 기형적인 장검. 저 검의 간격을 깰 수 있는 사람이 이런 곳에 쥐새끼처럼 월담할 일 따위는 없겠지. 후~ 조조는 냉소를 지으며 말을 이었다.

"술이나 한 병 더 가져오라고 이르게. 아무래도 원양이 술이 부족한 모양이야."

파아악!

제갈량의 검이 또 하나의 혼을 끊는다.

"끄으윽……."

가슴 한복판을 관통한 검을 고통에 경악한 표정으로 바라보며 또 한 명의 병사는 그렇게 쓰러졌다. 하지만 제갈량의 호흡도 처음과 달리

흐트러져 있었다. 이놈들, 정예병이다.

"…무위인가?"

조조의 친위대 중 하나가 이번 전쟁에 참가했다는 말은 들은 적이 있었다. 제갈량의 무심한 눈이 어느새 앞을 향한다. 무위로 짐작되는 병사 다섯 사람이 각각 검을 들고 서 있다. 말이 필요없다. 그들은 그저 무서운 시선으로 제갈량을 노려볼 뿐이었다. 역시 정예다웠다.

"노려보기만 할 건가?"

제갈량이 탁한 어조로 내뱉음과 함께 그들 중 한 사람이 맹렬한 기세로 달려들었다. 입 밖으로 기합성을 내지를 기력조차 낭비할 수 없다는 듯이 그는 침묵을 지킨 채 매서운 검격을 펼쳐 낸다.

카앙!

검고 투박한 검은 어울리지 않는 날카로움으로 정확히 병사의 검을 받아내었다. 쇠와 쇠가 부딪치는 충돌음과 함께 병사의 검이 조금 흔들린다.

푸욱!

바로 그 순간 제갈량의 검이 병사의 목덜미를 흉흉한 기세로 긁고 지나간다. 그리고 그걸로 끝. 병사는 목을 움켜쥔 채 땅바닥으로 쓰러진다. 멈출 수 없는 선혈의 무지개가 허공을 잔인하고 격렬하게 수놓는다.

"넷."

제갈량이 저승 사자와 같이 음산한 목소리로 숫자를 센다. 병사들이 서로 눈빛을 주고받는다.

타악! 탁! 탁!

그들이 어느새 질풍처럼 움직여 제갈량을 사방에서 포위했다. 협공.

"……."

당황할 법도 하건만 제갈량은 여전히 변함없이 무심한 눈으로 검을 든 채 서 있었다. 마치 그 혼자만 이 장소에 있는 듯이 물처럼 자연스러워 보였다.

"하앗!"

한 병사가 협공의 신호로 기합성을 지른다. 그와 함께 사방에서 노도처럼 네 개의 검이 제갈량을 향해 날아들었다. 너무나도 빠르고 정교한 협공이다. 마치 생사를 부지기수로 넘긴 연륜이 보이는 듯했다.

캉!

등에 눈이라도 달렸을까? 제갈량은 칼자루로 등 뒤에서 베어오는 칼날을 받아내었다. 동시에 그의 몸이 뒤쪽으로 수려한 원을 그렸다.

푸칵!

세 자루의 검이 허공을 가름과 동시에 살을 날카롭게 베는 소리가 귀를 자극했다.

"으윽!"

이어지는 외마디 비명 소리와 함께 뒤에서 공격하던 병사가 비틀거렸다. 앞에서 제갈량을 베어가던 병사의 눈에 가슴이 쫘악 갈라지며 피보라와 함께 내장이 튀어나온 병사의 모습이 들어왔다. 느닷없는 광경에 잠시간의 당황. 하지만 그 잠시의 머뭇거림이 그의 생명을 앗아갔다.

"셋."

빠른 중얼거림과 함께 제갈량의 검이 그대로 선회하며 앞의 병사의 목을 베고 지나갔다.

푸아악!

사람의 몸에 이리도 피가 많던가? 순식간에 피의 안개가 살아남은 세 사람의 몸을 피 범벅으로 만들었다.

"둘."

제갈량이 작게 중얼거리며 검을 멈췄다. 남은 두 명의 병사는 분노와 공포의 감정을 동시에 느꼈다. 하지만 무위에게 절대로 도망은 없다. 차라리 죽음을.

"죽어! 괴물 녀석!"

어느새 그들에게 괴물로 단정 지어져 버린 제갈량에게 가공할 두 가닥의 검세(劍勢)가 폭풍처럼 닥쳐왔다. 늦게 발동된 검세가 더 빠를 수가 있을까? 하지만 믿을 수 없게도 한 발 늦게 제갈량의 손을 떠난 검이 한 병사의 심장을 파고든다.

푸욱!

섬뜩하게 쇠가 살에 박히는 소리와 함께 경악한 표정으로 병사는 순식간에 싸늘한 시체가 되어버렸다.

까아앙!

왼손의 검집이 남은 병사의 혼신의 검격을 받아낸다. 그리고 어느새 병사의 가슴에서 검을 회수한 제갈량의 오른손이 춤을 춘다.

푸학!

마지막까지 단 한 치의 느슨함도 없이 무정할 정도로 정확하게 병사의 목을 난도질한다. 저승 사자의 투박한 검에 목을 뜯긴 병사는 먼저 간 동료들과 마찬가지로 피를 흩뿌리며 쓰러진다.

"……"

순식간에 사위는 거짓말처럼 정적에 휩싸였다. 오직 병사들의 참혹한 시체 다섯 구만이 아까의 광경이 꿈이 아님을 증명해 주고 있을 뿐.

휘이이잉.

차가운 바람이 제갈량의 흑의를 흩날린다. 그의 입에 희미한 미소가 걸려 있다.

"겨우 이 정도인가?"

그 미소는 조소(嘲笑)였단 말인가?

스르릉.

제갈량이 검을 다시 검집에 집어넣었다.

뚜벅.

그의 뒤에서 발걸음이 들려왔다. 하지만 제갈량은 검을 뽑지 않았다.

"대단하군. 설마 이 정도일 줄은……."

장료가 놀란 눈으로 말했다.

"재미있군. 아직 안 죽었나?"

제갈량의 입가에 다시 가느다란 미소가 걸렸다.

"쉽게 죽을 목숨은 아니지. 한 몸 정도는 지킬 수 있어."

"훗, 맘대로 놀아보라고."

제갈량이 다시 걸음을 재촉한다. 장료가 그를 불러 세웠다.

"잠깐. 이대로 무작정 죽이고 다닐 작정인가?"

"조조를 죽일 때까지."

"역시."

장료가 작게 고개를 끄덕였다.

"길 안내를 해주지. 보답은 조조의 목이다."

"……."

제갈량이 천천히 고개를 장료에게 돌렸다.

"알고 있나?"

"그래."

장료가 확신에 찬 얼굴로 말했다. 제갈량이 가만히 왼쪽 가슴을 쓸어내렸다. 빌어먹을 심장. 아직은 잘 뛰고 있군. 하지만……

"좋아."


"……"

대단하군. 제갈량의 얼음 같은 눈에 작은 파문이 인다.

쉬익.

엄청난 속사(速射)다. 화살을 활시위에 먹이는 순간 제대로 조준조차 하지 않고 그대로 활시위를 놓아버린다. 하지만 기이하게도 그 화살은 어김없이 어둠 속 저 너머의 병사 한 명의 목을 꿰뚫어 버렸다.

"크아악!"

벌써 몇 명째인지 모른다. 이 가녀린 여인의 손이 움직이면 여지없이 병사들이 혼을 빼앗겼다. 정말이지, 기이한 활이다. 이렇게나 작은 활이 저렇게 놀라운 위력을 보이다니.

"대단해."

장료가 다소 감탄한 눈으로 조그맣게 중얼거렸다. 이렇게나 손에 딱 붙는 활이라니. 평소 쓰던 활이었다면 아무리 궁술의 명인이라고 불리는 그녀라고 해도 이런 속사는 불가능했을 것이다. 역시 이 공의 활은 천하의 명품인가?

"멀었나?"

제갈량이 왼쪽 가슴을 쓰다듬으며 인상을 찌푸렸다. 일정한 주기가 없는 발작이다. 하지만 한 가지 확실한 것은 격렬하게 움직이면 움직일수록 그 고통이 더욱 심해진다는 것이었다.

"저기서 오른쪽으로 꺾으면 나온다."

"그렇군."

제갈량의 발걸음이 빨라졌다. 그가 어느새 장료를 앞지르며 오른쪽 길로 들어섰다. 그의 눈에 웅장하고 위압적인 장원(莊園)이 들어왔다. 두 길이 넘는 담으로 감싸여 있는 그 장원은 그 크기가 얼마인지 잘 짐작이 안 갈 정도였다. 하지만 의외로 조조가 있는 곳이라고 생각이 안 될 정도로 호위병은 적었다. 정문에 신장처럼 버티고 서 있는 두 명의 무위가 전부였다.

"누구냐?"

스르릉.

병사가 재빨리 검을 뽑으며 소리쳤다.

탁탁!

대답은 날아드는 장검이었다. 제갈량이 미끄러지듯 나아가 어느새 검을 휘두른 것이다.

푸학!

피분수가 뿜어져 나온다. 채 방비조차 하기 전에 쏟아진 제갈량의 검격에 목이 베어져 버린 것이다. 그의 검은 멈추지 않고 밤하늘에 환상적인 곡선을 그렸다.

까아앙!

소름 끼치는 파공음이 허공에 울려 퍼진다. 살아남은 병사가 힘겹게 검을 받아내었다.

펄럭.

제갈량의 흑의가 바람에 흩날린다. 공중으로 날아오른 것이다.

"비참(飛斬)."

제갈량이 혼잣말로 중얼거림과 동시에 폭풍과도 같이 그의 검이 떨어진다.

피잇!

붉은 핏방울이 순식간에 검의 궤적을 따라 안개처럼 퍼져 나간다.

털썩.

머리가 쪼개진 병사는 혼을 잃은 육체를 바닥에 누였다.

"후……."

제갈량이 한숨을 내쉬며 차가운 눈으로 문 너머를 노려보았다. 저 문 너머에 조조가 있단 말인가?

"이상할 정도로 허술하군."

장료의 의문스러운 목소리가 뒤에서 들려왔다.

"상관할 바 아니지."

끼이익.

제갈량이 거칠게 문을 열었다. 장원의 내부는 무척이나 넓었다. 하지만 또한 생각 외로 한적했다. 그의 눈이 안채로 보이는 건물에 고정됐다. 안채의 마루에는 거한이 앉아 있었다. 갑자기 알 수 없는 살기가 느껴진다. 제갈량은 눈을 가늘게 뜨고 거한을 바라보았다.

"쓸 만하군."

거한이 카랑카랑한 목소리로 말하며 안채의 뜰로 걸어오기 시작했다. 정확히는 제갈량을 향해서. 그의 오른손에는 딱 보기에도 무척이나 길어 보이는 기형적인 장검이 들려 있었다.

"……."

제갈량의 차가운 눈빛이 거한의 강렬한 눈빛과 마주친다. 그와 함께 제갈량의 몸이 다시금 질풍처럼 움직이며 강렬한 검세를 뿜어냈다.

"훗."

거한이 코웃음을 치며 장검의 검집을 땅바닥에 던져 버렸다. 매끈하고도 예리한 기운을 뿜어내는 넉 자 일곱 촌의 장검이 그 모습을 드러냈다.

쐐액!

장검이 바람을 가르는 소리가 울려 퍼진다. 제갈량의 눈이 커졌다. 마치 폭우와도 같이 위력이 있는 검격이다. 이렇게나 위력적인 검격을 구사할 수 있는 사람은 이번 살행에서 처음이었다.

채앵!

강렬한 파공음과 함께 제갈량의 투박한 검이 뒤로 튕겨져 나갔다. 사내의 공격은 거기서 그치지 않았다. 또 한 번 번개와도 같이 그의 장검이 제갈량의 가슴으로 파고들었다. 빠르다. 그리고 정확하다. 생각할 틈도 없이 몸이 먼저 반응했다.

피이잇!

거한의 장검이 아슬아슬하게 제갈량의 가슴 옷자락을 스치고 지나갔다. 제갈량은 뒤로 물러나 호흡을 가다듬었다. 이 남자, 검을 쓸 줄 아는 자다.

"너, 명자(名字)가?"

거한이 입을 열었다.

"공명."

"응? 공명? 못 들어본 이름이군."

일격을 피해서 꽤나 이름이 알려진 검객인 줄 알았는데.

"당신은?"

“허저다. 허저 중강.”

허저의 대답을 들은 제갈량의 입가에 차가운 미소가 맺힌다.

“아아, 당신이 허저로군.”

놀아볼 만하겠어. 제갈량이 검을 고쳐 잡았다.


“허저⋯⋯.”

장료가 나지막하게 중얼거렸다. 조조의 그림자가 아닌가? 그 위용이 산처럼 굳건하고 바람처럼 날렵하다. 역시 조조에게는 인물이 많다. 그 이 공 하며 저 허저라니⋯⋯.

“이곳은 무슨 일이지?”

카랑카랑한 음성. 단 한 치의 부드러움도 없는 말투였다.

“조조를 베러 왔다.”

제갈량이 지지 않고 무심한 눈으로 노려보며 대답했다.

“훗, 건방진 놈.”

허저는 그만 피식 웃음을 터뜨리고 만다. 승상을 벤다? 이 얼마나 허무맹랑한 소리란 말인가? 천하에서 오원(九原)의 여봉선을 상대할 수 있는 자는 하동(河東)의 관우, 하북(河北)의 문추, 패국(沛國)의 조조, 강동(江東)의 주유뿐이라고들 사람들은 얘기한다. 하지만 허저가 보기에는 여포가 죽은 지금 승상이야말로 최고였다. 관우나 문추는 필부의 용맹이며 주유는 계집이 아닌가?

“⋯⋯.”

뚜드득.

허저가 목을 꺾자 뼛소리가 요란하게 울린다. 그의 손이 넉 자 일곱 촌이나 되는 기다란 장검을 곧게 세웠다. 금방이라도 붉디붉은 피를 부를 것 같은 흉흉한 기세가 흘러나온다.

"후후."

제갈량이 낮게 웃음을 터뜨렸다. 참을 수 없는 흥분감에 핏줄이 터질 것 같다. 이 얼마나 오랜만에 느껴보는 쾌감이란 말인가?

"기분 나쁘게 웃긴 뭘 웃어?"

허저의 짙은 흑빛의 눈썹이 꿈틀거렸다. 그와 함께 다시 짙은 살기가 제갈량을 향해 쏟아지는가 싶더니 그의 검이 쏜살같이 제갈량의 몸을 향해서 날아간다.

"……."

길다. 이론적으로는 겨우 한 자 일곱 촌이 길 뿐인데 직접 당하는 입장에서는 마치 먼 곳에서 화살을 쏘아대는 것같이 아늑한 느낌이다. 제갈량의 손이 빠르게 움직였다.

카앙!

검과 검이 맞부딪쳐 요란한 소리를 낸다. 하지만 허저의 화살 같은 검격은 떨어지지 않았는지 또 한 번 맹렬한 기세로 제갈량에게 노도처럼 밀려온다.

쉬익.

검이 허공을 가르는 소름 끼치는 바람 소리가 들려왔다.

까앙!

제갈량은 아까와 같은 동작으로 또 한 번 허저의 검을 받아내었다. 그뿐이다. 제갈량은 허저의 검을 끊임없이 받아내기만 할 뿐 공격을 하지 못하고 있었다. 그 압도적인 간격에 계속해서 제갈량은 선공을 빼앗기고 있었다.

"으음……."

　장료가 입술을 깨물며 활을 만지작거렸다. 근접전에서 무엇보다 중요한 것이 자신의 병기의 간격을 살리는 것이다. 바로 그 간격을 빼앗긴 싸움이다. 벌써 연신 밀리고 있지 않은가? 가망이 없을까? 마음의 결심을 한 그녀의 손이 막 화살을 잡아갔을 때 싸움에 변화가 일었다.

　"얼간이 녀석, 뭐 하는 거야?"
　하후돈이 빈 술병을 원망스러운 눈길로 바라보며 투덜거렸다. 바깥에서 연신 들려오는 쇠의 파공음이라니.
　"중강도 나름대로 즐기고 싶었겠지."
　조조가 대수롭지 않다는 투로 대꾸했다.
　"귀가 따갑잖아."
　하후돈이 인상을 찌푸리며 몸을 일으켰다.
　"어디 가나?"
　"늦게야 발동 걸리는 녀석 불 붙이러."
　드르륵.
　조조의 대답은 듣지도 않고 하후돈이 문을 열었다.

　쉬이익!
　폭풍과도 같은 검격이 또 한 번 허공을 스산하게 가르며 날아든다. 제갈량의 검이 날카롭게 움직이며 또 한 번 허저의 검을 받아낸다.
　"……."
　과연. 저 장병(長兵)을 봉쇄하려면 파고드는 수밖에 없겠군. 제갈량의 눈에 차가운 살의가 피어오른다.
　부아악!

또 한 번 날아드는 허저의 검격을 제갈량은 날카로운 눈으로 지켜보았다.

후, 얕보고 있나? 뭐, 상관없겠지.

까앙!

허저의 검을 쳐내면서 제갈량이 중얼거렸다.

"별거 아니군."

"뭐?!"

놀리기만 하는 주제에 입은 살았군. 허저의 어깨에 자연히 힘이 더욱 들어간다. 그리고 그 어느 때보다 흉흉한 기세로 허저의 장검이 제갈량을 찔러간다.

"그렇게 지겹도록 찌르기만 하면… 죽는다."

제갈량의 왼손이 검집을 부드럽게 잡아간다. 그리고 그의 탁한 목소리가 낮게 울려 퍼졌다.

"납검(納劍)."

끼이잉!

"아닛!"

비단 놀란 것은 허저뿐만이 아니었다. 장료도 믿을 수 없다는 듯이 눈을 커다랗게 뜨고 경악성을 흘린다. 뭐냐, 저 기괴한 기술은? 놀랍게도 제갈량은 겁집으로 허저의 검을 말 그대로 가두어 버린 것이다. 번개처럼 날아드는 검격을 정확히 검집에 집어넣다니!

"비참."

제갈량의 입이 또 한 번 열렸다.

펄럭.

그의 흑의가 바람에 흩날리며 솟구친다. 왼손의 검집을 그대로 놓아

버린 그의 몸이 까마귀와도 같이 하늘로 날아오르며 허공에서 필살(必
殺)의 검세(劍勢)를 뿜어낸다.

쐐애액!

바람이 갈라진다. 아니, 찢어진다. 늦었다! 허저는 검을 들어 올려
막아낼 생각을 포기하고 반사적으로 뒤로 몸을 날리듯 물러섰다.

파아악!

질풍 같은 검세에 뜰의 바닥이 흙먼지를 날리며 깊게 패인다. 하지
만 한숨을 돌릴 여유 따위는 없었다. 어느새 전광석화와 같이 제갈량
의 연속 공격이 펼쳐진다.

"광참(狂斬)."

이번에는 또 뭐냐? 허저가 눈을 부릅뜨고 제갈량의 공격을 막기 위
해 검을 움직였다.

"응?"

뭐야?! 제갈량이 갑자기 마구잡이로 사방으로 칼질을 해댔다. 마치
검이라고는 처음 잡아보는 애송이처럼 중구난방(衆口難防)에 허점투성
이이다. 하지만 허저는 감히 경시하지 못했다. 혹시 일부러 보인 허점
이라면? 아까의 놀라운 기술이 허저의 판단을 흐리고 있었다.

까아앙! 차앙! 채앵!

결국 허저는 그 어이없는 칼부림을 침착하게 하나하나 받아내고 말
았다. 그것이 그의 통한의 실수가 되고 말 줄이야.

"속참(速斬)."

제갈량이 희미한 미소와 함께 중얼거리듯 말함과 동시에 돌연 섬광
과도 같은 찌르기가 하늘을 가른다.

'젠장, 막는다!'

하지만 허저의 손은 생각보다 훨씬 늦었다. 느린 공격에서 갑자기 눈에 잘 보이지도 않을 정도의 속도의 찌르기로의 전환. 이 교묘한 속임수에 허저는 그대로 넘어가고 만 것이다.

찌이익! 파악!

허저의 왼쪽 어깨에 핏줄기가 그려진다. 만약 그 순간에 허저가 반사적으로 몸을 비틀지 않았다면 그대로 목이 뚫려 버렸을 것이다.

쐐애액!

제갈량의 검이 뱀처럼 끊이지 않고 허저의 심장을 노리고 날아든다.

타악!

허저의 발이 지면을 박차며 몸이 뒤로 젖혀진다. 칼날이 아슬아슬하게 허저의 머리 위를 스친다. 절체절명의 순간, 허저의 안색이 어두워진다.

"음?"

순간 제갈량의 검이 멈칫한다. 그 찰나를 놓치지 않고 허저는 재빨리 뒤로 몸을 날렸다.

"후우……."

허저가 식은땀을 닦으며 한숨을 쉬었다. 그때 검이 멈칫하지 않았다면 자신은 아마 이 세상 사람이 아니었을 것이다.

"반드시 후회할 것이다."

허저가 살기가 등등한 눈으로 제갈량을 노려보았다. 그는 예의 차가운 눈으로 왼쪽 가슴 언저리를 쓰다듬고 있었다. 감히 이 허저 중강을 봐준단 말인가? 젠장, 이 모욕을…….

부르르.

허저의 온몸이 떨렸다.

"뭐야? 저 녀석, 병자잖아?"

뒤에서 하후돈의 어이없다는 듯한 목소리가 들려왔다.

"하후돈······."

장료는 싸움에 깊이 몰입해 있다가 하후돈의 말을 듣고 퍼뜩 정신을 차렸다. 잘 벼른 칼과도 같이 날카로운 분위기를 온몸에서 풍기는 남자. 그의 왼쪽 눈은 눈동자가 없이 텅 비어 있었다. 왜 저 남자가 여기 있는 거지?

"과연······."

대답이라도 할 듯이 제갈량의 입이 열렸다.

"한쪽 눈이 병신인 이유가 있었군. 헛소리나 지껄이다니."

노골적으로 도발이라도 하는 듯한 어투였다. 장료가 미간을 찌푸렸다. 화를 돋워서 좋을 것이 없다. 특히 저 남자는.

"뭐?"

하후돈이 아연한 표정으로 제갈량을 바라보았다. 가뜩이나 한쪽 눈을 잃어 심기가 불편하던 차였다. 근데 저런 말을 지껄이다니······.

펄럭.

하후돈의 옷자락이 날리는가 싶더니 어느새 제갈량의 앞으로 도약하고 있었다.

"······."

서로 간의 호흡 소리마저 느껴질 정도의 간격이다. 흑의를 입은 깡마른 사내와 적의를 입은 외눈의 사내. 그들은 서로 차갑고 오만한 시선을 교환하고 있었다.

"어이없군. 죽고 싶어 환장한 놈 아니야?"

과연 어느 쪽이 죽고 싶어 환장한 쪽인지 모를 지경이었다. 허저를 몰아붙일 정도의 실력자 앞에서 태연자약하게 무방비로 서 있다니.

"……."

제갈량의 오른손이 조금 꿈틀거린다. 금방이라도 베어버리고 싶은
욕구가 끓어올랐지만 알 수 없는 기세에 몸이 멈칫거린다.

"하후공(夏候公)……."

만약 다른 사람이 그의 싸움에 끼어들었다면 여지없이 호통이 날아
갔을 것이다. 하지만 상대가 하후돈인 이상 어쩔 수 없다. 이신이 승상
의 세 번째 명검이라면 하후돈은 승상의 오른팔이 아닌가?

"겨우 허저를 이긴 정도의 실력으로 맹덕을 베겠다는 거냐? 지나가
는 개가 웃겠군."

하후돈이 피식 웃으며 말했다.

부들부들.

허저의 얼굴은 이미 인간의 그것이 아니었다. 저승 사자같이 험상궂
게 일그러진 얼굴로 허저는 저도 모르게 하후돈의 등짝을 베어가려는
검을 진정시키느라 온 힘을 다 쏟고 있었다.

"지, 지긴 누가 졌다고……."

하염없이 떨리는 허저의 살기 어린 음성이 들리지도 않는지 하후돈
이 또 한 번 패기만만하게 말했다.

"나를 허저 따위와 같은 수준으로 여기다가는 죽을걸. 나는 하늘이
준 재능을 가진 도객(刀客)이니까 말이야."

"……."

제갈량은 심각하게 고뇌하기 시작했다. 허저가 새빨개진 얼굴로 금
방이라도 눈앞의 남자를 갈기갈기 씹어 먹을 듯한 눈빛으로 쳐다보았
기 때문이다. 이 남자, 껍데기야, 진짜야? 아니, 그보다…….

"당신 누구야?"

난장판이다. 조조의 친위대 중 하나인 무위의 대장인 우금(于禁)이 형편없이 떨어져 나간 서문과 병사들의 시체를 보며 미간을 찌푸렸다. 설마 하니 전쟁이 끝난 직후에 이런 일이 생길 줄은 꿈에도 생각을 못 했다. 게다가 그를 더욱 놀라게 한 것은 상흔(傷痕)을 볼 때 두 사람의 소행이라는 것이다. 검상과 화살에 뚫린 상처. 대체 어떤 괴물들이야?

"장군."

"어떻게 됐나?"

우금이 보고를 하러 달려온 수하에게 물었다.

"그게… 아무래도 승상이 계신 곳으로 향한 것이 아닌지……."

"그래?"

수하가 걱정스러운 눈으로 조심스레 말했지만 우금은 대수롭지 않게 대답했다. 뭐야, 노리는 게 그거였나? 오히려 잘됐군. 그곳에는 허저가 있지 않은가? 게다가 그 인간 같지 않은 하후돈도. 하후돈의 도 앞에서 몸 성할 사람 따위 존재할 턱이 없지. 우금이 고개를 작게 끄덕였다.

히이이잉!

난데없는 말 울음소리에 우금은 고개를 돌렸다.

"누구냐?"

보고를 하던 병사가 재빨리 우금의 앞을 막아서며 소리쳤다.

"아니!"

마상의 남자가 놀란 눈으로 말을 세웠다. 조각이 난 문, 그리고 시체들.

“이 공?”

우금도 눈을 크게 뜨고 놀란 목소리로 중얼거렸다.


꿈틀. 하후돈의 눈살이 크게 실룩거린다.

뿌드득.

이 끼리의 소름 끼치는 충돌음이 여과없이 들려온다. 곧 이어 하후돈의 눈에서 소용돌이 같은 살기가 뿜어져 나온다.

“뭐… 라고 했지?”

하후돈이 폭발하는 분노를 삭이며 겨우겨우 말했다.

“…….”

제갈량의 입에 냉소가 맺힌다. 이 남자의 살기. 진짜다. 또 한 번 의참을 수 없는 흥분감이 온몸의 정맥을 타고 돈다.

“당신, 누구지?”

“…….”

하후돈의 살기 어린 눈이 제갈량의 무심한 시선에 고정된다. 피처럼 붉은 달이 왼팔에 수놓아진 붉은 상의(上衣)를 보고도 모르는 건가? 세상에 이 옷을 입을 수 있는 사람은 오직 한 명뿐이라는 것을. 바로 화월(火月)이라 불리는 하후 원앙뿐인 것을.

“넌… 죽을 거야.”

하후돈이 낮게 중얼거렸다. 그의 살기 어린 눈동자는 어느새 얼음처럼 차갑게 가라앉아 있었다.

“대답이나 해라.”

제갈량이 탁한 목소리로 다그쳤다.

“훗.”

하후돈이 차가운 웃음을 터뜨렸다. 갑자기 킥 하는 기향(奇響)이 들려온다. 그리고 번뜩이는 도광(刀光).

파샥.

실로 섬광(閃光) 같은 발도(拔刀)였다. 허저와 장료, 심지어 눈앞의 제갈량마저 전조를 짐작조차 못한 몸놀림이었다.

주르륵.

제갈량의 왼뺨에 선홍(鮮紅)의 핏줄기가 그어진다.

"하후돈이다."

지극히 평범하기 그지없는 유엽도(柳葉刀). 하지만 그의 손에 들리자 그 어떤 보도(寶刀)보다도 예리한 기운을 내뿜고 있었다. 칼을 살리는 것은 주인의 기(氣)라는 말은 틀린 게 아니었다.

"후후."

자신의 뺨에 상처를 낸 상대를 바라보는 제갈량의 입가에 미소가 맺힌다. 오랜만에 강한 적을 만나 상대하게 되니 핏속에 잠들어 있던 욕망이 끊임없이 약동(躍動)한다. 확실히 즐겁다, 이번 살행은.

"과연… 말뿐은 아니었군."

제갈량이 칼날을 부드럽게 왼 손가락으로 매만졌다.

주르륵.

그의 손가락이 베어져 피가 흘러나온다. 모두들 어이없다는 표정으로 제갈량을 바라보았다. 도대체 뭐 하는 짓이지?

"…요참(妖斬)."

그가 갑자기 요사스런 눈으로 자신의 손가락을 응시하며 피를 핥았다. 가슴이 저릴 정도로 유혹적인 눈빛이다. 제갈량의 입가에는 어느새 매혹적인 미소가 그려져 있다. 그의 파리한 입술이 석류처럼 붉게 보인다.

"피하지 마세요."

제갈량이 부드럽게 속삭였다. 그와 함께 그의 투박한 검이 천천히 움직인다. 하후돈의 심장을 향해.

"이……."

젠장. 이런 일이 있나? 몸이 굳은 듯이 움직이지 않는다. 그 순간에도 제갈량의 검은 그를 향해 점점 뻗고 있다.

'이대로는……!'

그대로 심장이 뚫릴 도리밖에 없다. 어느새 검이 지척이다. 큭, 이딴 사술(邪術) 따위에.

"멈춰!!"

갑작스럽게 뒤에서 천둥처럼 터져 나온 목소리가 하후돈을 구했다. 그 누구도 깨지 못할 것 같던 제갈량의 요기(妖氣)가 깨짐과 동시에 하후돈이 재빨리 뒤로 몸을 날렸다. 제갈량의 흑미(黑眉)가 찌푸려졌다.

"또 방심이군, 원양."

제갈량만큼이나 차가운 눈빛을 가진 무표정한 남자가 마치 겨울 눈보라의 중심처럼 싸늘한 기운을 잔뜩 내뿜고 서 있었다. 그의 차가운 시선이 제갈량을 향한다.

"흑일유상류(黑日柔想流). 장각의 제자인가?"

"……."

제갈량의 눈빛이 동요한다. 사문(師門)의 정체를 알아맞히는 사람이 있으리라고는 생각조차 못했었다.

"죽지 않았군. 설마 사생아(私生兒)까지 만들 줄이야, 피의 망령(亡靈)."

“…당신이 조조인가?”

소름 끼치는 감각이 척추를 자극한다. 제갈량은 호흡을 가다듬었다. 마치 발작이라도 일어난 것처럼 심장이 미친 듯이 두근거린다. 이런 감각은 그로서도 처음 겪어본 것이었다. 조조가 가만히 고개를 끄덕였다.

“여기서 끊어주지.”

스르릉.

그가 천천히 검을 뽑아 들었다. 거울처럼 투명하게 하얀 날. 유난히 깨끗하고 아름다운 광채를 흩뿌린다. 과연 천하에 이름 높은 명검(名劍) 의천(依天).

“그대의 생명.”

키득, 제갈량이 돌연 웃음을 지었다. 어울리지도 않는 긴장이라……. 이래서는 누가 죽이러 온 쪽인지 모를 지경이다. 나는…….

“천하무적이다.”

제갈량이 오만한 눈빛으로 검고 투박한 검을 치켜들었다.

흑과 백. 너무나도 다른 검기(劍氣)를 뿌리는 두 남자의 첫 대면이었다.

〈2권으로 이어집니다〉

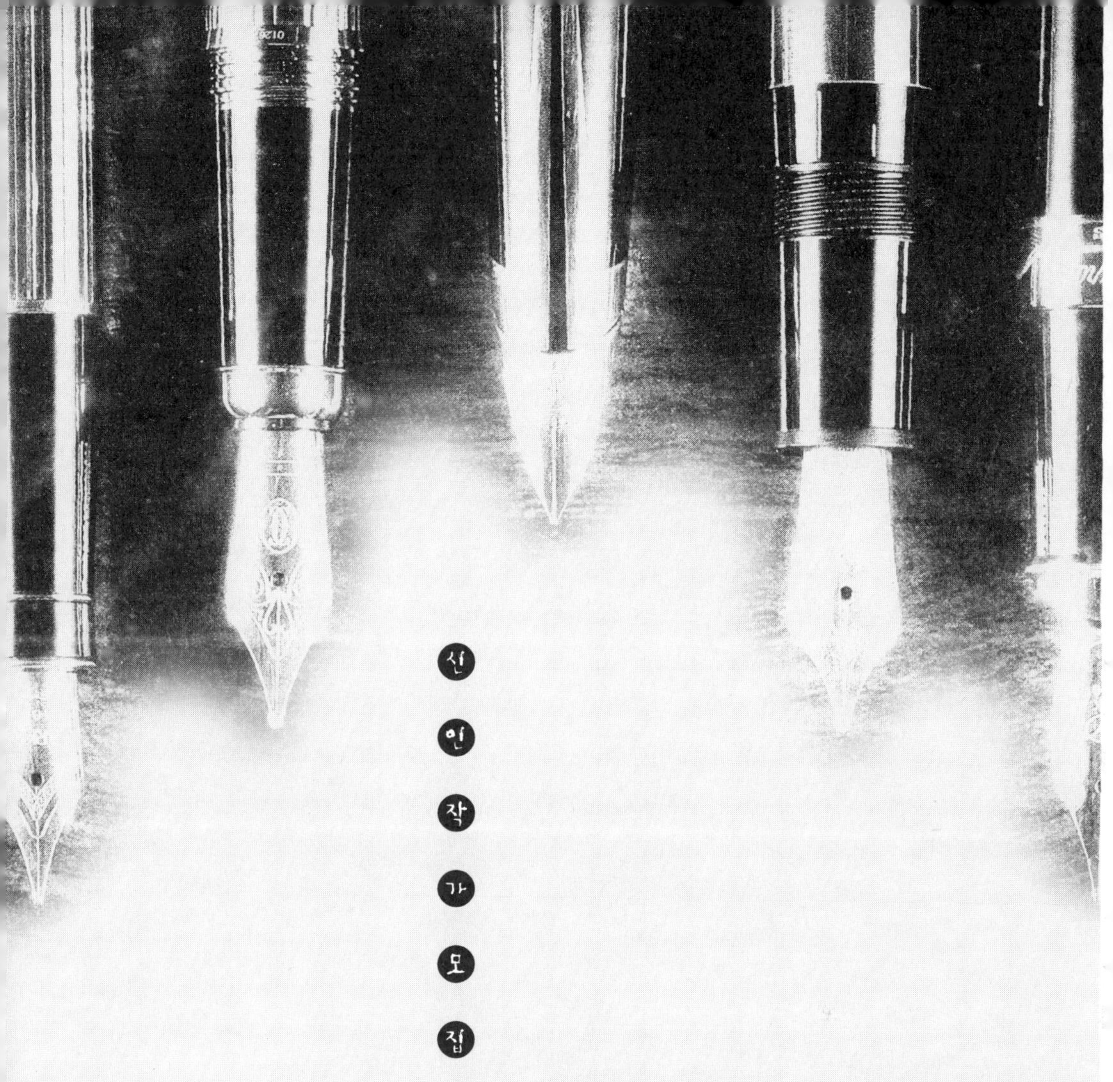
신

인

작

가

모

집

시작이 반이라고 했습니다.
작가의 길에 대한 보이지 않는 벽을 과감히 깨뜨리십시오!
청어람은 작가 지망생 여러분들의
멋진 방향타가 되어드리겠습니다.

저희 도서출판 청어람에서는
소설 신인 작가분들을 모집합니다.
판타지와 무협을 사랑하시는 분들의 많은 참여를 바랍니다.
소정의 원고(A4용지 150매)를 메일이나 우편으로 보내주시면
검토 후 출판 여부를 알려드리겠습니다.

주소:경기도 부천시 원미구 심곡1동 350-1 남성B/D 3F 우편번호420-011
TEL:032-656-4452 · FAX:032-656-4453
http://www.chungeoram.com
e-mail:chungeoram@chungeoram.com